Diogenes Taschenbuch 26101

de
te
be

Katherine Mansfield

Glück

und andere
Meistererzählungen
Ausgewählt
von Daniel Kampa
Aus dem Englischen von
Elisabeth Schnack
Mit einem Vorwort von
Anthony McCarten

Diogenes

Umschlagfoto von
Clifford Coffin (Ausschnitt)
Das Vorwort von Anthony McCarten
übersetzten Manfred Allié und
Gabriele Kempf-Allié aus dem Englischen,
Alles ist gut von Katherine Mansfield
übersetzte Cornelia Künne
Die Erzählungen sind mit freundlicher
Genehmigung der Büchergilde Gutenberg
entnommen aus: Katherine Mansfield,
Sämtliche Erzählungen in zwei Bänden,
Diogenes, 2012.

www.diogenes.ch
50/12/4/1
ISBN 978 3 257 26101 1

Inhalt

Vorwort von Anthony McCarten

Tuberkulose. Sie alle erkrankten daran: Catull, Voltaire, Molière, Johnson, Keats, Balzac, Čechov (die Liste ist unvollständig, es fehlen, um nur einige wenige zu nennen: Kafka, Maupassant, Austen und sämtliche Brontës); ein jeder von ihnen starb daran. Man gewinnt den Eindruck, dass es sich für große Schriftsteller gehörte, an Tuberkulose zu erkranken. Wie ein ungebetener Gast nistet sich die Krankheit im Körper ein, um Stück für Stück das zerbrechliche Mobiliar zu zerstören. Am Ende löst ein einziges Räuspern einen ganzen Blutschwall aus. Ein Dutzend Schritte wird zur übermenschlichen Anstrengung. Man sollte denken, dass die innere Zerstörung dem Kranken das Leben zur ständigen Qual macht, ihn wütend werden lässt, sprachlos. Doch die Krankheit befähigte die neunundzwanzigjährige Katherine Mansfield, das Wunderbare hinter den Dingen zu sehen.

Nach der Diagnose im Jahr 1917 sah sie Wunder, wohin sie auch schaute. Ihre Hingabe an das schiere Staunen, diese Offenbarungen fanden zunächst zögernd Eingang in ihr Werk, bald aber strömten sie. Die Krankheit, die Mansfield einem Alltag entrückte, den sie sich stets besser gewünscht hatte, führte sie in die Todeszone, einen sublimen Lebensraum, dessen Bewohner sich der Betrachtung der letzten Dinge widmen. Dort ist es den Glücklichsten vergönnt, die Welt mit einem Maß an Ehrfurcht wahrzunehmen, das nur der empfindet, der weiß, dass er sie bald verlassen wird.

In der Todeszone wird das Leben zur Essenz seiner selbst: Der Baum vor dem Fenster ist der Inbegriff eines Baumes, ein Kind wird zum Sinnbild der Kindheit, die kleinste Geste löst eine wahre Oper an Emotionen aus. Katherine Mansfield schrieb fast jedes ihrer besten Werke in dieser Zone. Die Krankheit, die sie allmählich verzehrte, eröffnete ihr zugleich einen neuen Blick auf die Welt. Zuvor hatte sie sich nur zu gern zynisch und kritisch gegeben. Allzu oft wirkte ihr Betragen mutwillig oder rücksichtslos – sie verließ ihren ersten Ehemann am Hochzeitsabend, und so mancher misstraute ihr, fürchtete sich vielleicht sogar vor ihr. D. H. Lawrence geriet dermaßen in Rage, dass er schrieb: »Du bist eine widerwärtige Schlange; ich wünsche Dir den Tod.«

Aber die Gewissheit, dass ihre Tage gezählt waren, ließ Mansfield milder werden; sie wurde eine begeisterte, geradezu hymnische Verehrerin des Augenblicks und der kleinen Dinge, die so große Bedeutung erlangen können. Sie suchte und fand die ganze Welt vor ihrer Nasenspitze.

Kleine, zarte, funkelnde Meisterwerke entstanden. Sie sicherten ihr einen Platz unter den großen Autoren der Moderne; schlicht erzählte Geschichten, subtil und psychologisch scharf beobachtet. Meist kreisen sie um einen Augenblick jäher Erkenntnis. Ihren ersten literarischen Gehversuchen sind sie weit überlegen. Hatte sie früher vom Weltschmerz getränkte Zeilen geschrieben wie:

> »Es ist schrecklich, allein zu sein – doch wirklich – doch –, aber nimm Deine Maske erst ab, wenn Du darunter eine andere Maske bereit hast – Eine so schreckliche, wie Du magst – aber eine *Maske*.«

– war sie nun geradezu hymnischer Töne fähig:

> »Ihr kam es vor, als hätte sie nie gewusst, wie die Nacht eigentlich war. Bis jetzt war sie dunkel und stumm gewesen, oft sehr schön, o ja, aber auch etwas traurig. Feierlich. So würde

die Nacht nie wieder sein: Sie hatte sich in ihrer strahlenden Helle gezeigt.«

Mansfield nahm die Witterung auf. In der Todeszone hatte sich ihre Aufmerksamkeit geschärft. Die Welt versetzte sie in Erstaunen. Bis zu ihrem letzten qualvollen Atemzug schrieb sie wie beseelt durch diese neugewonnene, ungekannte Sensibilität.

Kathleen Mansfield Beauchamp kam als Provokateurin auf die Welt. Niemand hatte es leicht mit ihr.

Geboren im Jahr 1888 als drittes von fünf Kindern einer angesehenen und wohlhabenden Familie in Wellington – eine erst vierzig Jahre zuvor gegründete Kolonialsiedlung –, verbrachte sie eine glückliche Kindheit. Doch mit ihrem lebhaften, rebellischen Wesen stand sie einer Kultur, die so eng und blass, so pragmatisch und unliterarisch war wie die ihre, schon früh kritisch gegenüber. Über ihre Landsleute schrieb sie später: Sie »beherrschen ja noch nicht einmal das ABC«. Als begabte Cellistin schickten ihre Eltern die erst 14-jährige Katherine für drei Jahre nach London; und dort, am Queen's College, schrieb sie die ersten Geschichten und Gedichte; sie bescherten ihr den Posten der Chefredakteurin der Schülerzeitung. In Berichten an ihre Eltern bezeichneten ihre Lehrer sie als »impulsiv«, »störrisch«, »aufsässig« und, was noch beunruhigender war, als ein Mädchen »voller Ideen«. Zurück in Neuseeland war sie todunglücklich. Dem Vaterland entfremdet und dürstend nach Kultur schrieb sie an Ida Baker, die einzige wahre Freundin, die sie in London gefunden hatte: »Die Vorstellung, stillzusitzen und auf einen Ehemann zu warten, ist ganz und gar abstoßend ... Ich wünschte, ich hätte Macht über die Umstände ... Ich bin ganz und gar *krank* vor Kummer und Trauer – hier –, das ist ein Alptraum ... Wie man sich jemals wünschen kann, hier zu leben, das kann ich mir nicht vorstellen –«

Auf der Flucht vor dem strengen elterlichen Regiment zog sie sich ins Sommerhaus der Familie an einer nahe gelegenen Meeresbucht zurück. Rasch füllten sich ihre Tagebücher mit Zitaten von Oscar Wilde, der ihr dabei half, die eigene Bisexualität zu verstehen und anzunehmen, die bereits in zumindest einer Beziehung zu einem jungen Maorimädchen körperlichen Ausdruck gefunden hatte.

Mittlerweile hatte sie ihre eigene einfache Lebensphilosophie gefunden, der sie für den Rest ihres Lebens treu bleiben sollte: Darin steckt der Gedanke, dass es nicht ausreicht, nur ein einziges Leben zu führen. Das Leben ist zu wunderbar, zu vielfältig für nur einen einzigen Persönlichkeitstyp. Wandlungsfähig wie ein Chamäleon sollte man mit vielen Persönlichkeiten jonglieren.

Von Anfang an war sie Schriftstellerin. »Wenn ich zurückblicke, kommt es mir so vor, als hätte ich schon immer geschrieben«, sollte sie später sagen. »Sinnloses Geschwätz ist es. Aber es ist immer noch besser, dummes Zeug zu schreiben als gar nicht zu schreiben.«

Empört über die simple Tatsache, dass Neuseeland nicht England war, beschloss sie, ihr Geburtsland zu verlassen. Nur so schien es ihr möglich, sich in der Phantasie mit ihrer Heimat zu befassen.

Auch ihren Namen ließ sie zurück. Von ihrem achtzehnten Lebensjahr an nannte sie sich Katherine Mansfield, und unter diesem Namen bestieg sie zum zweiten Mal ein Schiff nach England.

Ihr Leben wie ihre Literatur waren eine einzige Flucht aus der Vereinzelung, hinein in die Universalität; zunächst bedeutete das die Abkehr von Neuseeland und die Rückkehr nach Europa, später überwand sie das traditionelle Erzählen des

19. Jahrhunderts und schuf etwas völlig Neuartiges, das, wie James Joyce einmal sagen sollte, in der Schmiede der eigenen Seele gehärtet worden war.

In London tauchte sie fünfzehn Monate lang in die Welt der Bohème ein. Sie verdiente Geld mit Darbietungen auf Partys. Tanzte kurzzeitig in einer Revuetruppe. Hatte Affären – mit Männern und Frauen. Wurde schwanger von einem, heiratete einen anderen, verließ beide. Schrieb fast nichts. Ein »sinnloses und schäbiges Intermezzo«, das ihr dennoch half, sich von gewissen naiven Vorstellungen zu lösen, derer sich gerade jemand aus den Kolonien häufig schämt.

Als Katherines Mutter Annie Beauchamp von der gescheiterten Ehe ihrer Tochter erfuhr, reiste sie nach England. Sie vermutete, Katherines Freundschaft mit Ida Baker – die sie für lesbisch hielt (was sie nicht war) – sei die Ursache für das leichtfertige Verhalten ihrer Tochter.

Es gibt so manchen Grund, Deutschland zu besuchen, ein eher ungewöhnlicher ist die Suche nach einem Mittel gegen lesbische Neigungen.

Annie verfrachtete Katherine in den bayrischen Badeort Bad Wörishofen, dessen Wasser angeblich »unharmonische Regungen« wie Homosexualität heilte. Dann trat sie die Heimreise an und ließ die schwangere Katherine allein in dem Bad zurück, wo sie tagtäglich mit kaltem Wasser übergossen wurde und kalte Bäder nehmen musste. In der Pension Müller brachte sie ganz allein ihr Kind zur Welt. Es war tot.

Sie verbrachte noch mehrere Monate in Deutschland. Eine glücklose Affäre mit einem polnischen Übersetzer führte immerhin dazu, ihr Interesse an den Werken Anton Čechovs zu wecken, dessen Dramen und Erzählungen damals in England so gut wie unbekannt waren.

Čechovs größte Neuerung, derentwegen er vielen als Erfinder der modernen Kurzgeschichte gilt, besteht darin, in minimalistischer Prosa und mit einem Mindestmaß an Handlung – er vertraute ganz auf seine Figuren – die starken Unterströmungen zu enthüllen, die scheinbar belanglosen Ereignissen zugrunde liegen. Anstelle der üblichen Aneinanderreihung chronologischer Handlungselemente rückte er Augenblicke der Erkenntnis und Erleuchtung in den Vordergrund, und das innerhalb eines engen zeitlichen Erzählrahmens. Es war die Geburt der Vorstellung, dass eine Kurzgeschichte »ein Stück Leben« sein soll.

In einem Brief an seinen Bruder hatte Čechov geschrieben:

»In Naturbeschreibungen muss man sich an kleine Einzelheiten halten, die man so gruppiert, dass sie beim Lesen, wenn man die Augen schließt, ein Bild ergeben. Du hast zum Beispiel die Mondnacht, wenn du schreibst, dass auf dem Mühlenwehr der Hals einer zerbrochenen Flasche blitzt wie ein heller Stern und wie eine Kugel der schwarze Schatten eines Hundes oder Wolfs vorbeirollt usw. Die Natur erscheint belebt, wenn du dich nicht scheust, Vergleiche ihrer Erscheinungen mit menschl. Handlungen zu benützen usw.

In der Sphäre der Psychik ebenfalls Einzelheiten. Bewahre dich Gott vor Gemeinplätzen. Am besten meidet man die Beschreibung des Seelenzustands der Helden; man muss sich bemühen, dass er aus den Handlungen der Helden verständlich wird ... Unnötig ist, einer Überfülle von hand. Personen nachzujagen. Schwerpunkt müssen zwei sein: er und sie ...«

Die Erzählungen von Čechov – der ebenfalls an Tuberkulose litt und im Alter von vierundvierzig Jahren starb – hatten einen gewaltigen Einfluss auf Mansfields.

Zurück in England, allein und unglücklich, begann sie die Arbeit an ihrem ersten Band mit Erzählungen und vollendete ihn rasch. *In einer deutschen Pension* erschien 1911 und behandelt ihre Erlebnisse in Bayern. Die Geschichten sind düster und allzu satirisch, journalistisch unterkühlt – sie selbst empfand sie später als unreif –, aber die Familienbeziehungen, die sie dort in all ihrer Verlogenheit bloßstellt, sind doch scharf beobachtet.

Auf der Suche nach einer festen Bleibe, wo sie sich ganz auf das Schreiben konzentrieren konnte, bezog sie eine Wohnung mit der ihr treu ergebenen Ida Baker, und jetzt, da sie Zugang zu den literarischen Kreisen hatte, nahm sie einige längst überfällige Korrekturen an ihrem Leben vor. Sie gewöhnte sich das Rauchen an. Sie ließ sich die Haare so kurz schneiden, dass sie aussah wie eine japanische Puppe. London im Jahre 1912 schwirrte von neuen Ideen – insbesondere, was die Rolle der Frau anging –, aber kaum jemand hatte den Mut, diese Ideen tatsächlich zu leben. Katherine war gern eine Ausnahme. Sie lebte die freie Liebe. Plauderte in vornehmer Gesellschaft mit der Unbekümmertheit der Ausländerin. Sie kam ins Gerede. Bald wurde sie zum Sinnbild – für die neue Stimmung, die neue Frau, eine neue Geisteshaltung. Sie entwarf ihre eigenen Kleider, ganz ohne allen viktorianischen Zierrat und Firlefanz. Sie änderte wieder ihren Namen, und das gleich mehrfach, von Katya zu Kysienka, Katarina, Kathy Schönfeld (die Germanisierung ihres Mädchennamens Beauchamp), dann wieder zurück zu Katherine, stets auf der Suche nach einer Identität, die ihr ruheloses und unbehaustes Wesen ausdrückte.

Trotz allem fand sie Zeit zum Schreiben und versenkte sich immer tiefer in den Čechov'schen Minimalismus. Sie schickte eine Reihe neuer Erzählungen an die literarische Vierteljahresschrift Rhythm, deren Herausgeber John Middleton Murry zum Mittelpunkt ihres Lebens werden sollte, zunächst als Lektor, später als ihr zweiter Ehemann.

Die Frau im Kaufladen war die erste Geschichte, die Murry annahm. Auf diese an D. H. Lawrence erinnernde Erzählung – kalt, brutal, geradlinig, vom Aufbau her noch konventionell mit Höhepunkt und Auflösung – folgten bald avantgardistischere Arbeiten wie *Die kleine Gouvernante* – die Geschichte einer naiven englischen Gouvernante, die nach Deutschland reist, um dort ihren Arbeitgeber kennenzulernen, wobei die Angst um die eigene Sicherheit aufgewogen wird durch ihren Hunger nach Erfahrung –, und mit diesen Erzählungen gewann sie nicht nur neue Leser, sie verschafften ihr auch Zugang zu einer Gruppe von aufstrebenden Literaten, die unter dem Namen

»Bloomsbury Group« berühmt wurde und der Modernisierer wie D. H. Lawrence, T. S. Eliot, Lytton Strachey und Virginia und Leonard Woolf angehörten. Bertrand Russell bewunderte ihren Verstand und wäre gern ihr Liebhaber gewesen; Virginia Woolf war eifersüchtig auf ihre Schreibkunst – das erste und einzige Mal, das sie auf einen Autor neidisch war – und bekannte sich zu einer gewissen Zuneigung, »auf meine sehr eigene Weise«. In Werken von Christopher Isherwood und Aldous Huxley tauchte Katherine sogar als literarische Figur auf, und als Lawrence *Liebende Frauen* schrieb, nahm er sie als Vorbild für die Gestalt der Gudrun. Sie vermochte selbst schwer zu beeindruckende Menschen wie Frieda Lawrence davon zu überzeugen, dass sie »mehr über die Wahrheit wusste als irgend ein anderer Mensch«.

Sie zog mit Murry zusammen. Ida Baker blieb jedoch immer in der Nähe und war gern zu Diensten (als platonische Freundin, Therapeutin, Putzfrau); weitere Geschichten entstanden. *Millie* und *Ole Underwood* zeigen Neuseeland in einem gnadenlosen Licht; düster und schwer ist das Leben der Figur in der Wildnis.

In Paris, wo Katherine und Murry gemeinsam das Bohèmeleben erprobten, schrieb sie *Etwas Kindliches, aber doch sehr Natürliches,* die anmutig-zarte Geschichte von Harry, »beinah achtzehn«, der sich auf einer Zugfahrt in Edna, »sechzehn gewesen«, verliebt. Zaghaft träumen sie von einer gemeinsamen Zukunft, beschließen gar, ein idyllisches Cottage bei London zu mieten. Harry richtet das Häuschen her, doch Edna taucht nicht auf. Natürlich nicht. Harry steht am Tor und wartet, er wartet auf eine Wirklichkeit, die niemals eintreten wird.

Im Jahr 1913, als Katherine und Murry das Geld ausging und der Weltkrieg drohte, kehrten sie nach England zurück und bezogen ein Cottage gleich neben dem der Lawrences. Schon bald jedoch störten Rivalität und Eifersucht (Lawrence soll Murry Avancen gemacht haben, die dieser jedoch zurückwies) das Leben in der Kommune. Und Katherine schrieb nicht mehr.

Schon zu Anfang ihrer Beziehung zu Murry litt sie unter seinem gehemmten Wesen. Schnell begriff sie, dass sie längere und regelmäßige Auszeiten von ihm brauchen würde, um arbeiten zu können.

1915 kehrte sie nach Paris zurück und schrieb Murry von dort jeden Tag einen Brief. (Bis zu ihrem Tod sollte sie ihm täglich schreiben.) In einer Wohnung, die ihr der französische Romancier Francis Carco überlassen hatte, ließ sie sich auf eine Affäre ein, zog sich aber schnell wieder zurück. In *Eine unbesonnene Reise,* die Erzählung spielt in Zeiten des Krieges, verarbeitete sie dieses Intermezzo, doch erst drei Jahre später fand sie die passende, weit eindrucksvollere Form dafür, in *Je ne parle pas français.*

Als ahnte sie, dass sie in Murrys Gegenwart nicht würde schreiben können, begann sie vor der Rückkehr nach England hastig mit der Arbeit an einem Roman.

Aloe sollte von ihrer Familie in Neuseeland, den Beauchamps, handeln, aber sie suchte vergeblich nach einem angemessenen Ton, einem Stil, der ihrem Wunsch nach einer neuen, freieren, impressionistischen Erzählweise entsprach. Ihre zwiespältige Haltung zu Neuseeland verhinderte, dass die Geschichte in Schwung kam.

Zurück in London bei Murry bekam Katherine wichtigen Besuch.

Ihr Lieblingsbruder Leslie, der in einem britischen Regiment in Frankreich diente, kam auf Fronturlaub nach London. Es war das letzte Mal, dass die Geschwister sich sahen. (Leslie starb einen Monat später an der Front, seine letzten, im Fieberwahn gesprochenen Worte waren: »Halt mir den Kopf hoch, Katie, mir fällt das Atmen so schwer.«) Als spürten Bruder und Schwester, dass einer – oder beide – sich der Todeszone näherten, waren sie während Leslies Aufenthalt unzertrennlich; sie verbrachten ganze Nachmittage zusammen und schwelgten in Erinnerungen an die Kindheit in Wellington.

Leslies Tod verwandelte ihr Schreiben vollständig. Voller nostalgischer Kindheitserinnerungen schwanden nun all ihre Vorbehalte gegenüber der Heimat. Sie war bereit, Neuseeland über die Maßen romantisch zu verklären.

»Ja, ich will über mein Heimatland schreiben, bis mein Vorrat erschöpft ist. Nicht nur, weil ich eine heilige Verpflichtung meiner Heimat gegenüber habe, weil mein Bruder und ich dort geboren sind, sondern auch, weil ich in Gedanken all die vertrauten Orte mit ihm durchstreife … Ich sehne mich danach, sie im Schreiben wieder zum Leben zu erwecken. Ach, die Menschen, die wir dort lieb hatten – auch von ihnen will ich erzählen. Oh, ich möchte, dass für einen Moment unser unentdecktes Land vor den Augen der Alten Welt aufblitzt … Aber alles muss mit einem Sinn für das Geheimnisvolle erzählt werden, mit einem Glanz, einem Nachglühen …«

Sie arbeitete *Aloe* um zu *Prelude,* einer brillant gebauten Novelle, der ersten bedeutenden Erzählung ihrer reifen Phase. Čechovs Einfluss ist darin unverkennbar – das Vokabular ist einfach, die Erzählweise direkt, unzweideutig, die Handlung den Charakteren untergeordnet. In einer anderen Geschichte aus dieser Zeit, *Der Wind weht,* zeichnet sie ein lebendiges, romantisch überhöhtes Bild ihrer Kindheit in Wellington, geradezu trunken vor Nostalgie.

Die Liebe hatte Einzug in ihr Werk gehalten.

Doch es ist fraglich, ob man ihr heute noch so viel Achtung zollen würde, wenn ihre Karriere an diesem Punkt zu Ende gewesen wäre. Erst die Erzählungen, die jetzt folgen, haben Katherine Mansfield unsterblich gemacht.

Im Dezember 1917, im Alter von nur neunundzwanzig Jahren, erkrankte Katherine Mansfield. Die Diagnose lautete Tuberkulose.

Die Todeszone

Der englische Winter wurde zu ihrem ärgsten Feind und zur größten Bedrohung für ihr Schreiben. Um ihm zu entfliehen, sich gegen ihn zu behaupten, reiste sie unablässig. Im französischen

Bandol schrieb sie, beeinflusst von Dostojewskis *Aufzeichnungen aus einem Kellerloch,* die Erzählung *Je ne parle pas français,* eine indirekte Ohrfeige für Murry. Und eben dort, in Bandol, beendet sie im März 1918 eine ihrer besten Erzählungen: *Glück;* kurz darauf erlitt sie einen Blutsturz.

Glück handelt von einem Taumel der Verzückung, ausgelöst einzig und allein durch die Gedanken der Erzählerin Bertha bei einem festlichen Abendessen. Zum ersten Mal spricht Mansfield offen über die Kraft ihrer bisexuellen Sehnsüchte, als Bertha sich in Pearl verliebt, »wie sie sich immer in schöne Frauen verliebte, die etwas Seltsames an sich hatten«.

In der Geschichte geht es um Ehe, Ehebruch, tatsächlichen und eingebildeten Betrug. Ein reifes Werk. Mansfield schrieb jetzt Geschichten, die so profund waren wie die letzten Worte eines Sterbenden – die wundersamen Momente, die Offenbarungen mehrten sich. In *Glück* heißt es:

> »Was kann man auch tun, wenn man dreißig ist und an der eigenen Straßenecke plötzlich von einem Glücksgefühl überwältigt wird, als hätte man plötzlich einen leuchtenden Schnitz Nachmittagssonne verschluckt und als brenne es ei-

nem in der Brust und jagte einen kleinen Funkenregen durch den ganzen Körper, bis in jeden Finger und Zeh?…«

Sie überwinterte in Bandol, Ospedaletti, San Remo und Menton, die Sommer verbrachte sie bei Murry im Londoner Stadtteil Hampstead. 1920 schloss sie die Arbeit am Band *Glück und andere Erzählungen* ab. Einen Monat später, nach der Scheidung von ihrem ersten Ehemann, heiratete sie Murry, doch schon zwei Wochen später war sie wieder unterwegs. In einem Brief an Elizabeth von Arnim aus Italien schreibt sie:

»Ich denke sehr oft an dich. Vor allem am Abend, wenn ich auf meinem Balkon sitze und es zu dunkel ist, um zu schreiben oder etwas anderes zu tun, als die Sterne zu erwarten. Ich liebe diese Stunden. Man fühlt sich halb entkörperlicht, wie ein Schatten seiner selbst, der an der Schwelle der eigenen Existenz sitzt, während die dunkle Flut steigt. Dann kommt der Mond, so wunderbar heiter, und die Sterne, die aus einem uns unbekannten Grunde sehr wohlgemut sind. Allzu leicht vergessen wir in unserem profanen Dasein diese Wunder.«

Die Geschichten sprudelten nur so aus ihr hervor. Sie alle kreisten jetzt um einen existentiellen Augenblick bewusster oder unbewusster Offenbarung und waren durchdrungen von einer neuen Zartheit und Intensität, geprägt durch den Krieg und den eigenen nahenden Tod. Es war der Anfang von Mansfields fruchtbarster Schaffensphase. Sie schrieb einhundert Rezensionen für die von Murry herausgegebene Zeitschrift *Atheneum* und viele Erzählungen, unter ihnen Meisterwerke wie *Miss Brill, Der Fremde* und *Die Tochter des jüngst verstorbenen Colonel Pinner.*

Wegen des trocken-kalten Klimas in der Schweiz mieteten Murry und sie ein Chalet in Montana-sur-Sierre. Die einst so zynische Autorin von *In einer deutschen Pension,* die zehn Jahre zuvor mit spitzer Feder das Ehe- und Familienleben karikiert hatte, schrieb jetzt: »Vor allem anderen möchte ich unbedingt über die Liebe im Familienkreis schreiben.«

Um jeden Atemzug rang sie mittlerweile und schrieb doch in dieser Zeit die schönsten Neuseelandgeschichten ihres Lebens.

An der Bucht, Ihr erster Ball, Das Gartenfest, Das Puppenhaus – sie alle zeugten von einer spät erwachten Liebe, von Sehnsucht und Vergebung; die Nähe des Todes schärfte Mansfields Bewusstsein davon, was sie zu geben hatte und was sie sagen wollte.

Aus der Schweiz reiste sie 1922 für eine teure, doch erfolglose Röntgentherapie nach Paris. Sie schrieb *Die Fliege* – später »hasste« sie diese Arbeit –, ein letzter Versuch, ihren Vater zu porträtieren. Die Geschichte handelt von einem Mann, der, nachdem er durch einen Besucher an den Tod seines Sohnes erinnert worden ist, eine Stubenfliege tötet. Er ertränkt sie – ausgerechnet – in Tinte. Auf eindringliche Weise verweist diese Tat auf die sinnlosen Gräuel des Krieges und zugleich auf Mansfields nachlassende Schaffenskraft, die sie verzweifeln ließ. In ihrem Tagebuch schreibt sie: »Ich bin in eine Sackgasse geraten.« Nur noch eine Offenbarung hält das Leben für sie bereit: den Tod.

Ihre letzte vollendete Erzählung ist *Der Kanarienvogel.* Mittlerweile wohnte sie im sechsten Stock des Victoria Palace Hotel in der Rue Blaise Desgoffe, wo sie vergeblich auf neue Kräfte hoffte. Aus ihrem Zimmer blickte sie auf

> »die Fenster gegenüber. Die Frau … hat einen Weidenkäfig voller Kanarienvögel. Wie kann man die Schönheit ihres flinken kleinen Lieds in Worte fassen, das, wie es scheint, direkt aus

> dem Gemäuer aufsteigt? Ich frage mich, wovon sie wohl träumen, wenn sie am Abend zugedeckt werden, und was ihr hastiges Flattern bedeutet… Ich denke, meine Geschichte für Dich wird von Kanarienvögeln handeln. Der große Käfig mir gegenüber hat mich absolut fasziniert. Ich denke & denke über sie nach – über ihre Gefühle, ihre Träume, über das Leben, das sie hatten, bevor man sie einfing… Worte können die Schönheit des hohen, schrillen kleinen Lieds nicht beschreiben, das direkt aus dem Gemäuer aufsteigt…«

Sie hustet Blut und hofft doch noch immer auf eine letzte Offenbarung; sie identifiziert sich mit den Vögeln und macht schließlich ihren Frieden mit dem Gefängnis der menschlichen Existenz und mit der Unabwendbarkeit des Todes. In einem letzten Brief schreibt sie:

> »Aber die Wahrheit ist wohl, dass manche Menschen eingesperrt und andere frei sind. Man tut besser daran, sich mit seinem Käfig abzufinden und nichts weiter darüber zu sagen. Ich *kann* es – ich *will* es. Und ich finde es wirklich unverzeihlich, wenn man seine Freunde mit einem ›Ich kann nicht raus‹ langweilt.«

Sie stirbt am 9. Januar 1923 im französischen Fontainebleau, gerade einmal vierunddreißig Jahre alt. Die Sammlung *Das Gartenfest und andere Geschichten* erschien wenige Wochen nach ihrem Tod. Mehr als jedes andere ihrer Werke besiegelte es ihren Ruhm als Neuerin, als literarische Impressionistin, als eine der Ersten, die die *tranche de vie*-Technik in die englische Literatur einführte, eine Meisterin der Darstellung wundersamer Erscheinungen im Alltäglichen.

»Was kann man auch tun, wenn man dreißig ist und an der eigenen Straßenecke plötzlich von einem Glücksgefühl, von einem Gefühl reinen Glücks überwältigt wird …«

Eine Gewürzgurke

Und dann, nach sechs Jahren, sah sie ihn wieder. Er saß an einem der kleinen Bambustische, die mit Papiernarzissen in japanischen Vasen geschmückt waren. Ein hoher Aufsatz mit Obst stand vor ihm, und sehr sorgfältig – auf eine Art, die sie sogleich als seine ihm eigene Art wiedererkannte – schälte er sich eine Apfelsine.

Er musste gespürt haben, was für ein Schock das Wiedererkennen für sie war, denn er sah auf und begegnete ihren Blicken. Unglaublich! Er erkannte sie nicht! Sie lächelte; er zog die Brauen zusammen. Sie ging auf ihn zu. Einen kurzen Augenblick schloss er die Augen, doch als er sie wieder öffnete, leuchtete sein Gesicht auf, als hätte er in einem dunklen Zimmer ein Streichholz angezündet. Er legte die Apfelsine hin und stieß seinen Stuhl zurück, und sie nahm ihre warme kleine Hand aus ihrem Muff und reichte sie ihm. »Vera!«, rief er. »Wie merkwürdig! Einen Augenblick hatte ich dich wirklich nicht erkannt! Willst du nicht Platz nehmen? Hast du schon Mittag gegessen? Möchtest du Kaffee?« Sie zögerte, aber natürlich wollte sie gern.

»Ja, ich nehme gern einen Kaffee.« Und sie setzte sich ihm gegenüber.

»Du hast dich verändert! Du hast dich sehr verändert«, sagte er und betrachtete sie mit aufmerksamen, interessierten Blicken. »Du siehst so gut aus! Noch nie habe ich dich so wohl gesehen!«

»Tatsächlich?« Sie hob den Schleier ein wenig und knöpfte den hohen Pelzkragen auf. »Ich fühle mich aber nicht sehr wohl. Ich kann nämlich dieses Wetter nicht ertragen.«

»Ach ja! Die Kälte hast du immer gehasst …«

»Ich kann sie nicht ausstehen!« Sie schauderte. »Und das Schlimmste daran ist, dass, je älter man wird …«

Er unterbrach sie. »Entschuldige!« Er klopfte auf den Tisch und rief die Kellnerin herbei. »Bitte, einmal Kaffee mit Sahne.« Und zu ihr gewandt: »Willst du bestimmt nichts essen? Vielleicht etwas Obst? Das Obst ist hier sehr gut!«

»Nein, danke! Nichts.«

»Dann ist das also erledigt!« Und, gerade ein bisschen zu selbstzufrieden lächelnd, nahm er wieder die Apfelsine auf. »Du wolltest eben sagen: je älter man wird …«

»… desto kälter«, lachte sie. Aber sie dachte, wie

gut sie sich noch an seine widerliche Gewohnheit erinnerte, sie zu unterbrechen, und wie sie das vor sechs Jahren stets zur Verzweiflung gebracht hatte. Damals war es ihr immer so, als hätte er ihr mitten in dem, was sie sagen wollte, die Hand auf den Mund gelegt und sich abgewandt und mit etwas anderem beschäftigt und dann die Hand wieder weggenommen und ihr mit genau demselben, ein bisschen zu selbstzufriedenen Lächeln wieder seine Aufmerksamkeit geschenkt… Jetzt sind wir so weit. Das ist also erledigt.

»Desto kälter.« Seine Worte kamen wie ein Echo, das Lachen ebenfalls. »Haha! Du sagst noch immer die gleichen Dinge! Und noch etwas anderes an dir hat sich überhaupt nicht verändert – deine schöne Stimme – deine schöne Sprechstimme!« Jetzt war er sehr ernst; er beugte sich zu ihr hinüber, und sie vermerkte den feurigen, beißenden Geruch der Apfelsinenschale. »Du brauchtest nur ein Wort zu sagen, und ich würde deine Stimme unter hundert anderen herauskennen. Ich weiß nicht, was es ist – hab's mich oft gefragt –, weshalb deine Stimme einem so im Gedächtnis haftenbleibt… Erinnerst du dich an den ersten Nachmittag, den wir gemeinsam in Kew Gardens verbrachten? Du warst so überrascht, weil ich von keiner einzigen Blume den Namen wusste. Ich bin noch genauso unwissend, obwohl du mich belehrt hattest. Aber sobald es schön und warm ist und ich leuchtende Farben sehe, dann – ist es nicht seltsam? – höre ich deine Stimme sagen: ›Geranien, Ringelblumen und Verbenen!‹ Und mir ist dann, als wären die drei Worte alles, was mir von einer längst vergessenen, himmlischen Sprache haftengeblieben ist… Erinnerst du dich an den Nachmittag?«

»O ja, sehr gut!« Sie schöpfte sehr tief Atem, als dufteten die Papiernarzissen zwischen ihnen fast unerträglich süß. Was ihr jedoch von jenem Nachmittag im Gedächtnis geblieben war, das war die lächerliche Szene am Teetisch. In der Chinesischen Pagode hatten sehr viele Leute Tee getrunken, und er hatte sich wegen der Wespen wie ein Verrückter benommen – hatte sie fortgescheucht und so streng und verbittert mit seinem Strohhut nach ihnen geschlagen, wie es in keinem Verhältnis zu dem Anlass stand. Wie entzückt die kichernden Leute zugeschaut hatten! Und wie sie darunter gelitten hatte!

Doch als er jetzt sprach, verblasste ihre Erinnerung – er erinnerte sich genauer. Ja, es war ein wunderschöner Nachmittag gewesen, voller Geranien und Ringelblumen und Verbenen – und warmem Sonnenschein. Ihre Gedanken zogen die letzten beiden Worte in die Länge, als wollte sie sie singen. Und in dieser imaginären Wärme erblühte noch eine andere Erinnerung. Sie sah sich auf einem Rasen sitzen. Er lag neben ihr, und plötzlich, nach längerem Schweigen, rollte er herum und legte seinen Kopf in ihren Schoß.

»Ich wünschte«, sagte er mit leiser, bedrückter Stimme, »ich hätte Gift genommen und läge jetzt im Sterben – jetzt und hier.«

Im gleichen Augenblick sprang ein kleines Mädchen in weißem Kleid, eine lange, tropfnasse Seerose in der Hand, hinter einem Busch hervor, starrte sie beide an und sprang wieder weg. Aber er sah es nicht. Sie beugte sich über ihn.

»Oh, warum sagst du das? Ich könnte so etwas nicht sagen.« Er aber stieß einen leisen Seufzer aus, nahm ihre Hand und hielt sie an seine Wange: »Weil ich weiß, dass ich dich zu sehr lieben werde – viel zu sehr! Und ich werde furchtbar darunter leiden, Vera, weil du mich nie so lieben wirst, nie!« Er sah jetzt bestimmt viel besser aus als damals. Die ganze Unentschlossenheit und verträumte Unsicherheit hatte er abgelegt. Jetzt sah er aus wie ein Mann, der seinen Platz im Leben gefunden hat und ihn mit einer Zuversicht und Sicherheit ausfüllt, die, um das Mindeste zu sagen, eindrucksvoll waren. Er musste auch Geld verdient haben.

Sein Anzug war bewundernswert, und nun holte er gar noch ein russisches Zigarettenetui aus der Tasche.

»Rauchst du?«

»Ja, gern.« Sie warf einen Blick darauf. »Sie sehen sehr gut aus!«

»Sie sind es auch! Ich lasse sie mir von einem kleinen Ladeninhaber in der St. James's Street anfertigen. Ich rauche nicht sehr viel – bin nicht wie du. Aber wenn ich's tue, müssen es erstklassige, ganz frische Zigaretten sein. Rauchen ist bei mir keine Gewohnheit, sondern ein Luxus – wie Parfüm. Schwärmst du noch immer so für Parfüm? Als ich in Russland war …«

Sie unterbrach ihn: »Du bist wirklich in Russland gewesen?«

»Ja. Über ein Jahr war ich dort. Weißt du noch, wie wir immer davon sprachen, nach Russland zu gehen?«

»Ich hab's nicht vergessen.«

Er stieß ein sonderbar unterdrücktes Lachen aus und lehnte sich zurück. »Ist es nicht merkwürdig? Ich habe tatsächlich all die Reisen unternommen, die wir geplant hatten. Ja, ich war in all den Orten, von denen wir gesprochen hatten, und bin lange genug dort geblieben, um mich, wie du es immer nanntest, ›durchzulüften‹. Eigentlich habe ich die letzten drei Jahre meines Lebens ausschließlich auf Reisen zugebracht: in Spanien, Korsika, Sibirien, Russland und Ägypten. Das einzige Land, das ich nicht aufgesucht habe, ist China, und ich habe im Sinn, auch dort hinzugehen, wenn der Krieg vorbei ist.«

Während er so leichthin erzählte und das Ende seiner Zigarette in den Aschenbecher schnippte, spürte sie, wie das seltsame Tier in ihrer Brust, das so lange geschlummert hatte, sich zu regen begann, sich streckte, gähnte, die Ohren spitzte und plötzlich aufsprang und seinen sehnsüchtigen, ausgehungerten Blick auf jene fernen Länder richtete. Doch sie lächelte nur und sagte sanft: »Wie ich dich beneide!«

Er glaubte es gern. »Es war ganz herrlich«, sagte er, »vor allem Russland. Russland war all das, was wir uns vorgestellt hatten, und noch viel, viel mehr. Ich habe sogar ein paar Tage auf einem Flussdampfer auf der Wolga gelebt. Erinnerst du dich an das Lied der Wolgaschiffer, das du immer spieltest?«

»Ja.« Und schon hörte sie es im Geiste.

»Spielst du es jetzt auch noch?«

»Nein, ich habe kein Klavier!« Er war verblüfft. »Was? Dein prachtvoller Flügel – was ist denn aus dem geworden?«

Sie verzog das Gesicht. »Verkauft! Schon vor langer Zeit.«

»Aber du hast doch Musik so geliebt?«, staunte er.

»Ich habe jetzt keine Zeit mehr dafür.«

Er ließ es dabei bewenden und fuhr fort: »Das Leben auf dem Fluss ist wirklich etwas ganz Besonderes. Nach ein, zwei Tagen kann man nicht mehr verstehen, dass man jemals anders gelebt hat. Und es ist nicht nötig, die Sprache zu können – das Leben auf dem Schiff schafft ein Band, das völlig ausreicht. Man isst mit den Leuten, verbringt den Tag mit ihnen, und am Abend beginnt das Singen, das nie endende.«

Sie schauerte zusammen und hörte das Lied der Wolgaschiffer mächtig und tragisch anschwellen, sah das Schiff weitergleiten auf dem dunkler werdenden Strom mit den schwermütigen Bäumen an seinen Ufern … »Ja, das würde mir gefallen«, sagte sie und streichelte ihren Muff.

»Das Leben in Russland würde dir überhaupt gefallen«, sagte er überzeugt. »Es ist so schlicht, so impulsiv, so selbstverständlich. Und die Bauern sind wirklich prächtig. Sie sind so menschlich – ja, das ist es! Sogar der Kutscher, der einen fährt, nimmt aufrichtigen Anteil an allem, was vor sich geht. Ich erinnere mich da an einen Abend, als wir – zwei Bekannte von mir und die Frau des einen – zu einem Picknick ans Schwarze Meer fuhren. Wir nahmen Abendbrot und Champagner mit und aßen und tranken im Gras. Und als wir aßen, kam der Kutscher und sagte: ›Nehmen Sie eine Gewürzgurke!‹ Er wollte uns etwas abgeben. Es passte so gut ins Bild, war so richtig – verstehst du, wie ich's meine?« Und im gleichen Augenblick sah sie sich im Grase sitzen, vor sich das geheimnisvolle Schwarze Meer, das so samtschwarz war und leise, samtene Wellchen ans Ufer schickte. Sie sah den am Straßenrand haltenden Wagen und die kleine Gruppe im Gras, deren Gesichter und Hände das Mondlicht versilberte. Sie sah das ausgebreitete, helle Kleid der Frau und neben ihr den zusammengerollten Sonnenschirm, der einer riesengroßen Häkelnadel aus Perlmutter glich. Und abseits saß der Kutscher und hatte sein Essen in einem Tuch auf dem Schoß. ›Nehmen Sie eine Gewürzgurke!‹, sagte er, und obwohl sie nicht ganz genau wusste, was eine Gewürzgurke war, sah sie das grünliche Glas, durch das – zwischen den Gurken – eine rote Paprikaschote wie ein Papageienschnabel hervorschimmerte. Es zog ihr den Mund zusammen: die Gewürzgurke war furchtbar scharf…

»Ja, ich verstehe sehr gut, was du meinst«, sagte sie.

In der Pause, die nun entstand, blickten sie einander an. Wenn sie sich früher so angeblickt hatten, war ein so grenzenloses Verstehen zwischen ihnen gewesen, als hätten sich ihre Seelen gewissermaßen umarmt und wären wie ein tragisches Liebespaar ins Meer gesprungen, glücklich, im Tode vereint zu sein. Es überraschte sie daher sehr, dass er jetzt derjenige war, der sich zurückhielt. Er sagte: »Was für eine wunderbare Zuhörerin du bist! Wenn du mich mit so schwärmerischen Augen anblickst, dann ist mir, als könnte ich über Dinge mit dir sprechen, die ich mit keinem andern Menschen teilen würde!« Schwang nicht auch ein Hauch Spott in seiner Stimme mit – oder bildete sie sich das nur ein? Sie könnte es nicht mit Bestimmtheit sagen.

»Ehe ich dich kennenlernte«, sagte er, »hatte ich nie zu jemand über mich gesprochen. Wie gut erinnere ich mich an einen besonderen Abend – jenen Abend, als ich dir den kleinen Weihnachtsbaum brachte –, wie ich dir alles über meine Kindheit erzählte, und dass ich so unglücklich war und ausriss und mich zwei Tage unter einem Wagen in unserm Hof versteckte, ehe man mich fand. Und du hörtest mir zu, und deine Augen leuchteten, und mir war, als hättest du sogar den kleinen Weihnachtsbaum angestiftet, mir zuzuhören – genau wie in einem Märchen!«

Aber von jenem Abend war ihr nur eine kleine Dose mit Kaviar in Erinnerung geblieben. Sie hatte sieben Shilling und sechs Pence gekostet. Er konnte nicht darüber hinwegkommen. Zu denken, dass ein so winziges Büchschen sieben Shilling und sechs Pence gekostet hatte! Während sie davon aß, hatte er ihr hingerissen und empört zugeschaut.

›Nein, wirklich, das nenne ich Geld essen. In eine so winzige Büchse gingen sieben Shillingstücke nicht mal hinein! Stell dir vor, was daran verdient wird…‹ Und er hatte sich auf eine ungeheuer schwierige Berechnung eingelassen… Doch nun genug vom Kaviar. Der Weihnachtsbaum stand auf dem Tisch, und der kleine Junge lag unter dem Wagen und hatte den Kopf an den Hofhund geschmiegt.

»Der Hund hieß Bosun!«, rief sie begeistert.

Aber er kam nicht mit.

»Welcher Hund? Hast du einen Hund besessen? Ich kann mich an keinen Hund erinnern!«

»Nein, natürlich nicht! Ich meine den Hofhund – damals, als du ein kleiner Junge warst!«

Er lachte und ließ das Zigarettenetui zuschnappen. »Hieß er so? Denk dir, das habe ich vergessen. Es scheint so ewig lange her! Ich kann gar nicht glauben, dass es erst sechs Jahre her ist! Nachdem ich dich heute wiedererkannt hatte, musste ich einen gewaltigen Sprung rückwärts machen – einen Sprung über mein ganzes Leben, um mich in jener Zeit zurechtzufinden. Was für ein Kind war ich damals!« Er trommelte mit den Fingern auf den Tisch. »Ich habe oft gedacht, wie ich dich gelangweilt haben muss. Und jetzt verstehe ich auch völlig, warum du mir so geschrieben hast – obwohl der Brief damals fast mein Leben zerstört hat. Ich habe ihn neulich wiedergefunden, und als ich ihn las, musste ich lachen. Er war so gescheit – entwarf ein so wahres Bild von mir!« Er blickte auf. »Du gehst doch noch nicht?«

Sie hatte ihren Kragen zugeknöpft und den Schleier heruntergezogen.

»Ja, leider muss ich gehen«, sagte sie und brachte ein Lächeln zustande. Jetzt wusste sie, er hatte sie nicht ernst genommen.

»Ach nein, bitte nicht!«, bettelte er. »Bleib noch einen kleinen Augenblick!« Er nahm einen ihrer Handschuhe vom Tisch und hielt ihn fest, als könne er sie dadurch am Gehen hindern. »Ich bin jetzt so selten mit Menschen zusammen, mit denen ich mich unterhalten kann, dass ich der reinste Barbar geworden sein muss«, sagte er. »Habe ich dich irgendwie gekränkt?«

»Überhaupt nicht!«, log sie. Doch als sie sah, wie er ihren Handschuh so sanft und zart streichelte, verflog ihr Ärger tatsächlich, und außerdem sah er jetzt fast so wie vor sechs Jahren aus …

»Was ich mir damals wirklich wünschte«, sagte er leise, »das war, eine Art Teppich zu sein – mich in einen Teppich zu verwandeln, auf dem du einherschreiten solltest, damit du nicht die spitzen Steine zu fürchten brauchtest und nicht den Schmutz, der dir so widerwärtig war. Etwas Bestimmteres, etwas Selbstsüchtiges war es nicht! Nur wollte ich mich dann wirklich unbedingt in einen Zauberteppich verwandeln und dich in all die Länder entführen, die du so gerne sehen wolltest.«

Während er sprach, hob sie den Kopf, wie um zu trinken: das seltsame Tier in ihrer Brust begann zu schnurren …

»Ich spürte, dass du einsamer warst als irgendwer in der Welt«, fuhr er fort, »und doch vielleicht der einzige Mensch in der Welt, der wirklich und wahrhaft lebendig war. Außerhalb deiner Zeit geboren«, murmelte er und streichelte den Handschuh. »Vom Schicksal so bestimmt.«

O Gott, was hatte sie getan! Wie hatte sie nur wagen können, ihr Glück so wegzuwerfen? Er war der einzige Mann, der sie jemals verstanden hatte! War es zu spät? Konnte es zu spät sein? Der Handschuh, den er in den Fingern hielt, war ja sie selber! …

»Hinzu kam die Tatsache, dass du keine Freunde hattest und dich nie mit andern Menschen angefreundet hattest! Wie ich das verstand, denn mir war es ebenso ergangen. Ist es jetzt noch immer so?«

»Ja«, hauchte sie. »Ich bin so allein wie immer.«

»Und ich auch«, lachte er leise. »Ganz genau so!« Mit einer jähen Bewegung gab er ihr plötzlich den Handschuh wieder und scharrte mit seinem Stuhl über den Fußboden. »Doch was mir damals so rätselhaft vorkam, ist mir jetzt völlig klar. Und dir natürlich auch ... Wir waren einfach derartige Egoisten, so mit uns selbst beschäftigt und so ich befangen, dass wir in unsern Herzen keinen Winkel für andre Menschen hatten. Denk dir«, rief er naiv und aufrichtig und einer andern Seite seines alten Ichs wieder erschreckend ähnlich, »in Russland habe ich dieses Verhaltensmuster studiert und festgestellt, dass wir gar kein besonderer Fall waren. Es ist eine ganz alltägliche Form von ...«

Sie war gegangen. Er saß da wie vom Blitz getroffen – unsagbar verblüfft ... Und dann verlangte er von der Kellnerin die Rechnung.

»Aber die Sahne wurde nicht angerührt«, sagte er. »Dafür rechnen Sie bitte nichts!«

Je ne parle pas français

Ich weiß nicht, warum ich solche Vorliebe für das kleine Café hier habe. Es ist schmutzig und trübselig, sehr trübselig. Nicht etwa, als hätte es etwas an sich, wodurch es sich von hundert andern unterschiede – keineswegs –, oder als kämen die gleichen seltsamen Typen jeden Tag hierher, sodass man sie von seinem Eckplatz aus beobachten und Wiedererkennen und mehr oder weniger (mit starker Betonung auf dem ›weniger‹) in ihr Geheimnis eindringen könnte. Doch möge man bitte nicht denken, dass die Klammer ein Eingeständnis meiner Demut vor dem Geheimnis der menschlichen Seele bedeutet. Durchaus nicht; ich glaube nicht an die menschliche Seele – habe nie an sie geglaubt. Ich glaube, dass die Menschen wie Reisesäcke sind – vollgepackt mit allerhand Sachen, aufgehoben, weggestoßen, hingebracht, verloren und wieder gefunden, plötzlich halb ausgeleert oder voller denn je gestopft, bis endlich der allerletzte Träger sie auf den allerletzten Zug schleudert und sie davonrattern …

Nicht etwa, dass diese Reisesäcke nicht sehr interessant sein könnten! Oh, sehr sogar! Ich sehe mich selbst vor ihnen stehen, wie ein Zollbeamter nämlich.

›Haben Sie etwas zu verzollen? Wein, Likör, Zigarren, Parfüm, Seide?‹

Und der Moment kurzen Zauderns, bevor ich meinen Kreideschnörkel anbringe – ob ich wohl beschwindelt werde? –, und gleich danach der andere zaudernde Moment, ob ich wohl beschwindelt worden bin, die sind vielleicht die spannendsten Augenblicke im Leben.

Ja, das sind sie – für mich.

Was ich jedoch, ehe ich mich auf diese lange und weit hergeholte und nicht furchtbar originelle Abschweifung einließ, ganz einfach sagen wollte: es gibt hier keine Reisesäcke zu untersuchen, weil die Stammgäste des Cafés, Damen und Herren, sich nicht setzen. Nein, sie stehen am Buffet, eine Handvoll Arbeiter, die vom Fluss heraufgekommen sind, alle mit weißem Mehl, Kalk oder ähnlichem Zeug überpudert, und ein paar Soldaten, die magere, dunkelhaarige Mädchen mit silbernen Ringen im Ohr und Marktkörben am Arm mitbringen.

Auch die Madame ist mager und dunkelhaarig und hat bleiche Wangen und bleiche Hände. In einer bestimmten Beleuchtung sieht sie ganz durchsichtig aus und schimmert außerordentlich wirkungsvoll aus ihrem schwarzen Schal hervor. Wenn sie nicht bedient, sitzt sie auf einem Hocker und hat das Gesicht stets dem Fenster zugewandt. Ihre dunkel umrandeten Augen mustern die Vorübergehenden und folgen ihnen, doch nicht so, als suche sie jemanden. Das hat sie vielleicht vor fünfzehn Jahren getan – aber jetzt ist ihr diese Haltung zur Gewohnheit geworden. Ihrer müden und hoffnungsleeren Miene kann man ansehen, dass sie es aufgegeben hat – schon vor mindestens zehn Jahren.

Und dann der Kellner! Nicht rührend, und bestimmt nicht komisch. Nie macht er eine jener völlig bedeutungslosen Bemerkungen, die einen verblüffen, weil sie von einem Kellner kommen (als ob der arme Mensch eine Art Kreuzung zwischen einer Kaffeekanne und einer Weinflasche wäre, von der man nicht erwarten kann, dass sie auch nur einen Tropfen von irgendetwas anderem enthalten könne). Er ist grauhaarig, plattfüßig und verschrumpelt, und er hat lange, brüchige Fingernägel, die einem auf die Nerven gehen, wenn er seine zwei Sous zusammenscharrt. Wenn er nicht den Tisch abschmiert oder ein, zwei tote Fliegen wegschnipst, steht er in seiner viel zu langen

Schürze, die eine Hand auf der Rückenlehne eines Stuhls und über dem andern Arm den dreieckigen Zipfel einer schmutzigen Serviette, und wartet darauf, im Zusammenhang mit irgendeiner abscheulichen Mordtat fotografiert zu werden. ›Inneres des Cafés, in dem die Leiche gefunden wurde.‹ Hundertmal hat man ihn gesehen.

Glauben Sie, dass jeder Ort seine bestimmte Tagesstunde hat, wo er wirklich ganz zum Leben erwacht? Genauso meine ich es nicht. Eher so: es scheint tatsächlich einen Augenblick zu geben, wo man erkennt, dass man rein zufällig die Bühne gerade in dem Zeitpunkt betreten hat, zu dem man erwartet wurde. Alles ist für einen bereit und wartet auf einen. Aha, man ist Herr der Situation! Wichtigtuerisch bläht man sich auf. Und gleichzeitig lächelt man verstohlen und listig, weil das Leben anscheinend dagegen ist, einem diese Auftritte zu gewähren, ja, es scheint darauf aus zu sein, sie einem wegzuschnappen und unmöglich zu machen und einen in der Kulisse festzuhalten, bis es wirklich zu spät ist … Doch dieses eine Mal hat man die alte Hexe besiegt!

Einen dieser Augenblicke genoss ich, als ich zum allerersten Mal hierherkam. Deshalb komme ich vermutlich immer wieder her – suche die Szene meines Triumphs auf oder die Szene des Verbrechens, als ich die alte Vettel endlich einmal bei der Kehle hatte und mit ihr tat, was mir Spaß machte. Frage: Warum bin ich so erbittert gegen das Leben? Und warum sehe ich es als eine Lumpensammlerin amerikanischer Filme, die in einen schmutzigen Schal eingewickelt ist und mit ihren alten, um einen Stock gekrümmten Klauen über die Szene schlurft?

Antwort: Es ist die unmittelbare Wirkung amerikanischer Filme auf einen schwachen Geist.

Jedenfalls ›neigte sich der kurze Winternachmittag seinem Ende zu‹, wie es so schön heißt, und ich ließ mich treiben, unschlüssig, ob ich heimgehen sollte oder nicht, als ich mich plötzlich in diesem Café befand und auf diesen Eckplatz zusteuerte.

Ich hängte meinen englischen Mantel und den grauen Filzhut auf denselben Haken hinter mir, und nachdem ich dem Kellner so viel Zeit gelassen hatte, dass mindestens zwanzig Fotografen sich an ihm satt knipsen konnten, bestellte ich einen Kaffee.

Er schenkte mir ein Glas des bekannten bräunlich roten Getränks ein, über das ein grünlich waberndes Licht hinspielte, und schusselte weg, während ich dasaß und meine Hände um das Glas legte, denn draußen war es bitter kalt.

Plötzlich merkte ich, dass ich, ganz ohne es zu wollen, vor mich hin lächelte. Langsam hob ich den Kopf und sah mich im Spiegel gegenüber. Ja, dort saß ich, stützte mich auf den Tisch und lächelte mein unergründliches, verstohlenes Lächeln, vor mir das Glas Kaffee mit seiner zerflatternden Dampffahne und daneben die kreisrunde weiße Untertasse mit den zwei Zuckerstücken. Ich riss meine Augen sehr weit auf. Dort war ich gewissermaßen seit ewigen Zeiten gewesen, und jetzt erwachte ich endlich zum Leben …

Es war sehr still im Café. Draußen hatte es zu schneien begonnen – man konnte es im Dämmerlicht gerade noch erkennen. Man konnte gerade noch die Umrisse der Pferde und Wagen und Menschen sehen, wie sie sanft und weiß durch die fusselige Luft zogen. Der Kellner verschwand und kam mit einem Armvoll Stroh zurück. Mit demütigen, beinah anbetenden Bewegungen streute er es von der Tür bis zum Buffet und rund um den Ofen auf den Fußboden hin. Man wäre nicht überrascht gewesen, wenn sich die Tür geöffnet hätte und die Jungfrau Maria, auf einem Esel reitend, hereingekommen wäre, ihre sanften Hände über dem dicken Bauch gefaltet …

Das ist eigentlich sehr hübsch, die Sache mit der Jungfrau Maria, finden Sie nicht? Sie fließt so gemächlich aus der Feder, sie hat so ein ›verhallendes Gefälle‹. Damals fand ich es eben und beschloss, sie zu notieren. Man weiß nie, wann so ein kleiner Schnörkel sich vielleicht als nützlich erweist, um einen Abschnitt ausklingen zu lassen. Ich langte also nach der Schreibmappe auf dem Nebentisch und gab acht, mich so wenig wie möglich zu bewegen, weil der ›Zauber‹ noch nicht gebrochen war. (Sie kennen das wohl?)

Natürlich weder Papier noch Umschläge! Nur ein Blatt rosa Löschpapier, unglaublich weich und schlaff und beinah feucht – wie die Zunge eines toten Kätzchens (die ich nie angefühlt habe).

Ich saß also da – aber im Unterbewusstsein immer in jenem Zustand der Erwartung und die Zunge des toten kleinen Kätzchens um meinen Finger und die sanfte Redewendung durch meinen Geist rollend –, während meine Augen die Mädchennamen und die gemeinen Witze und die Zeichnungen von Flaschen und nicht zu Untertassen gehörenden Tassen gewahrten, die über die Schreibunterlage verstreut waren.

Es sind übrigens immer die gleichen. Die Mädchen haben immer dieselben Namen, die Tassen sitzen nie in Untertassen, und alle Herzen sind durchbohrt und mit Bändern zusammengebunden.

Doch dann – ganz plötzlich, am unteren Rand und in grüner Tinte geschrieben – stieß ich auf eine dumme, abgedroschene kleine Redewendung: *Je ne parle pas français.*

Da! Er war gekommen – der Augenblick – *le geste!* Und obwohl ich so aufnahmebereit war, packte es mich und stieß mich um; ich war einfach überwältigt! Und das körperliche Gefühl war so merkwürdig, so eigenartig. Mir war, als ob alles von mir, ausgenommen Kopf und Arme, alles von mir, was unter dem Tisch war, sich einfach aufgelöst hatte, geschmolzen und zu Wasser geworden war. Nur mein Kopf war geblieben und die zwei Stöckchen von Armen, die sich auf den Tisch stützten. Aber ach, die Qual des Augenblicks! Wie soll ich es beschreiben? Ich dachte an nichts anderes. Ich schrie nicht einmal heimlich auf. Einen kurzen Augenblick war ich – nicht. Ich war Qual, Qual, Qual.

Dann ging es vorbei, und gleich in der nächsten Sekunde dachte ich: ›Großer Gott! Kann ich wirklich so stark empfinden? Aber ich war ja völlig bewusstlos! Kein einziges passendes Wort war mir eingefallen! Ich war überwältigt! Ich war hingerissen! Ich hatte nicht im entferntesten versucht, es aufzuschreiben!‹

Ich blähte mich immer mehr auf und schloss zu

guter Letzt mit der Prahlerei: ›Ich muss im Grunde erstklassig sein. Kein zweitklassiger Geist hätte ein Gefühl so intensiv… und so rein empfinden können.‹

Der Kellner hat einen Fidibus an den roten Ofen gehalten und eine Gasblase unter einem breiten Schirm angezündet. Es nützt nichts, Madame, aus dem Fenster zu blicken, es ist jetzt stockdunkel. Ihre weißen Hände kauern über ihrem dunklen Schal. Sie gleichen zwei Tauben auf der Anflugstange, aber sie sind rastlos, so rastlos… Schließlich stecken Sie sie in Ihre warmen Achselhöhlen…

Jetzt hat der Kellner eine lange Stange genommen und die Vorhänge klirrend zusammengeschoben. ›Alles fott!‹, wie kleine Kinder sagen.

Und außerdem kann ich Leute nicht ertragen, die etwas nicht aufgeben können, sondern ihm nachlaufen und rufen müssen. Wenn etwas weg ist, ist es weg. Aus und vorbei! Lasst es also laufen! Beachtet es nicht mehr, sondern tröstet euch, falls ihr Trost braucht, mit dem Gedanken, dass man nie dasselbe zurückbekommt, das man verloren hat. Immer ist es etwas Neues. Im Augenblick, wo es dich verlässt, ist es verwandelt. Ja, das trifft sogar auf einen Hut zu, dem man nachjagt; und ich meine es nicht nur so obenhin – ich spreche im Ernst … Ich habe es mir zur Lebensregel gemacht, niemals etwas zu bereuen und niemals zurückzublicken. Reue ist eine grauenhafte Energieverschwendung, und niemand, der ein Schriftsteller sein will, kann sich eine solche Schwäche leisten. Man kann sie nicht gestalten; man kann nicht darauf bauen; sie taugt einzig dazu, in ihr zu schwelgen. Zurückblicken ist natürlich für die Kunst ebenso verhängnisvoll. Dabei bleibt man arm. Und die Kunst kann und will Armut nicht ertragen.

Je ne parle pas français. Je ne parle pas français. Die ganze Zeit, während ich diese letzte Seite schrieb, ist mein anderes Selbst draußen im Dunkeln herumgejachtert. Es verließ mich gerade dann, als ich meinen großen Augenblick zu analysieren begann, und sauste verzweifelt wie ein verlaufener Hund davon, der glaubt, dass er endlich, endlich den vertrauten Schritt wiederhört.

›Maus! Maus! Wo bist du? Bist du in der Nähe? Bist *du* das, die sich dort oben aus dem Fenster lehnt und die Arme nach den Fensterläden ausstreckt? Bist du das weiche Bündel, das sich durch das Schneegestöber auf mich zubewegt? Bist du das kleine Mädchen, das sich durch die Drehtür des Restaurants zwängt? Ist das dein Schatten, der sich im Taxi vorbeugt? Wo bist du? Wo bist du? Wohin soll ich mich wenden? Wohin muss ich eilen? Und jeden Augenblick, den ich zaudernd stehenbleibe, bist du wieder weiter weg. Maus! Maus!‹ Jetzt ist der arme Hund ganz erschöpft und mit eingezogenem Schwanz ins Café zurückgekehrt.

»Es war … ein falscher … Alarm. Sie ist nirgends … zu … sehen.«

»Leg dich dann! Leg dich! Leg dich!«

Ich heiße Raoul Duquette. Ich bin sechsundzwanzig Jahre alt und Pariser, ein echter Pariser. Was meine Familie betrifft – sie tut wirklich nichts zur Sache. Ich habe keine Familie; ich will keine haben. Ich denke nie an meine Kindheit. Ich habe sie vergessen.

Tatsächlich hebt sich nur eine einzige Erinnerung deutlich ab. Das ist ziemlich interessant, denn vom literarischen Standpunkt her scheint sie mir jetzt, was mich selbst angeht, sehr bedeutsam. Hier ist sie:

Als ich ungefähr zehn Jahre alt war, hatten wir als Waschfrau eine sehr dicke, sehr dunkle Afrikanerin mit einem karierten Kopftuch über ihrem krausen Haar. Wenn sie zu uns kam, schenkte sie mir immer ganz besondere Beachtung, und nachdem sie die Wäsche aus dem Korb genommen hatte, pflegte sie mich in den Korb zu setzen und mich zu schaukeln, während ich mich an den Griffen festhielt und vor Freude und Angst kreischte. Ich war klein für mein Alter und blass, mit einem hübschen halboffenen Mündchen – das weiß ich genau.

Eines Tages, als ich bei der Tür stand und ihr nachsah, drehte sie sich um und winkte mir und nickte und lächelte auf eine seltsam geheimnisvolle Art. Ihr nicht zu folgen, kam mir nicht in den Sinn. Sie führte mich in einen kleinen Verschlag am Ende der Gasse, nahm mich auf den Arm und küsste mich. Ach, diese Küsse! Besonders die Ohrenküsse, die mich beinah taub machten!

Als sie mich wieder absetzte, nahm sie aus ihrer Tasche einen kleinen runden, mit Zucker glasierten Kuchen, und ich wankte die Gasse entlang und zu unsrer Haustür zurück. Da dieses ›Stücklein‹ jede Woche wiederholt wurde, ist es nicht weiter erstaunlich, dass ich mich so lebhaft daran erinnere. Obendrein war meine Kindheit von jenem ersten Nachmittag an sozusagen ›weggeküsst‹, um es nett auszudrücken. Ich wurde sehr lässig, sehr zärtlich und ein übermäßiger gieriger Junge. Und mit meinen solchermaßen aufgepeitschten und geschärften Sinnen glaubte ich jedermann zu verstehen und mit jedem machen zu können, was ich wollte. Vermutlich befand ich mich in einem Zustand mehr oder weniger starker körperlicher Erregung, und das schien den Leuten zu gefallen. Denn alle Pariser sind mehr als halb – also gut, lassen wir das. Und lassen wir auch meine Kindheit ruhen. Begraben wir sie in einem Wäschekorb statt unter einem Rosenschauer, und *passons outre*.

Ich zähle mein Leben von dem Augenblick an, da ich der Mieter einer kleinen Junggesellenwohnung im fünften Stock eines hohen, nicht gar zu armseligen Hauses in einer Gasse wurde, die verschwiegen – oder auch nicht verschwiegen war. Sehr nützlich, so etwas … Dort tauchte ich auf, kam ans Licht und streckte meine Fühlhörner aus – auf dem Rücken ein Arbeitszimmer und ein Schlafzimmer und eine Küche. Und mit richtigen Möbeln in den Zimmern. Im Schlafzimmer war ein Kleiderschrank mit einem hohen Spiegel, ein großes Bett mit einer aufgeplusterten gelben Daunendecke, einem Nachttisch mit Marmorplatte und einer mit Äpfelchen gesprenkelten Waschgarnitur. In meinem Arbeitszimmer: ein englischer Schreibtisch mit Schubfächern, ein Schreibtischsessel mit Lederpolster, Bücher, Lehnstuhl, Lesetischchen mit Papiermesser und Stehlampe darauf und an den

Wänden ein paar Aktstudien. Die Küche benutzte ich nur, um alte Zeitungen hineinzuwerfen.

Oh, ich sehe mich noch an jenem ersten Abend, nachdem die Möbelmänner gegangen waren und ich es fertiggebracht hatte, meine gräuliche alte Concierge loszuwerden – wie ich auf Zehenspitzen umherging und einordnete, mit den Händen in der Tasche vor den Spiegel trat und zu meinem strahlenden Spiegelbild sagte: »Ich bin ein junger Mann, der seine eigene Wohnung hat. Ich schreibe für zwei Zeitungen. Ich beschäftige mich mit ernster Literatur. Ich stehe am Anfang einer Laufbahn. Das Buch, das ich veröffentliche, wird die Kritiker verblüffen. Ich werde über Dinge schreiben, die noch nie jemand ergründet hat. Ich will mir einen Namen als Schriftsteller einer verborgenen Welt machen. Aber nicht so, wie es andere vor mir getan haben. O nein! Sehr naiv, mit einer Art zartem Humor und von innen heraus, als wäre alles ganz einfach, ganz natürlich. Mein Weg liegt völlig klar vor mir. Niemand hat es je so getan, wie ich es tun werde, weil keiner von den andern meine Erlebnisse gehabt hat. Ich bin reich – ich bin reich!«

Trotzdem hatte ich damals nicht mehr Geld als heute. Es ist ganz erstaunlich, wie man ohne Geld leben kann… Ich besitze eine Menge guter Anzüge, seidene Unterwäsche, zwei Abendanzüge, vier Paar Lackschuhe mit hellen Einsätzen, alle möglichen Kleinigkeiten, wie Handschuhe, Puderdosen und ein Maniküreetui, Parfüms, sehr gute Seife – und nichts davon wurde bezahlt. Wenn ich Bargeld brauche – oh, da findet sich immer eine afrikanische Waschfrau und ein Verschlag, und ich bin sehr aufrichtig und *bon enfant,* wenn es hinterher um eine dicke Zuckerglasur auf dem kleinen Kuchen geht.

Und hier möchte ich eine Tatsache festhalten. Nicht aus aufgeblasener Einbildung, sondern eher mit einer leichten Verwunderung. Noch nie habe ich einer Frau gegenüber die ersten Annäherungsversuche gemacht. Und es ist nicht etwa so, als hätte ich nur eine einzige Klasse von Frauen gekannt; sondern von kleinen Huren und ausgehaltenen Frauen bis zu ältlichen Witwen und Ladenmädchen und den Gattinnen achtbarer Männer und sogar emanzipierten, modernen, literarisch interessanten Damen bei den vornehmsten Diners und Soireen (die ich mitgemacht habe) bin ich unterschiedslos nicht nur der gleichen Bereitwilligkeit, sondern derselben eindeutigen Aufforderung begegnet. Zuerst hat es mich überrascht. Ich pflegte über die Tafel zu blicken und mich zu fragen: ›Sollte jene äußerst vornehme junge Dame, die sich mit dem Herrn im braunen Vollbart über Kipling unterhält, mir wirklich einen kleinen Fußtritt geben?‹ Und ich war nie ganz sicher, bis ich ihre scheue Geste erwidert hatte. Merkwürdig, nicht wahr? Ich sehe überhaupt nicht wie der Traum einer Jungfrau aus …

Ich bin klein und schmächtig und habe olivbraune Haut, schwarze Augen mit langen Wimpern, schwarzes, kurzgeschnittenes, seidiges Haar und kleine, gerade Zähne, die entblößt werden, wenn ich lächle. Meine Hände sind biegsam und klein. Eine Frau in einem Bäckerladen sagte mir einmal: »Sie haben die richtigen Hände, um Konditorware zu machen.« Ohne Kleider, das muss ich gestehen, sehe ich wirklich reizend aus. Rundlich, fast wie ein Mädchen, mit glatten Schultern. Über meinem linken Ellbogen trage ich ein feines goldenes Armband.

Aber halt! Ist es nicht seltsam, dass ich so viel über meinen Körper und so weiter geschrieben habe?

Es ist das Ergebnis meines schlechten Lebenswandels, meines verborgenen Lebens. Ich bin wie ein Mädchen in einem Café, das sich mit einer Handvoll Fotografien einführen muss. ›Ich im Hemdchen, wie ich aus der Eierschale krieche … Ich auf einer Schaukel, mit dem Kopf nach unten und einem Rüschenpopo wie ein Blumenkohl! …‹ Sie kennen dergleichen.

Wenn Sie meinen, was ich da geschrieben habe, sei bloß oberflächlicher und unverschämter und billiger Schund, dann täuschen Sie sich. Ich will zugeben, dass es so klingt, aber es ist ja noch nicht alles. Wenn es das wäre, wie hätte ich da empfinden können, was ich empfand, als ich die abgedroschene kleine Redewendung las, die mit grüner Tinte auf der Schreibunterlage stand? Das beweist, dass mehr in mir steckt und dass ich wirklich ernst zu nehmen bin, nicht wahr? Etwas um einen Bruchteil Geringeres als jenen Augenblick hätte ich vielleicht vortäuschen können. Doch nicht das! Das war echt.

»Kellner, einen Whisky!«

Ich verabscheue Whisky. Jedes Mal, wenn ich ihn im Mund spüre, empört sich schon mein Magen dagegen, und das Zeug, das hier ausgeschenkt wird, ist sicher besonders schlecht. Ich habe es nur bestellt, weil ich über einen Engländer schreiben will. Wir Franzosen sind in mancher Hinsicht unglaublich altmodisch und nicht *up to date*. Ich wundere mich, dass ich nicht gleichzeitig eine Tweedknickerbockerhose, eine Pfeife, etliche lange Schneidezähne und rote Bartkoteletten bestellt habe.

»Danke, *mon vieux*. Sie haben wohl nicht zufällig rote Bartkoteletten?«

»Nein, Monsieur«, antwortet er trübselig. »Amerikanische Drinks führen wir nicht.«

Und nachdem er über eine Tischecke gewischt hat, geht er wieder auf seinen Platz zurück, um noch ein paar weitere Dutzend bei künstlichem Licht aufnehmen zu lassen.

Puh! Der Geruch! Und der Brechreiz, wenn sich einem die Kehle zusammenzieht!

»Schlechtes Zeug, um sich damit zu betrinken!«, sagt Dick Harmon, dreht das kleine Glas zwischen den Fingern und lächelt sein langsames, verträumtes Lächeln. Er betrinkt sich also langsam und verträumt, und zu einem gewissen Zeitpunkt beginnt er leise, ganz leise von einem Mann zu singen, der auf und ab wandert und ein Haus sucht, wo er etwas zu essen bekommen kann. Ach, wie ich das Lied liebte, und wie ich die Art liebte, in der er es vortrug – langsam, ganz langsam, mit einer tiefen, weichen Stimme:

»Ein Mann ging müde
auf und ab,
sucht' sich ein Dinner
in der Stadt…«

Es schien in seiner Schwermut und seinem gedämpften Rhythmus all die hohen grauen Gebäude zu umfassen, den Nebel, die endlosen Straßen, die deutlichen Umrisse der Polizisten – alles, was England heißt.

Und dann das Thema! Der hagere, ausgehungerte Mensch, der auf und ab wandert und dem jedes Haus verschlossen ist, weil er kein *home* hat! Wie erstaunlich englisch das ist! Wie ich mich erinnere, endete es damit, dass er endlich ein Restaurant fand und ein kleines Fischbällchen bestellte, doch als er Brot verlangte, schrie ihn der Kellner verächtlich und mit lauter Stimme an: »Zu einem einzigen Fischbällchen servieren wir kein Brot!«

Was will man mehr? Solche Lieder sind tiefsinnig: sie verraten das ganze Seelenleben eines Volkes. Und wie un-französisch! Wie un-französisch!

»Noch einmal, Diiick, noch einmal!«, bat ich ihn dann wohl, bettelte mit den Händen und machte mein hübsches Mündchen. Er war völlig einverstanden, es immer wieder zu singen.

Da haben wir's wieder! Sogar bei Dick war es so! Er war's gewesen, der die ersten Annäherungsversuche gemacht hatte! Ich traf ihn bei einer Abendgesellschaft, die der Verleger einer neuen

Zeitschrift gab. Es war eine sehr erlesene, sehr elegante Angelegenheit. Ein oder zwei ganz Große waren erschienen, und die Damen waren äußerst *comme il faut*. Sie saßen in großer Abendtoilette auf kubistischen Sofas und erlaubten uns, ihnen Fingerhüte voll Cherry Brandy zu reichen und mit ihnen über ihre Gedichte zu sprechen. Denn soweit ich mich erinnern kann, waren es lauter Dichterinnen. Es war unmöglich, Dick zu übersehen.

Er war der einzige anwesende Engländer, und statt anmutig im Zimmer umherzuwandeln wie die andern, blieb er an einer Stelle stehen und lehnte sich, die Hände in den Hosentaschen, das verträumte halbe Lächeln auf den Lippen, an die Wand und antwortete jedem, der ihn ansprach, mit seiner tiefen, weichen Stimme in einem ausgezeichneten Französisch.

»Wer ist das?«

»Ein Engländer. Aus London. Ein Schriftsteller. Er befasst sich vor allem mit moderner französischer Literatur.«

Das genügte mir. Mein kleines Werkchen *False Coins* war gerade erschienen. Ich war ein junger, ernst zu nehmender Schriftsteller, der sich vor allem mit moderner englischer Literatur befasste.

Doch ich hatte wirklich kaum Zeit, meine Angel auszuwerfen, als er sich schon einen leichten Ruck gab und, sozusagen auf den Köder anbeißend, aus dem Wasser kam: »Wollen Sie mich nicht im Hotel aufsuchen? Kommen Sie gegen fünf, dann können wir plaudern, ehe wir zum Dinner ausgehen!«

»Sehr gerne!«

Ich fühlte mich so wahnsinnig geschmeichelt, dass ich ihn auf der Stelle verlassen musste, um mich vor den kubistischen Sofas aufzuplustern. Was für ein Fang! Ein Engländer, ernst und reserviert, der sich vor allem mit französischer Literatur befasste ...

Am gleichen Abend wurde ein Exemplar *False Coins* mit einer wohlgesetzten, freundschaftlichen Widmung abgesandt, und ein oder zwei Tage später dinierten wir dann tatsächlich zusammen und verbrachten den Abend mit Gesprächen.

Mit Gesprächen – aber nicht nur über Literatur. Ich entdeckte zu meiner Erleichterung, dass es nicht notwendig war, sich an die Tendenz des modernen Romans und das Bedürfnis nach einer neuen Form zu halten oder nach dem Grund zu fragen, weshalb unsre jungen Männer es anscheinend nicht ganz schafften. Hin und wieder warf ich wie zufällig eine Karte ins Spiel, die anscheinend nichts damit zu tun hatte – nur um zu sehen, wie er darauf einsteigen würde. Doch jedes Mal griff er sie nur mit seinem verträumten Blick und einem unveränderten Lächeln auf. Vielleicht murmelte er: »Das ist sehr merkwürdig« – aber nicht so, als wäre es irgendwie merkwürdig.

Seine unerschütterliche Ruhe warf mich schließlich aus dem Geleise.

Sie faszinierte mich. Sie lockte mich weiter und weiter, bis ich alle Karten aufdeckte, die ich besaß, und mich zurücklehnte und zusah, wie er sie in seiner Hand ordnete. »Sehr merkwürdig und interessant…«

Mittlerweile waren wir beide ziemlich betrunken, und er begann sehr sanft und sehr leise sein Lied von dem Mann zu summen, der auf und ab läuft und sich sein Dinner sucht. Beim Gedanken an das, was ich getan hatte, blieb mir geradezu der Atem weg. Ich hatte jemandem beide Seiten meines Lebens gezeigt. Hatte ihm alles so aufrichtig und wahrhaftig erzählt, wie ich nur konnte. Hatte mir riesige Mühe gegeben, Dinge aus meinem verborgenen Leben zu erklären, die im Grunde widerlich waren und schlechterdings niemals das Licht der literarischen Welt erblicken durften. Im Großen Ganzen hatte ich mich viel schlimmer gemacht, als ich war, viel prahlerischer, zynischer, berechnender…

Und da saß nun der Mann, dem ich mich anvertraut hatte, sang sich eins und lächelte…

Es rührte mich so, dass mir richtige Tränen in die Augen traten. Ich sah sie auf meinen langen seidigen Wimpern glitzern – ganz bezaubernd!

Von da an nahm ich Dick überallhin mit, und er kam auch in meine Wohnung und saß sehr lässig in meinem Sessel und spielte mit dem Papiermesser. Ich weiß nicht, wieso, aber seine Lässigkeit und Verträumtheit erweckten immer den Eindruck in mir, er sei zur See gewesen. Und seine ganze, gemächlich langsame Art schien den Bewegungen eines Schiffes angepasst zu sein. Dieser Eindruck war so stark, dass ich oft, wenn wir zusammen gewesen waren und er aufstand und ein kleines Dämchen in ebendem Augenblick sitzen ließ, wenn sie nicht erwartet hatte, dass er aufstehen und gehen würde, sondern gerade das Gegenteil – dass ich ihr dann erklären musste: »Er kann's nicht ändern, Baby. Er muss wieder auf sein Schiff.«

Und ich glaubte es weit mehr als sie.

Während der ganzen Zeit, die wir zusammen waren, hatte Dick nie ein Verhältnis mit einer Frau. Ich fragte mich manchmal, ob er vielleicht völlig unschuldig sei. Warum fragte ich ihn nicht? Weil ich ihm niemals eine Frage über ihn selbst stellte. Doch als er eines Abends zu später Stunde seine Brieftasche hervorzog, fiel eine Fotografie heraus.

Ich hob sie auf und warf einen Blick darauf, ehe ich sie ihm gab. Es war eine Frau. Nicht mehr jung. Dunkel, schön, leidenschaftlich, aber jeder Gesichtszug so voll von einer Art herben Stolzes, dass ich nicht länger hätte hinschauen mögen, auch wenn Dick nicht so rasch die Hand ausgestreckt hätte.

›Mir aus den Augen, du kleiner parfümierter Foxterrier von einem Franzosen!‹, sagte sie. (In meinen schlechtesten Momenten erinnert mich meine Nase an die eines Foxterriers.)

»Es ist meine Mutter«, sagte Dick und steckte die Brieftasche wieder ein.

Doch wenn es nicht Dick gewesen wäre, hätte ich mich – bloß so zum Spaß – versucht gefühlt, mich zu bekreuzigen.

Und so gingen wir auseinander: wir standen eines Nachts vor seinem Hotel und warteten, dass der Portier den Riegel der Außentür zurückschob. Dick blickte zum Himmel auf und sagte: »Hoffentlich ist morgen schönes Wetter. Morgen früh fahre ich nach England.«

»Das kann nicht Ihr Ernst sein?«

»Doch. Ich muss zurück. Ich muss etwas erledigen, das ich von hier aus nicht in Ordnung bringen kann.«

»Aber – aber haben Sie denn alle Vorbereitungen getroffen?«

»Vorbereitungen?« Er grinste beinah. »Gibt's nicht!«

»Aber – *enfin*, Dick, England liegt doch nicht auf der andern Seite vom Boulevard!«

»Es ist nicht viel weiter weg«, sagte er. »Nur ein paar Stunden.«

Die Tür sprang auf.

»Oh, ich wünschte, ich hätte es zu Beginn unsres Abends gewusst!«

Ich war gekränkt. Mir war wie einer Frau zumute, wenn ein Mann seine Uhr hervorzieht und sich an eine Verabredung erinnert, die sie unmöglich berühren kann, die aber den Vorrang hat.

»Warum haben Sie mir nichts gesagt?«

Er streckte die Hand aus und stand leise wippend auf der Treppe, als wäre das Hotel sein Schiff und der Anker gelichtet.

»Ich hab's vergessen. Tatsächlich. Aber Sie schreiben mir, nicht wahr? Gute Nacht, alter Junge! Ich komme bald mal wieder herüber!«

Und dann stand ich allein am Ufer und glich mehr denn je einem kleinen Foxterrier …

›Schließlich warst ja du es, der mir gepfiffen hat, und du, der mich bat, zu ihm zu kommen! Was für ein Bild ich geboten habe, als ich schwanzwedelnd um dich herumsprang – nur um stehengelassen zu werden, während das Schiff auf seine langsame, verträumte Art davonsegelt ... Hol der Kuckuck diese Engländer! Das ist ja wirklich zu unverschämt. Was bildest du dir ein, wer ich bin? Ein bezahlter kleiner Führer durch die nächtlichen Pariser Lustbarkeiten? ... Nein, nein, Monsieur. Ich bin ein junger Schriftsteller, sehr ernst zu nehmen, und befasse mich gründlich mit der modernen englischen Literatur. Ich bin beleidigt worden, regelrecht beleidigt.‹

Zwei Tage drauf traf ein langer, reizender Brief von ihm ein, in einem Französisch geschrieben, das einen Hauch zu französisch war, jedoch erklärte, wie sehr er mich vermisse, und dass er auf unsre Freundschaft zähle und mit mir in Verbindung bleiben wolle.

Ich las es, während ich vor dem (unbezahlten) Schrankspiegel stand. Es war früh am Morgen. Ich trug einen blauen, mit weißen Vögeln bestickten Kimono, und meine Haare waren noch nass: feucht und glänzend hingen sie mir in die Stirn.

»Porträt der Madame Butterfly«, sagte ich, »als sie von der Ankunft des *cher Pinkerton* hört.«

Den Romanen entsprechend hätte ich mich riesig erleichtert und entzückt fühlen sollen. ›... Er trat ans Fenster, zog die Vorhänge auf und blickte auf die Pariser Bäume, die gerade zu knospen und zu grünen begannen ... Dick! Dick! Mein englischer Freund!‹

Ich empfand nichts dergleichen. Mir war nur etwas luftkrank zumute. Nachdem ich zum ersten Mal im Flugzeug oben gewesen war, wollte ich jetzt nicht wieder hinauf.

Auch das verging, und Monate danach, im Winter, schrieb mir Dick, dass er wieder nach Paris käme und unbestimmt lange bliebe. Ob ich Zimmer für ihn besorgen wolle? Er bringe eine Freundin mit.

Natürlich wollte ich.

Der kleine Foxterrier sauste los. Es traf sich überdies sehr glücklich, denn in dem Hotel, wo ich meine Mahlzeiten einnahm, stand ich tief in der Kreide, und da waren zwei Engländer, die auf unbestimmte Zeit Zimmer wünschten, eine großartige Abschlagszahlung.

Während ich mit Madame im größeren der beiden Zimmer stand und ›Ausgezeichnet!‹ sagte, war ich vielleicht etwas neugierig – wenn auch nur wenig –, wie die Freundin aussehen mochte. Entweder würde sie sehr steif sein und vorne und hinten platt, oder sie wäre groß, blond, in Resedagrün gekleidet, hieße – Daisy und würde nach etwas zu süßlichem Lavendelwasser riechen.

Mittlerweile hatte ich nämlich Dick – getreu meiner Regel, nicht zurückzublicken – beinah vergessen. Und als ich die Melodie seines Liedchens vom unglücklichen Mann zu summen versuchte, sang ich sogar ein bisschen falsch …

Schließlich wäre ich dann beinah doch nicht auf dem Bahnhof aufgekreuzt. Ich wollte sie abholen und hatte mich tatsächlich, dem Anlass entsprechend, besonders sorgfältig angezogen. Ich hatte nämlich die Absicht, Dick gegenüber diesmal eine andre Tonart anzuschlagen. Keine Geständnisse mehr, keine Tränen auf den Augenwimpern!

»Seit Sie Paris verlassen haben«, sagte ich und band mir vor dem (ebenfalls unbezahlten) Kaminspiegel meine schwarze Krawatte mit den Silbertupfen, »war ich ziemlich erfolgreich. Ich arbeitete an zwei weiteren Büchern, und außerdem habe ich einen Fortsetzungsroman *Wrong Doors* geschrieben, der dicht vor der Veröffentlichung steht und mir viel Geld einbringen wird. Und mein kleiner Gedichtband«, rief ich, ergriff die Kleiderbürste und fuhr damit über den Samtkragen meines neuen, nachtblauen Mantels, »das Büchlein *Left Umbrellas*, wurde wahrhaftig«, und ich lachte und schwenkte die Bürste, »zu einer Riesensensation!«

Es war unmöglich, so etwas dem Manne nicht zuzutrauen, der sich zu guter Letzt von Kopf bis Fuß musterte und seine weichen grauen Handschuhe anzog. Er sah wie seine Rolle aus; er war die Rolle.

Das brachte mich auf einen Gedanken. Ich zog mein Notizbuch hervor und kritzelte – noch immer meinem Anblick ausgesetzt – ein paar Einfälle hin … Kann man wie seine Rolle aussehen und doch nicht die Rolle sein? Oder die Rolle sein und nicht wie sie aussehen? Ist Aussehen – gleich Sein? Oder Sein – gleich Aussehen? Und überhaupt – wer darf erklären, dass es nicht so ist? …

Das erschien mir damals außerordentlich tiefsinnig und ganz neu. Doch ich muss gestehen, dass mir, als ich lächelnd das Notizbuch einsteckte, eine Stimme zuflüsterte: »Du – ein Schriftsteller? Du siehst aus, als hättest du gerade auf dem Rennplatz eine Wette gebucht!«

Aber ich hörte nicht hin.

Ich ging hinaus und zog die Wohnungstür leise und flink ins Schloss, damit die Concierge mein Weggehen nicht bemerkte. Dann rannte ich aus dem gleichen Grund so schnell wie ein Kaninchen die Treppe hinunter.

Aber o weh! Die alte Spinne war zu rasch für mich! Sie ließ mich die letzte kleine Leiter ihres Gespinsts hinablaufen, und dann sprang sie vor. »Einen Moment! Ein Momentchen, Monsieur!«, flüsterte sie ekelhaft zutraulich. »Treten Sie näher! Treten Sie näher!«, winkte sie mir mit einer tropfenden Suppenkelle. Ich trat an die Tür, aber das genügte ihr nicht. Richtig eingetreten und die Türe zu, bevor sie den Mund aufmachen würde.

Wenn man kein Geld hat, gibt es zwei Möglichkeiten, um mit seiner Concierge fertig zu werden. Die eine besteht darin, hochnäsig zu sein und sie sich zum Feind zu machen, Drohungen auszustoßen und jede Diskussion abzulehnen; die andere: auf sie einzugehen, ihr bis zu den zwei Knoten des schwarzen Fetzens, der ihre Kiefer zusammenhält, Honig ums Maul zu schmieren und so zu tun, als vertraue man ihr und verlasse sich auf sie, den Gasmann zu beschwatzen und den Hausbesitzer hinzuhalten.

Ich habe die zweite Methode ausprobiert. Doch beide sind gleichermaßen widerlich und erfolglos. Denn einerlei, mit welcher man es probiert – stets ist sie die schlechtere, die unmögliche.

Diesmal war es der Hausbesitzer ... Nachahmung des Hausbesitzers durch die Concierge, wie er mich hinauszuwerfen droht ... Nachahmung der Concierge durch die Concierge, wie sie den wilden Bullen besänftigt … Nachahmung des Hausbesitzers, der wieder tobt und der Concierge ins Gesicht schnaubt. In dem Fall war ich die Concierge, und es war widerlich! Unterdessen brodelte der schwarze Topf auf dem Gasring munter weiter und schmorte die Herzen und Lebern jedes Mieters im Haus.

»Oh!«, rief ich und starrte auf die Uhr auf dem Kaminsims, begriff dann, dass sie nicht ging, und schlug mir trotzdem an die Stirn, als hätte mein Einfall nichts damit zu tun: »Madame, um halb zehn habe ich eine sehr wichtige Besprechung mit dem Chef meiner Zeitung! Vielleicht ist es mir morgen möglich, Ihnen …«

Fort, nur fort! Und runter in die Métro und in ein volles Abteil hineingequetscht! Je voller, umso besser. Jeder war eine Schutzwand zwischen mir und der Concierge! Ich strahlte. »Oh, *pardon Monsieur*«, sagte das große, reizende Geschöpf in Schwarz mit dem üppigen Busen, an dem ein Veilchenstrauß baumelte. Als der Zug eine Biegung nahm, warf er mir das Sträußchen mitten ins Gesicht.

»Oh, *pardon Monsieur!*«

Doch ich blickte spitzbübisch lächelnd zu ihr auf.

»Nichts ist mir lieber, Madame, als Blumen auf einem Balkon!«

Noch während ich es sagte, bemerkte ich den riesigen Herrn im Pelzmantel, gegen den sich meine Fee lehnte. Er steckte den Kopf über ihre Schulter und erblasste bis an den Nasenzipfel; die Nase selbst prangte tatsächlich in einer Art Käsegrün.

»Was haben Sie da zu meiner Frau gesagt?«

Der Bahnhof Saint-Lazare rettete mich. Aber man muss zugeben, dass es selbst für den Autor der *False Coins, Wrong Doors* und *Left Umbrellas* und der ›zwei weiteren in Arbeit‹ nicht allzu leicht war, siegreich seiner Wege zu gehen.

Endlich – nachdem unzählige Züge durch meinen Geist gedampft und unzählige Dick Harmons auf mich zugerollt waren – kam der Zug selbst. Unsre kleine Gruppe von Wartenden an der Sperre drängte vor, reckte die Hälse und stieß wilde Schreie aus, als wären wir eine Art vielköpfiges Ungetüm und Paris in unserm Rücken nichts als eine große Falle, die wir aufgestellt hatten, um die verschlafenen Ahnungslosen zu fangen. Sie spazierten in die Falle und wurden gepackt und abgeschleppt, um verschlungen zu werden. Aber wo blieb meine Beute?

»Großer Gott!« Mein Lächeln und meine erhobene Hand sackten in sich zusammen. Während eines schrecklichen Augenblicks glaubte ich die Frau auf der Fotografie vor mir zu haben, Dicks Mutter, die in Dicks Mantel und Hut auf mich zukam. Im Bemühen – und man sah, dass es ein Bemühen war –, mir zuzulächeln, verzogen sich seine Lippen auf die gleiche Art, und herb, leidenschaftlich und stolz wie sie kam er mir entgegen.

Was war geschehen? Was hatte ihn derartig verändern können? Sollte ich es erwähnen?

Ich wartete auf ihn und war mir sogar bewusst, dass ich ein leichtes Schwanzwedeln des Foxterriers riskierte, um zu sehen, ob er überhaupt darauf eingehen könne, denn ich rief: »Guten Abend, Dick! Wie geht's, alter Junge? Alles in Ordnung?«

»Danke! Danke!« Er keuchte beinah. »Haben Sie die Zimmer bekommen?«

Zwanzigmal: großer Gott! Ich begriff alles. Licht fiel auf die dunklen Wasser, und mein Seefahrer war nicht ertrunken. Vor Vergnügen hätte ich fast einen Purzelbaum geschlagen. Es war natürlich Nervosität. Es war Verlegenheit. Und es war der berühmte englische Ernst. Was für ein Spaß stand mir bevor! Ich hätte ihn umarmen können!

»Ja, die Zimmer habe ich«, schrie ich beinah. »Aber wo ist Madame?«

»Sie bekümmert sich um das Gepäck«, schnaufte er. »Da kommt sie schon. Hier ist sie!«

Doch wohl nicht dieses Baby, das neben dem alten Träger einherlief, als wäre er ihre Kinderfrau und hätte sie gerade aus dem hässlichen Kinderwagen gehoben, auf dem er das Gepäck einherschob?

»Und sie ist nicht Madame«, näselte Dick plötzlich.

Im gleichen Augenblick hatte sie ihn gesehen und winkte ihm mit ihrem winzigen Muff. Sie entlief ihrer Kinderfrau, kam angerannt und sagte sehr schnell etwas auf Englisch; doch er antwortete auf Französisch: »Ja, gut. Ich werd's schon machen.«

Doch ehe sie sich dem Träger zuwandte, deutete er mit einer unsicheren Geste auf mich und murmelte etwas. Damit hatte er uns miteinander bekannt gemacht. Auf die merkwürdig knabenhafte Art, die die Engländerinnen an sich haben, reichte sie mir die Hand und stellte sich sehr gerade und mit erhobenem Kinn vor mich hin, und dann machte auch sie die größte Anstrengung ihres Lebens, um ihre lächerliche Aufregung zu unterdrücken, und sagte, mir die Hand schüttelnd (bestimmt wusste sie nicht, dass es meine war): *»Je ne parle pas français.«*

»Oh, bestimmt sprechen Sie es sehr gut«, sagte ich so sanft, so beruhigend – ich hätte ihr Zahnarzt sein können, der ihr den ersten Milchzahn zog!

»Natürlich kann sie's!«, drehte sich Dick zu uns um. »Hören Sie, können wir nicht einen Wagen oder ein Taxi oder so etwas bekommen? Wir wollen doch nicht die ganze Nacht auf dem verflixten Bahnhof zubringen, wie?«

Es war so unhöflich, dass es einen Augenblick dauerte, bis ich mich erholt hatte; und er musste es bemerkt haben, denn er legte mir wie einst den Arm um die Schulter und sagte: »Ach, verzeihen Sie, alter Junge! Aber wir hatten eine so widerliche, scheußliche Überfahrt – Jahre hat's gedauert, nicht wahr?«

Das war für sie bestimmt. Aber sie gab keine Antwort. Sie senkte den Kopf und begann, ihren grauen Muff zu streicheln; sie ging neben uns einher und streichelte die ganze Zeit ihren grauen Muff.

›Habe ich mich getäuscht?‹, dachte ich. ›Ist es nur eine Frage von unbezähmbarer Ungeduld? Haben sie einfach das Bett nötig, wie wir es bezeichnen? Haben sie auf der Reise Qualen ausgestanden? Vielleicht sehr nah beieinander und warm unter der gleichen Reisedecke gesteckt?‹, und so weiter und so fort, während der Fahrer die Koffer festschnallte. Sowie er das getan hatte –

»Hören Sie, Dick! Ich fahre mit der Métro nach Hause. Hier ist die Adresse Ihres Hotels. Alles ist veranlasst. Besuchen Sie mich, so bald Sie können!«

Ich dachte weiß Gott, er würde in Ohnmacht fallen. Er wurde weiß bis an die Lippen.

»Aber Sie kommen doch mit uns?«, rief er. »Ich dachte, das sei abgemacht? Natürlich kommen Sie mit! Sie können uns doch nicht im Stich lassen?«

Ich gab es also auf.

Es war zu kompliziert für mich – zu englisch.

»Sicher, sicher. Furchtbar gern. Ich dachte nur, vielleicht…«

»Sie müssen mitkommen!«, sagte Dick zu dem kleinen Foxterrier. Und wieder machte er die weit ausholende, verlegene Geste zu ihr.

»Steig ein, Maus!«

Und Maus I stieg in das schwarze Loch, saß da und streichelte Maus II und sagte nicht pieps.

Rumpelnd und ratternd fuhren wir dahin – wie drei kleine Würfel, mit denen sich das Leben einen Wurf erlauben will. Ich hatte darauf bestanden, den Klappsitz ihnen gegenüber zu nehmen, denn um nichts in der Welt hätte ich den wiederholten, blitzartigen Anblick missen mögen, der sich mir jedes Mal bot, wenn wir durch den Lichtkreis einer Laterne fuhren.

Er zeigte mir Dick, der weit nach hinten gelehnt in seiner Ecke saß, den Kragen hochgestellt, die Hände in den Taschen vergraben und von seinem breitkrempigen dunklen Hut beschattet, als wäre er ein Körperteil von ihm – eine Art Flügel, unter dem er sich versteckte. Und er zeigte mir Maus, die sehr gerade dasaß, mit einem reizenden Gesichtchen, das eher einer Zeichnung als einem wirklichen Gesicht glich: jede Linie war so bedeutungsvoll und hob sich scharf vom unsicheren Dunkel ab.

Denn Maus war eine Schönheit. Sie war auserlesen schön, aber so zerbrechlich und fein, dass es jedes Mal, wenn ich sie ansah, das erste Mal zu sein schien. Sie überraschte einen mit dem gleichen, schockartigen Gefühl, das einen überfällt, wenn man aus einer dünnwandigen, harmlosen Tasse Tee getrunken hat und plötzlich auf dem Grunde ein winziges Geschöpf entdeckt, das sich, halb Schmetterling und halb Frau, vor einem verbeugt und die Hände in den Ärmeln versteckt hat.

Soweit ich es erkennen konnte, hatte sie dunkles Haar und blaue oder schwarze Augen. Ihre langen Wimpern und die darübergepinselten kleinen Schwingen fielen am meisten auf. Sie trug einen langen, dunklen Umhang, wie man ihn auf altmodischen Bildern von reisenden Engländerinnen sieht. Wo ihre Arme daraus hervorschauten, war grauer Pelzbesatz – Pelz schmiegte sich auch um den Hals, und die enganliegende Mütze war aus Pelz.

›Sie führt die Maus-Idee durch!‹, stellte ich fest.

Aber ach, wie spannend es war, wie spannend! Ihre Erregung drang immer mehr auf mich ein, während ich ihr entgegenlief, mich darin badete, mich aus meiner Untiefe weit hervorwagte, bis ich schließlich ebenso viel Mühe wie sie hatte, mich zu beherrschen.

Was ich jedoch eigentlich tun wollte, war vielmehr, mich völlig verrückt zu benehmen – wie ein Clown. Ich wollte singen, wollte mit übertrieben albernen Gesten aus dem Fenster zeigen und sagen: ›jetzt, meine Damen und Herren, kommen wir zu einem der vielen Punkte, für die *notre Paris* mit Recht berühmt ist‹, wollte aus dem Taxi springen, während es fuhr, und über das Dach klettern und zum andern Fenster wieder hereinsteigen, und wollte mich weit aus dem Fenster lehnen und durch das verkehrte Ende eines zerbrochenen Fernrohrs, das gleichzeitig eine eigentümlich ohrenzerreißende Trompete war, nach dem Hotel Ausschau halten.

Ich sah mir selber zu, wie ich all das tat, und

brachte es sogar fertig, heimlich Beifall zu klatschen, indem ich meine behandschuhten Hände leise zusammenschlug – und unterdessen fragte ich Maus: »Sind Sie das erste Mal in Paris?«

»Ja, ich bin noch nie hier gewesen.«

»Oh, dann haben Sie viel zu besichtigen!«

Und ich war gerade im Begriff, die Sehenswürdigkeiten und Museen zu erwähnen, als wir mit einem heftigen Ruck hielten.

Es ist natürlich widersinnig, verstehen Sie, aber als ich die Tür für sie aufhielt und ihnen die Treppe hinauf zum Empfang im Zwischenstock folgte, fand ich irgendwie, dass das Hotel mir gehörte.

Auf dem Fensterbrett stand eine Blumenvase, und ich ging sogar soweit, ein paar Knospen umzustellen und zurückzutreten und den Eindruck zu prüfen, während die Empfangsdame sie begrüßte. Und als sie sich an mich wandte und mir die Schlüssel aushändigte (der Garçon schleppte das Gepäck herauf) und dabei sagte: »Monsieur Duquette wird Ihnen Ihre Zimmer zeigen!«, hatte ich die größte Lust, Dick mit einem Schlüssel auf den Arm zu klopfen und ganz vertraulich zu erklären: ›Verstehen Sie mich recht, alter Junge! Ich bin gern bereit, Ihnen als einem alten Freund einen kleinen Nachlass zu gewähren …‹

Wir stiegen höher und höher hinauf. Rundherum. Hin und wieder an einem Paar Stiefel vorbei (wie kommt es, dass man nie ein hübsches Paar vor einer Tür stehen sieht?). Höher und höher hinauf.

»Die Zimmer sind leider ziemlich hoch oben«, murmelte ich törichterweise. »Aber ich habe sie gewählt, weil ...«

Weshalb ich sie gewählt hatte, war ihnen so offensichtlich egal, dass ich nicht weitersprach. Sie nahmen alles hin. Sie erwarteten nicht, dass etwas anders war. Es gehörte einfach zu dem, was sie durchzumachen hatten – so deutete ich es mir jedenfalls.

»Endlich angelangt!« Ich sprang von einer Seite des Vorflurs zur andern, schaltete die Lampen an, erklärte ...

»Das hier hatte ich für Sie gedacht, Dick. Das andere ist größer und hat in der Nische ein kleines Ankleidekabinett.«

Meine ›Inhaberblicke‹ bemerkten die sauberen Handtücher und Bettdecken und die rotbestickte Bettwäsche. Ich fand, dass es eigentlich sehr hübsche Zimmer waren, mit schräger Decke, voller Winkel – genau die Art Zimmer, die man vorzufinden erwartete, wenn man noch nie in Paris gewesen war.

Dick schleuderte seinen Hut auf das Bett.

»Sollte ich nicht dem Burschen mit den Koffern helfen?«, fragte er – an niemand gewandt.

»Ja, tu's«, erwiderte Maus. »Sie sind entsetzlich schwer.« Und mit der ersten Andeutung eines Lächelns wandte sie sich an mich: »Es sind nämlich Bücher!« Oh, was für einen seltsamen Blick er ihr zuwarf, ehe er davoneilte. Und er half dem *garçon* nicht nur – er musste ihm den Koffer geradezu vom Rücken gerissen haben, denn er kam torkelnd mit dem einen an, knallte ihn hin und holte dann den andern.

»Das ist deiner, Dick«, sagte sie.

»Es macht dir wohl nichts, wenn er vorläufig hier steht?«, fragte er außer Atem, ja keuchend. (Der Koffer musste entsetzlich schwer gewesen sein.) Er zog eine Hand voll Kleingeld aus der Tasche.

»Ich sollte dem Burschen wohl etwas geben?«

Der *garçon,* der noch dastand, schien dasselbe zu denken. »Wünschen Sie sonst noch etwas, Monsieur?«

»Nein – nein!«, erwiderte Dick ungeduldig.

Aber nun machte Maus einen Schritt nach vorn. Zu entschieden, und ohne Dick anzusehen, sagte sie in ihrem wunderlichen, abgehackten englischen Akzent: »Doch, ich möchte Tee, Tee für drei Personen!« Und plötzlich hob sie den Muff, als hätte sie innen drin ihre Hände umklammert, und mit dieser Geste gab sie dem blassen, verschwitzten *garçon* zu verstehen, dass sie am Ende ihrer Kräfte war und dass sie ihn anflehte, sie mit ›Tee!‹ zu retten. – »Sofort!«

Das schien mir so verblüffend ins Bild zu passen, schien mir (obwohl ich's mir nicht hätte ausdenken können) so genau die Geste und der Aufschrei zu sein, die man von einer Engländerin angesichts einer großen Krise erwarten konnte, dass ich mich fast versucht fühlte, die Hand zu heben und zu protestieren.

›Nein! Nein! Genug! Genug! Hier wollen wir abbrechen; bei dem Wort Tee. Denn ihr habt selbst euren gierigsten Abonnenten so gesättigt, dass er platzen würde, müsste er noch ein einziges Wort schlucken!‹

Es bremste sogar Dick. Wie jemand, der lange ohne Besinnung gewesen war, wandte er sich schwerfällig zu Maus um und sah sie schwerfällig mit seinen müden, übernächtigten Augen an und murmelte mit dem Echo seiner verträumten Stimme: »Ja. Das ist ein guter Gedanke!« Und dann: »Du musst müde sein, Maus! Setz dich!«

Sie setzte sich in einen Sessel mit Spitzendeckchen auf den Armlehnen; er lehnte am Bett, und ich ließ mich auf einem gradlehnigen Stuhl nieder, schlug die Beine übereinander und schnippte ein paar nicht vorhandene Stäubchen von meinen Hosenknien. (Der nicht zu erschütternde Pariser.)

Eine kurze Pause entstand. Dann sagte er: »Willst du nicht deinen Mantel ausziehen, Maus?«

»Nein, danke! Jetzt nicht.«

Würden sie mich auffordern? Oder sollte ich die Hand hochhalten und mit Kinderstimme plärren: ›Jetzt bin ich an der Reihe, aufgefordert zu werden.‹

Nein, besser nicht. Sie forderten mich nicht auf.

Aus der Pause wurde eine Stille. Eine große Stille.

›...komm schon, mein Pariser Foxterrier! Erheitere die beiden traurigen Engländer! Kein Wunder, dass es eine Nation von Hundenarren ist!‹

Aber schließlich – warum sollte ich? Es war nicht mein *job,* wie sie es nennen würden. Trotzdem riskierte ich vor Maus einen munteren kleinen Hopser.

»Was für ein Jammer, dass Sie nicht bei Tageslicht angekommen sind! Von den beiden Fenstern hier hat man eine entzückende Aussicht. Das Hotel liegt nämlich an einer Ecke, und jedes Fenster blickt auf eine ungeheuer lange, schnurgerade Straße.«

»Ach so«, sagte sie.

»Das klingt zwar nicht besonders verlockend«, lachte ich. »Aber es ist so viel Leben da – so viel komische kleine Jungen auf Fahrrädern und Leute, die sich aus dem Fenster hinauslehnen und – ach, Sie werden sich ja morgen früh selbst davon überzeugen … Sehr lustig. Sehr belebt.«

»Aha«, sagte sie.

Wenn in diesem Augenblick der blasse, verschwitzte *garçon* nicht erschienen wäre, das Tablett hoch auf einer Hand balancierend, als wären die Tassen Kanonenkugeln und er ein Schwergewichtsstemmer aus einem Film …

Es glückte ihm, das Tablett auf ein rundes Tischchen herunterzusenken.

»Bringen Sie den Tisch hierher!«, sagte Maus. Der Kellner schien der einzige Mensch zu sein, mit dem sie sprechen wollte. Sie nahm die Hände aus dem Muff, streifte die Handschuhe ab und warf ihren altmodischen Umhang zurück.

»Nehmen Sie Milch und Zucker?«

»Keine Milch, danke, und keinen Zucker.«

Wie ein kleiner Gentleman holte ich mir meine Tasse. Sie schenkte noch eine Tasse ein.

»Die ist für Dick.«

Und der brave Foxterrier trug sie zu ihm hinüber und legte sie ihm gewissermaßen vor die Füße.

»Ach, danke«, sagte Dick.

Und dann ging ich wieder zu meinem Stuhl, und sie sank in den ihren zurück.

Aber Dick war schon wieder – nicht vorhanden. Er starrte einen Augenblick wütend auf die Teetasse, sah sich um, stellte sie auf den Nachttisch, riss seinen Hut an sich und stammelte in vollem Galopp: »Oh, würde es Ihnen etwas ausmachen, einen Brief für mich einzuwerfen? Ich möchte, dass er mit der Nachtpost weggeht. Ich muss … es ist sehr dringend …« Da er meine Augen auf sich ruhen fühlte, warf er hin: »An meine Mutter.« Zu mir gewandt: »Ich mache nicht lange. Alles, was ich brauche, habe ich bei mir. Aber er muss heute Abend weg. Sie entschuldigen mich? Es … es dauert bestimmt nicht lange.«

»Natürlich werfe ich ihn ein. Sehr gern.«

»Willst du nicht zuerst deinen Tee trinken?«, schlug Maus zaghaft vor.

…Tee? Tee? Ach, natürlich Tee … Eine Tasse Tee auf dem Nachttisch … Aus seinem rasenden Traum heraus bedachte er seine kleine Gastgeberin mit dem strahlendsten, reizendsten Lächeln.

»Nein, danke! Nicht jetzt!«

Und indem er nochmals seiner Hoffnung Ausdruck gab, dass es mir keine Mühe bereiten würde, verließ er das Zimmer und schloss die Tür, und wir hörten, wie er über den Vorflur ging.

Ich verbrühte mir die Zunge – vor lauter Eile, meine Tasse zum Tischchen zurückzubringen und, während ich dort stand, zu ihr zu sagen: »Sie müssen mir verzeihen, wenn ich aufdringlich bin, wenn ich zu offen spreche. Aber Dick hat sich nicht bemüht, es zu verheimlichen, nicht wahr? Irgendetwas stimmt nicht ganz. Kann ich helfen?«

(Leise Musik. Maus steht auf, geht ein paarmal auf der Bühne hin und her, ehe sie zu ihrem Sessel zurückkehrt und ihm eine überschwappende und, oh, so kochend heiße Tasse Tee eingießt, dass dem Freund die Tränen in die Augen treten, als er daran nippt – und bis zur bitteren Neige austrinkt…) Zu alledem hatte ich Zeit, ehe sie antwortete. Zuerst spähte sie in die Teekanne, goss heißes Wasser nach und rührte mit einem Löffel um.

»Ja, etwas stimmt nicht. Helfen können Sie leider nicht, danke!« Wieder erhaschte ich den Hauch eines Lächelns. »Es tut mir furchtbar leid. Es muss schrecklich für Sie sein.«

Schrecklich – nein, so etwas! Oh, warum konnte ich ihr nicht sagen, dass ich mich seit vielen Monaten nicht so gut unterhalten hatte?

»Aber Sie leiden«, fasste ich behutsam nach, als wäre es das, was ich nicht mit ansehen konnte.

Sie stritt es nicht ab. Sie nickte und biss sich auf die Unterlippe, und mir schien, dass ihr Kinn zitterte.

»Und ich kann wirklich nichts für Sie tun?« Noch behutsamer.

Sie schüttelte den Kopf, schob das Tischchen zurück und sprang auf.

»Ach, es wird sich bald zurechtrücken«, hauchte sie, ging zum Frisiertisch und drehte mir den Rücken zu. »Es wird sich zurechtrücken. So kann es nicht weitergehen.«

»Natürlich nicht«, gab ich ihr recht und fragte mich, ob es herzlos erscheinen würde, wenn ich mir eine Zigarette anzündete; es drängte mich plötzlich zu rauchen.

Sie musste irgendwie bemerkt haben, dass meine Hand zur Westentasche griff und mein Zigarettenetui halb hervorzog und wieder einsteckte, denn gleich darauf sagte sie: »Zündhölzchen … beim Leuchter. Sah sie … dort liegen.«

Und ihrer Stimme hörte ich es an, dass sie weinte.

»Oh, danke! Ja, stimmt! Hab' sie gefunden.« Ich zündete mir eine Zigarette an, ging auf und ab und rauchte.

So still war es – es hätte zwei Uhr morgens sein können. So still, dass man die Dielen knarren und knacken hörte, wie man es in einem Haus auf dem Lande erleben kann. Ich rauchte die Zigarette zu Ende und drückte den Stummel in meiner Untertasse aus, ehe Maus sich umdrehte und wieder an das Tischchen trat.

»Macht Dick nicht ziemlich lange?«

»Sie sind sicher müde. Wahrscheinlich wollen Sie zu Bett gehen«, sagte ich freundlich. (Und bitte, ohne Rücksicht auf mich!, sagte mein Geist.)

»Aber macht er nicht auffallend lange?«, fuhr sie hartnäckig fort.

Ich zuckte die Achseln. »Doch, ziemlich lange.« Dann bemerkte ich, dass sie mich seltsam anblickte. Sie lauschte.

»Er ist schon eine Ewigkeit weg«, sagte sie und ging mit raschen, kleinen Schritten zur Tür, öffnete sie und ging über den Vorflur in sein Zimmer.

Ich wartete. Jetzt lauschte ich ebenfalls. Ich hätte es nicht ertragen können, wenn mir auch nur ein Wort entgangen wäre. Sie hatte die Tür offen gelassen. Ich schlich durchs Zimmer und sah ihr nach. Dicks Tür stand ebenfalls offen. Doch kein Wort war zu hören.

Ich hatte die verrückte Idee, dass sie sich in dem stillen Zimmer küssten – sich einen langen, tröstenden Kuss gaben. So einen Kuss, der unsern Kummer nicht nur schlafen legt, sondern ihn streichelt und wärmt und gut zudeckt und fest einhüllt, bis die tiefen Atemzüge kommen. Oh, wie wohl das tut!

Endlich war es vorbei. Ich hörte, wie sich jemand bewegte, und stahl mich auf Zehenspitzen zurück.

Es war Maus. Sie kam und tastete sich ins Zimmer, und in der Hand hielt sie den Brief für mich. Aber er steckte nicht in einem Umschlag; es war bloß ein Blatt Papier, und sie hielt es an einer Ecke, als sei es noch feucht.

Den Kopf hatte sie so tief gesenkt, so tief in ihren Pelzkragen vergraben, dass ich ahnungslos blieb – bis sie das Papier fallen ließ und beinah selber auf den Fußboden vor dem Bett fiel, ihre Wange dagegenlehnte und die Hände ausstreckte, als wäre ihr die letzte ihrer rührenden kleinen Waffen entglitten und als ob sie sich jetzt fortschwemmen ließe, hinaustragen in die Tiefe.

Dick hat sich erschossen!, zuckte es mir durch den Kopf, und dann zuckten die Einfälle in rascher Folge auf, während ich hinüberstürzte, den Leichnam sah, das Gesicht nicht verwundet, nur ein kleines blaues Loch auf der Schläfe, das Hotel weckte, das Begräbnis in die Wege leitete, dem

Begräbnis beiwohnte, den Wagen schloss, neuer Cutaway …

Ich bückte mich und hob das Blatt Papier auf, und – ob Sie es glauben oder nicht – so fest verwurzelt ist mein Gefühl für das Pariser *comme il faut*, dass ich *»pardon«* murmelte, ehe ich zu lesen begann.

›Maus, meine kleine Maus,

es geht nicht. Es ist unmöglich. Ich bringe es nicht fertig. Oh, wie ich dich liebe! Ich liebe dich so sehr, Maus, aber *sie* kann ich nicht verletzen. Die Menschen haben sie ihr Leben lang verletzt. Ich wage es einfach nicht, ihr diesen letzten Hieb zu versetzen. Obwohl sie nämlich stärker ist als wir beide, ist sie so zart und so stolz. Es würde sie umbringen, Maus, buchstäblich umbringen. Und, großer Gott, ich kann meine Mutter nicht umbringen! Nicht einmal dir zuliebe. Nicht einmal uns zuliebe. Das siehst du ein, nicht wahr?

Als wir es besprachen und Pläne machten, schien alles so leicht, doch im Augenblick, als der Zug anfuhr, war alles aus. Ich spürte, wie sie mich zurückzog – mich rief. Ich kann sie auch jetzt hören, wo ich dir schreibe. Und sie ist allein und weiß noch nichts. Man müsste schon ein Teufel sein, um es ihr zu erzählen, und ich bin kein Teufel, Maus. Sie darf es nicht erfahren. Oh, Maus, regt sich nicht etwas in dir, das mir recht gibt? Es ist alles so unsagbar schwer, dass ich nicht weiß, ob ich gehen will oder nicht. Will ich es? Oder ist es Mutter, die mich zurückholt? Ich weiß es nicht. Mein Kopf ist zu müde. Maus, Maus, was wirst du tun? Doch auch daran kann ich nicht denken. Ich wage es nicht. Ich würde zusammenbrechen. Und ich darf nicht zusammenbrechen. Ich muss nur eins tun: es dir sagen und gehen. Ich hätte nicht gehen können, ohne es dir zu sagen. Du hättest Angst bekommen. Und du darfst keine Angst haben. Du wirst es auch nicht – nicht wahr? Ich kann es nicht ertragen, wenn – aber genug davon! Und schreibe mir nicht! Ich hätte nicht den Mut, deine Briefe zu beantworten, und der Anblick deiner feinen Schriftzüge –

Vergib mir! Liebe mich nicht mehr! Doch – liebe mich! Liebe mich! Dick.‹

Was sagen Sie dazu? War das nicht ein kostbarer Fund? In meine Erleichterung, dass er sich nicht erschossen hatte, mischte sich ein wundervoll erhebendes Gefühl. Ich war quitt – mehr als quitt mit meinem alles bloß ›merkwürdig und interessant‹ findenden Engländer …

Sie weinte so eigenartig.

Mit geschlossenen Augen und einem Gesicht, das still war – bis auf die zitternden Lider. Die Tränen perlten ihre Wangen hinab, und sie ließ sie rinnen.

Doch als sie meinen Blick auf sich ruhen fühlte, schlug sie die Augen auf und sah, dass ich den Brief in der Hand hielt. »Haben Sie ihn gelesen?«

Ihre Stimme war ganz ruhig, aber es war nicht mehr ihre Stimme. Man hätte sich vorstellen können, dass es eine Stimme war, die aus einer kalten kleinen Muschel kam, welche von der salzigen Flut schließlich hoch hinauf aufs Trockne gespült worden war.

Ich nickte, völlig überwältigt (Sie wissen schon), und legte den Brief hin.

»Es ist unglaublich! Unglaublich!«, flüsterte ich.

Daraufhin stand sie auf, ging zum Waschtisch hinüber und tauchte ihr Taschentuch in den Krug, wischte sich über die Augen und sagte: »O nein! Es ist gar nicht unglaublich!« Und während sie das feuchte Läppchen noch immer gegen die Augen drückte, kam sie zu mir zurück, zu dem Lehnsessel mit den Spitzendeckchen, und sank hinein.

»Ich ahnte es natürlich die ganze Zeit«, sagte die kalte, salzige kleine Stimme. »Vom ersten Augenblick an, als wir abfuhren. Es ging mir durch und durch, doch ich gab die Hoffnung nicht auf«

– und hier nahm sie das Taschentuch weg und bedachte mich mit einer letzten Andeutung ihres Lächelns –, »wie man es ja dummerweise tut, nicht wahr?«

»Allerdings.«

Schweigen.

»Aber was werden Sie tun? Sie fahren doch zurück? Sie werden ihn wiedersehen?« Daraufhin richtete sie sich kerzengerade auf und starrte zu mir herüber.

»Was für eine erstaunliche Idee!«, sagte sie und sprach noch kälter als zuvor. »Natürlich denke ich nicht im Traume daran, ihn wiederzusehen. Und was das Zurückkehren betrifft – das kommt überhaupt nicht in Frage. Ich kann nicht zurück.«

»Aber …«

»Es ist unmöglich. Allein schon deshalb nicht, weil all meine Freunde glauben, ich sei verheiratet.«

Ich streckte ihr meine Hand entgegen. »Ach, meine arme kleine Freundin!«

Aber sie wich zurück. (Ein falscher Zug meinerseits.) Natürlich war da ein Problem, das mir die ganze Zeit durch den Kopf gegangen war. Es war mir widerlich.

»Haben Sie Geld zur Verfügung?«

»Ja, ich habe zwanzig Pfund hier«, und sie legte

ihre Hand auf die Brust. Ich verbeugte mich. Es war sehr viel mehr, als ich erwartet hatte.

»Und was haben Sie für Pläne?«

Ja, ich weiß. Es war die ungeschickteste, die dümmste Frage, die ich hatte stellen können. Sie war so zahm gewesen, so vertrauensvoll, sie hatte es (jedenfalls bildlich gesprochen) geduldet, dass ich ihren kleinen, zitternden Körper in der Hand hielt und ihren Mauskopf streichelte – und nun hatte ich sie zurückgestoßen. Oh, ich hätte mich ohrfeigen können!

Sie erhob sich.

»Ich habe keine Pläne. Aber – es ist sehr spät. Bitte, gehen Sie jetzt!«

Wie konnte ich sie zurückerobern? Ich wollte sie wiederhaben! Ich schwöre es, dass ich damals nicht Theater spielte. »Glauben Sie mir, dass ich Ihr Freund bin!«, rief ich. »Darf ich morgen früh wiederkommen? Werden Sie mir erlauben, dass ich mich etwas um Sie kümmere – etwas für Sie sorge? Werden Sie über mich verfügen, wie Sie es für richtig halten?«

Ich hatte Erfolg. Sie kam aus ihrem Mausloch hervor … scheu … aber sie kam hervor.

»Ja, danke. Sie sind sehr liebenswürdig. Ja, kommen Sie bitte morgen, ich freue mich darauf. Alles wird etwas schwierig sein, denn …«, und wieder drückte ich ihre knabenhafte Hand ... *»je ne parle pas français.«*

Erst als ich den Boulevard schon halb hinuntergegangen war, überfiel es mich – mit voller Wucht.

Ja, sie litten, diese beiden ... sie litten buchstäblich! Ich hatte zwei Menschen so sehr leiden gesehen, wie ich es wahrscheinlich nie wieder erleben würde ...

Natürlich wissen Sie, was zu erwarten ist. Sie sehen ganz deutlich voraus, was ich schreiben werde. Sonst wäre nicht ich es, wenn es anders wäre.

Ich ging nie wieder in die Nähe des Hotels.

Ja, ich schulde denen noch immer eine stattliche Summe für Mittagessen und Diners – doch das gehört nicht hierher. Es wäre ordinär, wenn ich es im gleichen Atemzug mit der Tatsache erwähnte, dass ich Maus nie wiedersah.

Natürlich hatte ich die Absicht. Brach auf – ging bis zur Tür – schrieb und zerriss Briefe – all das. Doch ich konnte mir einfach nicht den letzten Ruck geben.

Selbst jetzt verstehe ich nicht ganz, warum ich es nicht tat. Natürlich wusste ich, dass ich es nicht würde durchhalten können. Das spielte zu einem großen Teil mit. Aber man hätte meinen können, dass zum mindesten meine neugierige Foxterriernase sich nicht hätte abhalten lassen …

Je ne parle pas français. Das war ihr Schwanengesang für mich.

Aber wie es ihr doch gelingt, meiner Lebensregel untreu zu werden! Sie haben es ja selbst erlebt, aber ich könnte Ihnen noch unzählige Beispiele geben.

… Abende, an denen ich in irgendeinem trübseligen Café sitze, und ein automatisches Klavier beginnt eine ›Maus-Melodie‹ zu spielen (es gibt Dutzende von Melodien, die ihr Bild heraufbeschwören), und ich fange an zu träumen, etwa: Ein kleines Haus am Meer, irgendwo, weit, weit weg. Davor eine junge Frau in einem Gewand, wie es ungefähr die Indianerinnen tragen: sie winkt einem blonden, barfüßigen Burschen zu, der vom Strand heraufgerannt kommt.

»Was hast du da?«

»Einen Fisch!«

Ich lächle und reiche ihn ihr.

… Die gleiche junge Frau, der gleiche Bursche, nur anders angezogen – sie sitzen am offenen Fenster, essen Obst und lehnen sich hinaus und lachen.

»Die Walderdbeeren sind alle für dich, Maus! Ich rühre sie nicht an!«

... Ein regnerischer Abend. Sie gehen gemeinsam unter einem Schirm nach Hause. An der Tür bleiben sie stehen, um ihre feuchten Wangen aneinanderzuschmiegen.

Und so immer weiter und weiter, bis ein schmieriger alter Galan an meinen Tisch kommt und mir gegenüber Platz nimmt und anfängt, Fratzen zu schneiden und zu japsen. Bis ich mich sagen höre: »Aber ich weiß ein kleines Mädchen für Sie, *mon vieux!* So klein ... so zart!« Ich küsse meine Fingerspitzen und lege sie auf mein Herz. »Ich gebe Ihnen mein Ehrenwort als Gentleman und als ernsthafter junger Schriftsteller, der sich mit moderner englischer Literatur befasst ...«

Ich muss gehen. Ich muss gehen. Ich nehme Mantel und Hut vom Haken. Madame kennt mich. »Sie haben noch nicht diniert?«, lächelt sie.

»Nein, noch nicht, Madame.«

Glück

Obwohl Bertha Young dreißig war, kannte sie noch Augenblicke wie diesen, wo sie Lust hatte, lieber zu rennen statt zu gehen, auf dem Bürgersteig herumzutanzen, Reifen zu treiben, etwas in die Luft zu werfen und aufzufangen oder stillzustehen und zu lachen – über nichts – einfach über nichts.

Was kann man auch tun, wenn man dreißig ist und an der eigenen Straßenecke plötzlich von einem Glücksgefühl, von einem Gefühl reinen Glücks überwältigt wird, als hätte man plötzlich einen leuchtenden Schnitz Nachmittagssonne verschluckt und als brennte es einem in der Brust und jagte einen kleinen Funkenregen durch den ganzen Körper, bis in jeden Finger und Zeh?…

Oh, gibt es denn keine Möglichkeit, das auszudrücken, ohne ›öffentliches Ärgernis zu erregen‹? Wie blöd ist die Zivilisation! Warum hat man einen Körper bekommen, wenn man ihn wie eine kostbare Geige in einen Kasten einsperren muss?

›Nein, das mit der Geige ist nicht ganz, was ich

meine‹, dachte sie, während sie die Treppe hinaufsprang und in ihrer Handtasche nach dem Schlüssel wühlte – sie hatte ihn vergessen, wie üblich – und am Briefkasten ratterte. ›Das ist es nicht, was ich meine, denn –‹

»Danke, Mary!« Sie trat in den Flur. »Ist das Kindermädchen wieder da?«

»Ja, M'm.«

»Und ist das Obst gekommen?«

»Ja, M'm. Alles ist da.«

»Tragen Sie bitte das Obst ins Esszimmer! Ich will es nett anordnen, ehe ich hinaufgehe.«

Im Esszimmer war es dämmerig und ziemlich kühl. Trotzdem zog Bertha ihren Mantel aus; sie konnte die enge Hülle keinen Augenblick länger ertragen, und die kalte Luft prallte auf ihre Arme.

Doch in ihrer Brust war immer noch die helle, glühende Stelle – und der kleine Funkenregen, den sie aussandte. Es war beinah unerträglich. Sie wagte kaum zu atmen, vor Angst, es dadurch höher anzufachen, und doch holte sie ganz tief Atem. Sie wagte es kaum, in den kalten Spiegel zu blicken – doch sie blickte hinein, und er zeigte ihr eine strahlende Frau mit lächelnden, zitternden Lippen, mit großen dunklen Augen und einem Ausdruck, als lausche sie, als warte sie, dass etwas …

Himmlisches sich ereignete … von dem sie wusste, dass es geschehen musste … unweigerlich.

Mary brachte auf einem Tablett das Obst, zusammen mit einer Glasschüssel und einer wunderschönen blauen Schale, die seltsam schimmerte, als wäre sie in Milch getaucht worden.

»Soll ich das Licht einschalten, M'm?«

»Nein, danke. Ich sehe noch genug.«

Tangerinen und Äpfel mit erdbeerroten Backen waren da, ein paar gelbe, seidig glatte Birnen, einige weiße Trauben mit silbrigem Flaum und eine riesengroße mit dunkelblauen Beeren. Die hatte sie gekauft, weil sie mit dem neuen Esszimmerteppich übereinstimmen sollte. Sicher, es klang etwas weit hergeholt und verrückt, aber es war tatsächlich der Grund, weshalb sie sie gekauft hatte. Im Geschäft hatte sie gedacht: ›Ich muss ein paar dunkelblaue haben, um den Teppich zur Geltung zu bringen.‹ Und dort war es ihr ganz sinnvoll vorgekommen.

Als sie fertig war und aus den leuchtenden, runden Bällchen zwei Pyramiden aufgebaut hatte, trat sie vom Tisch zurück, um die Wirkung zu prüfen. Es war tatsächlich äußerst merkwürdig. Denn der dunkle Tisch schien in das dämmerige Licht hineinzuschmelzen, und die Glasschüssel und die blaue Schale schienen in der Luft zu schweben. In ihrer gegenwärtigen Stimmung war es natürlich so unglaublich schön … Sie musste lachen.

›Aber nein, ich werde noch hysterisch!‹ Und sie nahm ihre Handtasche und den Mantel und lief ins Kinderzimmer hinauf.

Die Kinderschwester saß an einem niedrigen Tisch und gab Klein-B. nach dem Bad sein Abendessen. Das Baby hatte ein weißes Flanellhemd und ein blaues Wolljäckchen an, und sein dunkles, feines Haar war zu einem lustigen kleinen Schopf hinaufgebürstet. Klein-B. blickte auf, als es die Mutter sah, und begann zu zappeln.

»Komm, Liebchen, iss schön brav auf!«, sagte die Kinderschwester und kniff die Lippen auf eine Art zusammen, die Bertha wohlbekannt war und bedeutete, dass sie wieder mal im verkehrten Augenblick ins Kinderzimmer gekommen war.

»War sie brav, Nanny?«

»Den ganzen Nachmittag ist sie ein süßer Schatz gewesen«, flüsterte Nanny. »Wir waren im Park, und ich habe mich auf einen Stuhl gesetzt und sie aus dem Wagen gehoben, und ein großer Hund kam daher und legte seinen Kopf auf mein Knie, und sie griff nach seinem Ohr und zupfte daran. Oh, Sie hätten sie sehen sollen!«

Bertha hätte gern gefragt, ob es nicht recht gefährlich sei, wenn das Baby einen fremden Hund an den Ohren zupfte. Aber sie wagte es nicht. Sie stand da und schaute mit herabhängenden Armen zu, wie ein armes kleines Mädchen vor einem reichen kleinen Mädchen mit Puppe steht.

Das Baby blickte wieder zu ihr auf, sah sie an und lächelte dann so reizend, dass Bertha nicht mehr an sich halten konnte und rief: »O Nanny, lassen Sie mich das Baby zu Ende füttern! Sie können unterdessen die Badesachen wegräumen!«

»Aber, M'm, sie sollte nicht in andre Hände kommen, während sie isst«, antwortete Nanny, noch immer flüsternd. »Es macht sie unruhig, und wahrscheinlich bekommt es ihr nicht.« Wie unsinnig das war! Wozu hatte sie ein Baby, wenn es zwar nicht gerade wie eine kostbare Geige in einem Kasten aufbewahrt werden musste, jedoch in den Armen einer andern Frau liegen sollte?

»Ich möchte aber!«, sagte sie.

Schwer gekränkt reichte Nanny ihr das Kind.

»Aber regen Sie sie ja nicht nach dem Essen auf, M'm! Sie wissen doch, dass Sie's immer tun, und ich habe dann hinterher die Plage!«

Gott sei Dank ging Nanny mit den Badetüchern aus dem Zimmer!

»Jetzt habe ich dich ganz für mich allein, mein kleiner Schatz«, sagte Bertha, als sich das Baby an sie lehnte.

Sie aß so niedlich, hielt ihr Mündchen dem Löffel entgegen und zappelte mit den Händen. Manchmal wollte sie den Löffel nicht loslassen, und manchmal, wenn Bertha ihn gerade gefüllt hatte, schlug sie ihn in alle Winde.

Als die Suppe aufgegessen war, drehte sich Bertha zum Kaminfeuer um.

»Du bist süß, du bist ganz, ganz süß!«, sagte sie und küsste ihr warmes Baby. »Ich liebe dich, ich liebe dich!«

Und tatsächlich liebte sie Klein-B. so sehr, den Nacken, wenn sie sich vornüberbeugte, und die wunderfeinen Zehlein, die im Flammenschein durchsichtig schimmerten, dass ihr ganzes Glücksgefühl wiederkehrte, und wieder wusste sie nicht, wie sie es äußern, was sie damit anfangen sollte.

»Sie werden am Telefon gewünscht!«, sagte Nanny, die triumphierend zurückkam und *ihr* Baby in Besitz nahm.

Sie flog hinunter.

Es war Harry.

»Oh, bist du's, Ber? Hör mal, ich bin heute Abend etwas spät dran. Ich werde ein Taxi nehmen und komme, so rasch ich kann, aber schiebe das Abendessen zehn Minuten hinaus, ja? Ist es recht?«

»Ja, sicher! Oh, Harry …«

»Ja?«

Was hatte sie ihm noch zu sagen? Nichts. Sie wollte nur einen Augenblick länger in Verbindung mit ihm bleiben. Sie konnte nicht so verrückt sein und ihm zurufen: ›Ist es nicht ein himmlischer Tag?‹

»Was ist denn?«, kläffte die dünne Stimme.

»Nichts. *Entendu*«, sagte Bertha, hängte den Hörer auf und dachte, dass die Zivilisation noch viel mehr als nur blöd sei.

Zum Abendessen hatten sie Gäste. Die Norman Knights kamen – ein sehr einwandfreies Paar –, er war im Begriff, ein Theater zu gründen, und sie beschäftigte sich leidenschaftlich mit Innendekoration; dann ein junger Mann, Eddie Warren, der gerade einen kleinen Gedichtband veröffentlicht hatte und den jedermann zum Essen einlud, und noch Pearl Fulton, eine ›Entdeckung‹ Berthas. Was Miss Fulton tat, wusste Bertha nicht; sie hatten sich im Klub kennengelernt, und Bertha hatte sich in sie verliebt, wie sie sich immer in schöne Frauen verliebte, die etwas Seltsames an sich hatten.

Es war irritierend, dass sie zwar gelegentlich zusammen gewesen waren und miteinander gesprochen hatten, dass Bertha sie aber trotzdem nicht durchschauen konnte. Bis zu einem bestimmten Punkt war Miss Fulton von einer seltenen, herrlichen Offenheit, aber eben über den bestimmten Punkt ging sie nie hinaus.

Gab es überhaupt etwas darüber hinaus? Harry sagte: ›Nein!‹ Er hielt sie für langweilig und ›kalt wie alle Blondinen – vielleicht mit einem Anflug von seelischer Blutarmut‹. Aber Bertha mochte ihm nicht recht geben, jedenfalls noch nicht.

»Nein, die Art, wie sie dasitzt und den Kopf ein bisschen auf die Seite legt und lächelt, Harry – da steckt was dahinter, und ich muss herausfinden, was es ist.«

»Wahrscheinlich eine gute Verdauung«, erwiderte Harry.

Er tat es ganz bewusst, Bertha mit Antworten dieser Art etwas zu bremsen ... ›Leberstauungen, liebes Kind‹ oder ›nichts als Blähungen‹ oder ›nierenkrank‹ ... und so weiter. Aus irgendeinem sonderbaren Grund hatte Bertha es gern und bewunderte es nachgerade an ihm.

Sie ging in den Salon und zündete das Kaminfeuer an; dann hob sie der Reihe nach die Kissen auf, die Mary so sorgfältig aufgestellt hatte, und schleuderte sie wieder auf die Stühle und Sofas zurück. Es war ein himmelweiter Unterschied: das Zimmer bekam sofort Leben. Als sie gerade das letzte hinwerfen wollte, überraschte sie sich dabei, wie sie es plötzlich stürmisch an sich drückte. Doch das löschte das Feuer in ihrer Brust nicht.

O nein, ganz im Gegenteil!

Die Fenster des Salons gingen auf einen Balkon, der den Garten überblickte. Am andern Ende, vor der Mauer, ragte ein hoher, schlanker Birnbaum in vollster, üppigster Blüte auf; vollkommen still stand er da und hob sich vom jadegrünen Himmel ab. Bertha glaubte selbst aus dieser Entfernung feststellen zu können, dass er keine einzige unerschlossene Knospe und auch keine welke Blüte hatte. Weiter unten, auf den Gartenbeeten, schmiegten sich die roten und gelben Tulpen mit ihren schweren Kelchen in die Dämmerung hinein. Eine graue Katze kroch mit schleppendem Bauch über den Rasen, und eine andere, eine schwarze, folgte ihr wie ihr Schatten. Der Anblick der beiden, die so gespannt und aufmerksam dahinschlichen, ließ Bertha erschauern.

»Was für gruselige Tiere Katzen doch sind!«, stammelte sie, wandte sich vom Fenster weg und begann hin und her zu gehen …

Wie stark die Narzissen in dem warmen Zimmer dufteten! Zu stark? O nein! Und doch warf sie sich wie überwältigt auf ein Sofa und drückte die Hände auf die Augen. »Ich bin glücklich – zu glücklich!«, murmelte sie.

Und es schien ihr, als sähe sie hinter den Augenlidern den schönen Birnbaum mit seinen weit offenen Blüten als Symbol ihres eigenen Lebens.

Doch – doch – sie hatte alles! Sie war jung. Harry und sie waren ineinander so verliebt wie nur je, und sie kamen herrlich miteinander aus und waren wirklich gute Kameraden. Sie hatte ein hinreißendes Baby. Sie hatten keinerlei Geldsorgen. Sie besaßen ein in jeder Hinsicht zufriedenstellendes Haus und den Garten. Und sie hatten Freunde, moderne, anregende Freunde, Schriftsteller und Maler und Dichter oder Leute, die sich brennend für soziale Fragen interessierten – genau die Art Freunde, die sie haben wollten. Und außerdem Musik und Bücher, und sie hatte eine fabelhafte kleine Schneiderin entdeckt, und im Sommer reisten sie ins Ausland, und ihre neue Köchin machte die köstlichsten Omeletten …

»Ich bin verrückt! Verrückt!« Sie setzte sich auf, aber sie war ganz benommen, wie berauscht. Es musste der Frühling sein.

Ja, es war sicher der Frühling! Jetzt war sie so müde, dass sie sich kaum die Treppe hinaufschleppen konnte, um sich umzuziehen.

Ein weißes Kleid, eine Kette aus Jadekugeln, grüne Schuhe und Strümpfe. Sie hatte es nicht erst jetzt beabsichtigt: sie hatte sich diese Zusammenstellung schon vor Stunden ausgedacht, lange bevor sie vom Salonfenster aus den Birnbaum betrachtet hatte.

Wie mit Blütenblättern rauschte sie leise auf den Flur und küsste Mrs. Norman Knight, die einen furchtbar lustigen Mantel ablegte: orangefarben, mit einer Prozession schwarzer Äffchen unten am Saum und an den Vorderkanten.

»... Ach je, meine Liebe, dass unsre Mittelklasse auch gar so spießig ist – so gänzlich ohne Sinn für Humor! Es ist der reinste Glücksfall, dass ich überhaupt hier bin – wobei Norman der beschützerische Glücksfall ist! Denn meine süßen Äffchen haben alle Leute im Zug in solche Aufregung versetzt, dass sie wie ein Mann aufstanden und mich geradezu mit den Augen verschlangen. Sie haben nicht gelacht – sie fanden es nicht lustig –, das hätte mir ja gefallen. Nein, sie haben bloß geglotzt – und mich furchtbar angeödet.«

»Aber was der Glanzpunkt war«, sagte Norman und klemmte sich ein großes, in Schildpatt gefasstes Monokel ins Auge, »ich darf's doch erzählen, Face, ja?« (Zu Hause und unter Freunden nannten sie sich Face und Mug.) »Der Glanzpunkt war es dann, als sie es gründlich satthatte und sich an die Frau neben ihr wandte und fragte: ›Haben Sie noch nie im Leben einen Affen gesehen?‹«

»Ach ja!« Mrs. Norman Knight stimmte in das Gelächter ein. »War das nicht wirklich glänzend?«

Und was noch komischer war: dass sie jetzt, ohne ihren Mantel, tatsächlich wie ein sehr gescheites Äffchen aussah, das sich sogar das gelbe Seidenkleid – aus abgeschabten Bananenschalen – selbst gemacht hatte. Und ihre Bernsteinohrringe: glichen sie nicht baumelnden kleinen Nüssen?

»Ein äußerst trauriger Fall!«, sagte Mug und blieb nachdenklich vor Klein-B.s Kinderwagen stehen. »Kommt ins Haus, der Kinderwagen …« Den Rest des Zitats überging er. Es läutete an der Haustür. Der magere, blasse Eddie Warren erschien – wie üblich in einem Zustand größter Bedrängnis.

»Das muss doch das *richtige* Haus sein, nicht wahr?«, rief er flehend.

»Vermutlich – hoffentlich!«, entgegnete Bertha strahlend. »Ich hatte so ein *entsetzliches* Erlebnis mit einem Taxifahrer! Ein ganz *finsterer* Kerl! Ich konnte ihn nicht dazu bringen, dass er *hielt!* Je *mehr* ich klopfte und rief, umso *schneller* fuhr er! Dazu im Mondschein die bizarre Gestalt, mit dem *verkürzten* Kopf über das *kleine* Lenkrad geduckt …« Er schauderte und legte einen riesigen weißen Seidenschal ab. Bertha stellte fest, dass auch seine Socken weiß waren – äußerst elegant.

»Nein, wie grässlich!«, rief sie.

»Ja, das war es wirklich«, sagte Eddie und folgte ihr in den Salon. »Ich sah mich in einem *zeitlosen* Taxi durch die *Ewigkeit* fahren!«

Mit den Norman Knights war er bekannt. Er wollte ja ein Stück für N. K. schreiben, wenn sich der Plan mit dem Theater verwirklichte.

»Sieh da, Warren! Was macht das Stück?«, fragte Norman Knight, ließ das Monokel fallen und gönnte seinem Auge eine Pause, in der es an die Oberfläche steigen konnte, bevor er es hinunterzwängte.

Und Mrs. Norman Knight rief: »Oh, Mr. Warren, was für hinreißende Socken!«

»Ich freue mich *so,* dass sie Ihnen gefallen«, sagte er und blickte auf seine Füße. »Sie sind anscheinend *sehr* viel weißer geworden, seit der Mond aufgegangen ist!« Dabei wandte er Bertha sein schmales, melancholisches junges Gesicht zu. »Der Mond ist nämlich *aufgegangen!*«

Am liebsten hätte sie gerufen: »Allerdings – und noch oft – noch oft!«

Er war wirklich ein äußerst interessanter junger Mensch. Aber interessant war auch Face, die in ihrem Bananenkleid vor dem Feuer kauerte, und

Mug, der eine Zigarette rauchte, die Asche ins Feuer schnippte und fragte: »Was säumt der Bräutigam so lange?«

»Da kommt er schon!«

Die Haustür flog krachend auf und wieder zu. Harry rief laut: »Hallo, ihr Leute! Bin in fünf Minuten unten!« Und sie hörten ihn die Treppe hinaufbrausen. Bertha musste lächeln; sie wusste, wie sehr er es liebte, alles unter Hochdruck zu tun. Was kam es schließlich auf die fünf Minuten an? Aber er wollte sich selbst vormachen, dass es ganz gewaltig darauf ankam. Und dann ließ er es sich sehr angelegen sein, betont kühl und beherrscht im Salon zu erscheinen.

Harry war von einem glühenden Lebenshunger besessen. Wie sehr sie das an ihm schätzte! Und seine Leidenschaft, sich durchzusetzen – in allem, was ihm in den Weg kam, eine neue Probe seiner Kraft und seines Mutes zu erkennen –, auch die konnte sie verstehen. Selbst wenn er dadurch andern Leuten, die ihn nicht gut kannten, dann und wann etwas lächerlich erscheinen mochte … Denn es kam vor, dass er sich in die Schlacht stürzte, wo überhaupt keine war … Sie plauderte und lachte, und erst, als er auftrat (und zwar genauso, wie sie es sich vorgestellt hatte), kam es ihr wieder in den Sinn, dass Pearl Fulton noch nicht eingetroffen war.

»Ob Miss Fulton es vergessen hat?«

»Das ist anzunehmen«, sagte Harry. »Hat sie Telefon?«

»Oh, da kommt gerade ein Taxi!« Und Bertha lächelte mit einem Anflug von Besitzerstolz, den sie sich stets beilegte, solange ihre weiblichen ›Entdeckungen‹ neu und geheimnisvoll waren. »Sie haust in Taxis!«

»Wenn sie das tut, wird sie zu dick«, erklärte Harry kühl und läutete, das Zeichen zum Auftragen gebend. »Sehr gefährlich für Blondinen!«

»Oh, Harry – lass!«, warnte Bertha und blickte lachend zu ihm auf.

Ein kurzer Augenblick noch, während sie lachend und plaudernd warteten und ein ganz klein bisschen zu unbefangen, ein bisschen zu ahnungslos taten. Dann erschien Miss Fulton, ganz in Silber, mit einem silbernen Stirnband, das ihr hellblondes Haar zusammenhielt, und lächelte, den Kopf ein wenig auf die Seite geneigt.

»Habe ich mich verspätet?«

»Nein, durchaus nicht!«, sagte Bertha. »Kommen Sie!« Sie nahm ihren Arm, und zusammen gingen sie ins Esszimmer. Was hatte der kühle Arm nur an sich, dass er das Glücksgefühl wieder anfachte, anfachte und auflodern ließ, mit dem Bertha nichts anzufangen wusste?

Miss Fulton sah Bertha nicht an; aber sie blickte den Leuten nur selten offen ins Gesicht. Ihre schweren Lider waren gesenkt, und das seltsame halbe Lächeln um ihre Lippen kam und ging, so als ob sie mehr lauschte als sah. Doch Bertha wusste auf einmal, und als hätten sie einen ganz langen, vertrauten Blick miteinander getauscht, ja als hätten sie einander zugerufen: ›Wie? Du auch?‹, dass Pearl Fulton, während sie die schöne rote Suppe in ihrem grauen Teller umrührte, genau dasselbe empfand wie sie.

Und die andern? Face und Mug, Eddie und Harry, die ihre Löffel hoben und senkten, sich die Lippen mit der Serviette abtupften, Brot zerkrümelten, mit Gabeln und Gläsern spielten und plauderten?

»Ich traf sie auf der Alpha-Ausstellung – eine ganz unmögliche kleine Person! Hatte sich nicht nur das Haar abgeschnitten, sondern schien auch an Beinen und Armen und Hals und der armseligen kleinen Nase herumgeschnippelt zu haben.«

»Ist sie nicht sehr mit Michael Oat liiert?«

»Mit dem, der *Love in False Teeth* geschrieben hat?«

»Der will ein Stück für mich schreiben. Einen Einakter. Nur eine Person. Der Held beschließt, Selbstmord zu begehen. Gibt alle Gründe für und wider an. Und gerade, als er sich entschlossen hat, es zu tun (oder zu lassen) – Vorhang. Kein schlechter Einfall!«

»Wie will er es nennen? ›Leibweh‹?«

»Ich *glaube*, ich bin dem *gleichen* Einfall schon einmal begegnet, in einer unbedeutenden französischen Zeitschrift, *völlig* unbekannt in England.«

Nein, sie alle empfanden nicht, was Bertha empfand. Es waren furchtbar nette Menschen, und sie genoss es, sie hier an ihrem Tisch zu haben und ihnen köstliches Essen und erlesenen Wein vorzusetzen. Sie sehnte sich geradezu danach, ihnen zu sagen, wie reizend sie seien und was für eine dekorative Gruppe sie bildeten und wie sie einer den andern zur Geltung brachten und sie an ein Stück von Čechov erinnerten.

Harry genoss sein Essen. Es gehörte zu einem Teil seiner, nein, nicht gerade seiner Natur und erst recht nicht seiner Pose oder was es sonst sein mochte, über das Essen zu reden und in seiner ›schamlosen Leidenschaft für weißes Hammelfleisch‹ und für ›grünes Pistazieneis‹ zu schwelgen, das ›so grün und kühl wie die Lider ägyptischer Tänzerinnen war‹.

Als er aufsah und zu ihr sagte: »Bertha, das ist ein bewundernswertes Soufflé!«, hätte sie fast weinen können vor kindlicher Freude.

Oh, warum empfand sie heute Abend eine so große Zärtlichkeit für die ganze Welt? Alles war gut – war richtig. Alles, was geschah, schien den randvollen Kelch ihres Glücks nur noch mehr zu füllen.

Und immer blühte im Grunde ihres Denkens der Birnbaum! Er musste jetzt, im Mondlicht des lieben guten Eddie, silbern strahlen – so silbern wie Miss Fulton, die dasaß und eine Tangerine in ihren schlanken Fingern herumdrehte, in Fingern, die so blass waren, dass ein Licht von ihnen auszugehen schien.

Sie konnte einfach nicht begreifen – es war so übernatürlich –, wieso sie Miss Fultons Stimmung so genau und jählings erraten hatte. Denn sie zweifelte keinen Augenblick, dass sie recht hatte – und doch, was für Beweise hatte sie? Keine, überhaupt keine!

»Ich glaube, zwischen Frauen kann so etwas vorkommen, doch selten, sehr selten, und zwischen Männern nie«, dachte Bertha. »Aber wenn ich im Salon den Kaffee vorbereite, gibt sie vielleicht ›ein Zeichen‹.«

Was sie damit meinte, wusste sie nicht, und was danach geschehen würde, konnte sie sich nicht vorstellen.

Während sie daran dachte, sah sie sich plaudern

und lachen. Sie musste plaudern, weil sie gar zu gern lachen wollte.

›Ich muss lachen, sonst halte ich es nicht aus!‹

Aber als sie Faces komische kleine Gewohnheit bemerkte, an ihrem Ausschnitt herumzufingern, als hätte sie dort einen heimlichen kleinen Nussvorrat versteckt, musste Bertha ihre Nägel in die Hände graben, um nicht laut loszulachen.

Endlich war es vorbei. Bertha sagte: »Sehen Sie sich meine neue Kaffeemaschine an!«

»Wir haben bloß alle vierzehn Tage eine neue Kaffeemaschine«, sagte Harry. Face nahm diesmal seinen Arm. Miss Fulton folgte ihnen – mit gesenktem Kopf.

Im Salon war das Kaminfeuer zu einem roten, züngelnden ›Nest von Phönixjungen‹ heruntergebrannt, wie Face sagte. »Oh, macht noch nicht Licht! Es ist so schön!« Und sie kauerte sich wieder vor den Kamin. Sie fror immer ... ›Begreiflich‹, dachte Bertha, ›ohne ihr rotes Wolljäckchen!‹

In diesem Augenblick gab Miss Fulton ›das Zeichen‹.

»Haben Sie einen Garten?«, fragte die kühle, verschlafene Stimme.

Das war so wunderbar, dass Bertha nicht anders konnte als gehorchen. Sie ging durchs Zimmer, zog die Vorhänge auseinander und öffnete die hohen Fenster.

»Da!«, hauchte sie.

Und die beiden Frauen standen nebeneinander und blickten auf den schlanken, blühenden Baum. Obwohl er so ruhig dastand, schien er sich wie die Flamme einer Kerze zu recken und aufwärts zu deuten und in der klaren Luft zu zittern, ja vor ihren Augen höher und höher zu werden und fast den Rand des vollen silbernen Mondes zu berühren. Wie lange standen sie so? Beide gefangen in diesem Kreis überirdischen Lichts, einander völlig verstehend, Geschöpfe einer andern Welt, verwundert, was sie in der Welt hier unten mit der Glücksfülle anfangen sollten, die ihnen in der Brust brannte und in silbernen Blüten von Haar und Händen tropfte?

Schon immer – oder nur einen Augenblick? Hatte Miss Fulton wirklich geflüstert? »Ja, *das* ist es!« Oder hatte Bertha es geträumt?

Dann wurde das Licht angeknipst, und Face machte den Kaffee, und Harry sagte: »Meine liebe Mrs. Knight, fragen Sie mich nicht nach meinem Töchterchen! Ich sehe sie nie. Sie wird mich erst ernstlich zu interessieren beginnen, wenn sie einen Liebhaber hat«, und Mug holte sein Auge aus dem Glashaus, jedoch nur für einen kurzen Moment, dann steckte er es wieder unter Glas, und Eddie Warren trank seinen Kaffee und stellte die Tasse mit einem so besorgten Gesicht hin, als hätte er eine Spinne gesehen – und verschluckt.

»Vor allem liegt mir daran, den jungen Männern zu einer Bühne zu verhelfen. Ich glaube, dass London geradezu wimmelt von erstklassigen ungeschriebenen Theaterstücken. Deshalb möchte ich ihnen sagen können: ›Da habt ihr euer Theater! Nun legt los!‹«

»Wissen Sie, meine Liebe, ich soll nämlich ein Zimmer für die Jacob Nathans einrichten. Ach, es reizt mich so, alles im Bratfischstil zu machen, die Stuhllehnen wie Bratpfannen geformt und die Vorhänge ganz und gar mit hübschen Kartoffelchips bestickt.«

»Der Kummer mit unsern jungen Schriftstellern ist der, dass sie noch immer zu romantisch sind. Man kann nicht zur See gehen, ohne seekrank zu werden und ein Becken zu benutzen. Warum trauen sie sich also nicht an die Becken ran?«

»Ein *gräuliches* Gedicht über ein *Mädchen*, das von einem Bettler *ohne* Nase in einem Gehölz vergewaltigt wurde …« Miss Fulton sank in den niedrigsten, tiefsten Sessel, und Harry reichte Zigaretten herum. Aus der Art, wie er vor Miss Fulton stand, die silberne Dose schüttelte und schroff sagte: »Ägyptische? Türkische? Virginische? Sie sind alle durcheinandergeraten«, schloss Bertha, dass sie ihn nicht nur langweilte – er konnte sie wirklich nicht leiden. Und an der Art, wie Miss Fulton sagte: »Nein, danke, ich möchte nicht rauchen«, erkannte sie, dass auch Miss Fulton es empfand und gekränkt war.

›Oh, Harry, du solltest nichts gegen sie haben! Du täuschst dich sehr in ihr! Sie ist wundervoll, ganz wundervoll. Und überdies: wie kannst du so anders für jemanden empfinden, der mir so viel bedeutet? Wenn wir heute Nacht im Bett sind, werde ich versuchen, dir zu schildern, was geschehen ist: was sie und ich gemeinsam erlebt haben.‹

Bei diesem Gedanken tauchte etwas Seltsames und fast Erschreckendes in Berthas Geist auf. Und dieses unkenntliche und lächelnde Etwas flüsterte ihr zu: ›Bald sind all diese Leute weggegangen. Dann ist das Haus still, ganz still. Die Lichter sind gelöscht. Und du und er – ihr werdet allein sein – im dunklen Zimmer – im warmen Bett …‹

Sie sprang von ihrem Sessel auf und lief zum Klavier hinüber.

»Wie schade, dass niemand spielt!«, rief sie. »Wie schade, dass niemand hier ist, der spielt!«

Zum ersten Mal in ihrem Leben begehrte Bertha Young ihren Mann.

Oh, sie hatte ihn geliebt – natürlich war sie in ihn verliebt gewesen –, auf jede Art, jedoch nicht so. Und natürlich hatte sie auch eingesehen, dass es bei ihm anders war. Sie hatten so oft darüber gesprochen. Zuerst hatte es sie sehr bekümmert, als sie merkte, dass sie frigide war, aber nach einiger Zeit schien es nicht mehr so wichtig zu sein. Sie waren so offen miteinander – zwei gute Kameraden. Das war das Beste am Modernsein.

Aber jetzt – war sie glühend, glühend! Das Wort schmerzte in ihrem glühenden Körper. Dahin also hatte das Glücksgefühl geführt? Aber dann ...

»Meine Liebe«, sagte Mrs. Norman Knight, »Sie kennen unser Pech! Wir sind die Opfer von Zeit und Fahrplan. Wir wohnen in Hampstead! Es war ein entzückender Abend!«

»Ich begleite Sie an die Tür«, sagte Bertha. »Ich habe es so genossen, Sie bei uns zu haben. Aber den letzten Zug dürfen Sie nicht verpassen. Das wäre ja grässlich, wie?«

»Noch einen Whisky, ehe Sie gehen, Knight?«, rief Harry.

»Nein, danke, mein Lieber!«

Dafür drückte ihm Bertha die Hand, als sie ihn verabschiedete.

»Gute Nacht, gute Nacht!«, rief sie von der obersten Treppenstufe und wusste, dass ihr bisheriges Selbst für immer Abschied von ihnen nahm.

Als sie in den Salon zurückkehrte, waren auch die andern im Begriff aufzubrechen.

»...dann können Sie ein Stückchen Wegs in meinem Taxi mitkommen!«

»Oh, ich bin Ihnen so *dankbar*, dass ich nicht *noch* eine Fahrt *allein* machen muss – nach meinem *schrecklichen* Erlebnis!«

»Ein Taxi können Sie gleich am Ende der Straße am Standplatz bekommen. Sie brauchen nur ein paar Schritte zu laufen.«

»Wie angenehm! Ich will nur noch meinen Mantel anziehen.« Miss Fulton wollte auf den Flur gehen, und Bertha war im Begriff, ihr zu folgen, da drängte sich Harry zwischen sie. Bertha wusste, dass er seine Unhöflichkeit bereute, und ließ ihn gehen. Was für ein großer Junge er doch in mancher Hinsicht war – so impulsiv! Und so einfach!

Und sie und Eddie blieben beim Kaminfeuer zurück.

»Haben Sie wohl Bilks *neues* Gedicht *Table d'hôte* gelesen?«, fragte Eddie leise. »Es ist *so* bezaubernd! In der neuesten Nummer der *Anthology*. Haben Sie eine? Ich würde es Ihnen so gerne *zeigen!* Es fängt mit einer *unvorstellbar* herrlichen Zeile an: ›Warum muss es denn immer Tomatensuppe sein?‹«

»Ja«, sagte Bertha. Und geräuschlos ging sie zu einem Tischchen gegenüber von der Salontür, und Eddie glitt ihr geräuschlos nach. Sie hob das kleine Buch auf und gab es ihm; es war alles lautlos vor sich gegangen.

Während er das Gedicht suchte, fiel ihr Blick auf den Flur. Und dort sah sie … Harry, mit Miss Fultons Mantel im Arm – und Miss Fulton, die ihm den Rücken zugekehrt hatte und den Kopf senkte. Er warf den Mantel beiseite, legte ihr die Hände auf die Schultern und drehte sie ungestüm zu sich herum. Seine Lippen sagten: »Ich bete dich an«, und Miss Fulton legte ihre Mondscheinfinger auf seine Wangen und lächelte ihr verschlafenes Lächeln. Harrys Nasenflügel zitterten; seine Lippen verzogen sich in einem hässlichen Grinsen, und er flüsterte: »Morgen!«, und Miss Fulton antwortete mit ihren Augenlidern: ›Ja!‹

»Hier ist es!«, sagte Eddie. »›Warum muss es immer Tomatensuppe sein?‹ Es ist so *tief* empfunden, finden Sie nicht auch? Tomatensuppe ist so *schrecklich* ewig.«

»Wenn es Ihnen lieber ist«, drang Harrys Stimme sehr laut vom Flur her, »kann ich Ihnen ein Taxi telefonisch vor die Haustür bestellen!«

»O nein, das ist nicht nötig«, sagte Miss Fulton, kam auf Bertha zu und reichte ihr die schlanken Finger.

»Gute Nacht! Und vielen Dank!«

»Gute Nacht!«, sagte Bertha.

Miss Fulton hielt Berthas Hand noch eine Sekunde fest. »Ihr herrlicher Birnbaum!«, murmelte sie.

Und dann war sie fort, mit Eddie im Gefolge – wie die schwarze Katze, die der grauen folgte.

»Dann mache ich den Laden dicht«, sagte Harry übertrieben kühl und beherrscht.

›Ihr herrlicher Birnbaum – Birnbaum – Birnbaum!‹

Bertha rannte förmlich zu den hohen Fenstern.

»Oh, was soll jetzt nur werden?«, rief sie.

Aber der Birnbaum war so herrlich wie zuvor, so voller Blüten, und so still.

Psychologie

Als sie die Tür öffnete und ihn dort stehen sah, freute sie sich mehr denn je, und auch er schien, als er ihr ins Studio folgte, sehr, sehr glücklich zu sein, dass er gekommen war.

»Nicht an der Arbeit?«

»Nein. Ich wollte gerade Tee machen.«

»Und Sie erwarten niemanden?«

»Nein, keinen Menschen!«

»Das passt gut!«

Er legte Mantel und Hut so behutsam und gemächlich weg, als hätte er reichlich Zeit für alles oder als nähme er für immer Abschied von ihnen, trat dann an den Kamin und streckte den munter flackernden Flammen die Hände entgegen. Nur einen kurzen Augenblick standen sie beide in diesem flackernden Flammenschein. Auf ihren lächelnden Lippen schmeckten sie gewissermaßen noch immer den beglückenden Schock ihrer Begrüßung. Ihr verborgenes Selbst flüsterte: »Weshalb sollten wir sprechen? Ist denn das nicht genug?«

»Mehr als genug. Ich hatte bis zu diesem Augenblick gar nicht begriffen …«

»… wie wohl es tut, bloß so mit dir zusammen zu sein …«

»… wie jetzt.«

»Mehr als genug.«

Doch plötzlich wandte er sich ihr zu und sah sie an, und sie ging schnell weg.

»Zigarette? Ich setze den Kessel auf. Sehnen Sie sich schon nach Tee?«

»Nein. Nicht gerade sehnen!«

»Aber ich!«

»Oh, Sie …« Er knuffte das armenische Kissen zurecht und warf sich auf die Couch. »… Sie sind eine echte kleine Chinesin.«

»Ja, das bin ich«, lachte sie. »Ich lechze nach Tee wie starke Männer nach Wein.«

Sie zündete die Lampe unter dem großen, orangefarbenen Schirm an, zog die Vorhänge zu und schob den Teetisch näher heran.

Im Wasserkessel zwitscherten zwei Vögel; das Feuer flackerte. Er setzte sich hin und umschlang seine Knie. Es war eine bezaubernde Zeremonie, dieses Teetrinken bei ihr: immer hatte sie köstliche Sachen zu essen – kleine pikante Sandwiches, süße Mandelstäbchen und einen schweren, dunklen Cake, der nach Rum schmeckte … aber es war doch eine Unterbrechung. Er wünschte, dass es vorbei wäre, das Tischchen weggeschoben, ihre beiden Stühle an die Lampe herangerückt, und dann war der Augenblick da, wo er seine Pfeife hervorholte, sie stopfte und – während er noch den Tabak hineindrückte – zu ihr sagte: ›Ich habe nachgedacht über das, was Sie letztes Mal sagten, und mir scheint …‹

Ja, das war es, worauf er wartete – und sie auch! Ja, während sie die Teekanne über der Spiritusflamme wärmte und trockenschwenkte, sah sie die andern beiden: ihn zurückgelehnt, wie er sich's zwischen den Kissen gemütlich machte, und sie wie eine Schnecke im blauen Muschelsessel zusammengerollt. Das Bild war so deutlich und genau, als wäre es auf den blauen Deckel der Teekanne gemalt. Und doch konnte sie nicht schneller machen. Fast hätte sie geschrien: ›Lassen Sie mir etwas Zeit!‹ Sie brauchte Zeit, um ruhig zu werden. Sie brauchte Zeit, um sich von all den vertrauten Dingen zu lösen, mit denen sie so innig zusammenlebte. Denn all die heiteren Dinge um sie her waren ein Teil ihrer selbst, waren ihre Kinder, und sie wussten es und erhoben die lautesten, wildesten Ansprüche. Aber jetzt mussten sie gehen. Sie mussten weggefegt und weggescheucht werden, mussten wie Kinder die dämmerige Treppe hinaufgeschickt und ins Bett gesteckt und ermahnt werden, einzuschlafen, sofort – ohne Murren!

Denn der besondere Reiz ihrer Freundschaft beruhte auf ihrer gegenseitigen rückhaltlosen Hingabe. Wie zwei offene Städte inmitten einer weiten Ebene lag ihr Denken offen vor dem andern hingebreitet. Und es war nicht so, als ritte er in ihre Stadt wie ein Eroberer ein – bis an die Zähne bewaffnet, nichts erblickend als ein fröhliches Seidengeflatter, und auch sie zog nicht in die seine wie eine sanft auf Blütenblättern schreitende Königin ein. Nein, sie waren zwei eifrige, ernste Wanderer, die ganz darin aufgingen, zu verstehen, was es zu sehen gab, und zu entdecken, was verborgen war … um das Beste aus diesem durchaus ungewöhnlichen Glücksfall zu machen, der es ihm ermöglichte, gänzlich wahrhaft zu ihr zu sein, und ihr, gänzlich aufrichtig zu ihm zu sein.

Und das Beste daran war, dass sie beide alt genug waren, um ihr Abenteuer voll und ganz und ohne irgendwelche dumme Gefühlskomplikation zu genießen. Sie sahen es ganz deutlich: die Leidenschaft hätte alles verdorben. Außerdem war das alles aus und vorbei für sie beide: er war einunddreißig, sie war dreißig; sie hatten ihre Erlebnisse gehabt, die kostbar und mannigfaltig gewesen waren, doch jetzt war die Zeit für die Ernte gekommen – die Ernte. Würden seine Romane nicht ganz hervorragende Romane werden? Und ihre Theaterstücke: wer sonst außer ihr besaß ein so hervorragendes Gefühl für die echte englische Komödie? ... Sorgfältig schnitt sie dicke Scheibchen vom Cake ab, und er reichte ihr seinen Teller.

»Beachten Sie bitte, wie gut er ist!«, beschwor sie ihn.»Essen Sie ihn mit allen Sinnen! Verdrehen Sie die Augen, wenn Sie können, und prüfen Sie ihn beim Atemholen. Es ist keine altbackene Semmel aus der Brotlade – es ist die Art Kuchen, die in der Genesis hätte erwähnt werden können ... Und Gott sprach: ›Es werde Cake!‹ Und es ward Cake. Und Gott sah, dass er gut war.«

»Sie brauchen mich nicht zu nötigen«, sagte er. »Bestimmt nicht! Es ist seltsam, aber hier bei Ihnen fällt mir immer auf, was ich esse – und nie anderswo. Vermutlich kommt es daher, weil ich schon lange allein lebe und beim Essen immer lese ... von meiner Gewohnheit, Essen einfach bloß als Nahrung zu betrachten ... als etwas, was zu festgesetzten Zeiten da ist, um verschlungen zu werden ... bis es ... nicht mehr da ist.« Er lachte. »Das empört Sie, nicht wahr?«

»Abgründig«, sagte sie.

»Aber ... sehen Sie ...« Er schob seine Tasse weg

und begann sehr schnell zu sprechen: »Ich habe einfach kein konkretes Leben. Von den meisten Dingen – Bäumen und so weiter – weiß ich nicht einmal die Namen, und nie merke ich, wie Orte oder Möbel oder Leute aussehen. Ein Zimmer ist für mich genau wie ein andres – ein Ort, wo man sitzen und lesen oder plaudern kann –, ausgenommen«, und hier machte er eine Pause und lächelte seltsam naiv und sagte: »... ausgenommen das Studio hier!« Er blickte sich um und sah sie dann an; vor Erstaunen und Vergnügen lachte er. Er war wie ein Mann, der in der Bahn aufwacht und gewahrt, dass er schon das Ende seiner Reise erreicht hat.

»Und noch etwas Seltsames: wenn ich die Augen schließe, kann ich dieses Zimmer bis in die letzte Einzelheit sehen... jede Einzelheit... Es fällt mir jetzt erst auf – vorher ist es mir nie so klar gewesen. Oft, wenn ich anderswo bin, kehre ich in Gedanken zurück und wandere zwischen Ihren roten Stühlen umher, betrachte die Obstschale auf dem schwarzen Tisch... und betaste ganz leise den wundervollen ›Kopf eines schlafenden Knaben‹.«

»Ich liebe den kleinen Jungen«, murmelte er. Und dann waren beide still. Eine neue Stille senkte sich auf sie. Sie glich keineswegs der zufriedenen Stille, die ihren Begrüßungen folgte, dem ›Also nun sind wir wieder zusammen, und warum sollten wir nicht einfach fortfahren, wo wir letztes Mal aufhörten!‹ Das war eine Stille, die vom Umkreis des warmen, köstlichen Feuers und des Lampenlichts begrenzt blieb. Wie oft hatten sie etwas hineingeschleudert – nur zum Spaß –, um zu sehen, wie sich die Wellchen auf den sanften Ufern verliefen. Doch in diesen unvertrauten Teich fiel jetzt der Kopf des kleinen Jungen, der seinen zeitlosen Schlaf schlief – und die Wellchen flossen weit, weit weg, in grenzenlose Fernen, in tiefe, glitzernde Dunkelheit hinein.

Und dann brachen sie die Stille. Sie sagte: »Ich muss das Feuer schüren«, und er sagte: »Ich versuche ein neues …« Beide waren sie entwischt. Sie schürte das Feuer und stellte das Tischchen zurück, der blaue Sessel wurde herangerollt; sie schmiegte sich hinein, und er lehnte sich in die Kissen zurück. Rasch! Rasch! Sie mussten verhindern, dass es noch einmal so weit kam.

»Ich habe also das Buch gelesen, das Sie letztes Mal hierließen.«

»Oh, und wie denken Sie darüber?«

Sie waren im Gange, und alles war wie immer. Aber war es das wirklich? Waren sie nicht etwas zu rasch, zu prompt mit ihren Antworten, zu eifrig bemüht, auf den andern einzugehen? War es wirklich mehr als nur eine wunderbar gute Nachahmung anderer Begegnungen? Ihm klopfte das Herz, ihr glühten die Wangen, und das Dumme war, dass sie nicht feststellen konnte, wo genau sie waren oder was genau geschah. Sie hatte keine Zeit, zurückzublicken. Und gerade, als sie so weit gekommen war, geschah es noch einmal. Sie stockten, zauderten, wussten nicht weiter und waren still. Wieder waren sie sich des grenzenlosen, fragenden Dunkels bewusst. Wieder waren sie hier: zwei Jäger, die sich über ihr Feuer beugen, aber plötzlich aus dem Dschungel drüben einen Windstoß und einen lauten, fragenden Schrei hören …

Sie hob den Kopf. »Es regnet«, murmelte sie. Und ihre Stimme klang wie die seine, als er gesagt hatte: ›Ich liebe den kleinen Jungen.‹ Immerhin! Warum gaben sie nicht einfach nach – ergaben sich und warteten, was dann geschehen würde? Aber nein. Obwohl sie unsicher und verwirrt waren, wussten sie jedenfalls genug, um zu erkennen, dass ihre kostbare Freundschaft in Gefahr war. Die war's, die zerstört würde – und nicht sie beide; daran aber wollten sie nicht schuld sein.

Er stand auf, klopfte seine Pfeife aus, fuhr sich

mit der Hand durchs Haar und sagte: »Ich habe in letzter Zeit sehr oft darüber nachgedacht, ob der Roman der Zukunft ein psychologischer Roman sein wird oder nicht. Sind wir so sicher, dass Psychologie in ihrer Eigenschaft als Psychologie überhaupt etwas mit Literatur zu tun hat?«

»Wollen Sie damit sagen, Sie hielten es für möglich, dass die geheimnisvollen, nicht vorhandenen Geschöpfe – die jungen Schriftsteller von heute – einfach versuchten, sich das Schürfrecht der Psychoanalytiker widerrechtlich anzueignen?«

»Ja, allerdings. Und ich glaube, es kommt daher, weil diese Generation gerade klug genug ist, um zu erkennen, dass sie krank ist, und um zu begreifen, dass ihre einzige Aussicht auf Genesung darin besteht, sich mit den Symptomen zu beschäftigen, sie gründlich zu studieren, sie aufzuspüren und zu versuchen, bis an die Wurzel des Übels vorzudringen.«

»O weh!«, jammerte sie. »Was für schrecklich trübe Aussichten!«

»Keineswegs«, sagte er. »Verstehen Sie …« Das Gespräch plätscherte weiter. Und diesmal hatten sie es anscheinend wirklich geschafft. Um ihn anzublicken, während sie redete, drehte sie sich in ihrem Sessel ein wenig um. Ihr Lächeln besagte: ›Wir haben es geschafft!‹ Und er lächelte überzeugt zurück: ›Ganz bestimmt!‹

Doch das Lächeln wurde ihnen zum Verhängnis. Es dauerte zu lange; es wurde zu einem Grinsen. Sie sahen sich als zwei feixende kleine Marionetten, die im Nichts herumzappelten. ›Worüber haben wir nur gesprochen?‹, dachte er. Er fand es so entsetzlich langweilig, dass er beinah stöhnte.

›Wie unmöglich haben wir uns aufgeführt!‹, dachte sie. Und sie sah ihn, wie er mühsam, ach so mühsam, den Garten anlegte, und wie sie hinter ihm herlief und hier einen Baum und dort einen Blütenbusch setzte und eine Handvoll glitzernder Fische in ein Becken tat. Diesmal schwiegen sie aus reinster Verzagtheit.

Die Uhr tat sechs fröhliche kleine Schläge, und das Feuer flackerte nervös. Was für Narren sie waren: schwerfällig, langweilig, ältlich – eindeutige Strohköpfe!

Und jetzt zog die Stille sie in ihren Bann wie feierliche Musik. Es war eine Qual für sie, eine Qual, es zu ertragen; und er würde sterben, sollte die Stille gebrochen werden … und doch sehnte er sich danach, sie zu brechen. Nicht mit einem Gespräch. Und auf keinen Fall mit ihrem üblichen, irritierenden Geschwätz. Für sie gab es noch eine andere Art, miteinander zu sprechen, und auf diese neue Art wollte er flüstern: ›Empfindest du das auch? Verstehst du es überhaupt?‹ Stattdessen hörte er sich zu seinem Entsetzen sagen: »Ich muss gehen! Um sechs Uhr bin ich mit Brand verabredet.«

Welcher Teufel ließ ihn dies sagen und nicht das andre? Sie sprang hoch – sie sprang förmlich aus ihrem Sessel hoch, und er hörte sie rufen: »Dann müssen Sie sich beeilen! Er ist immer so pünktlich. Warum haben Sie es nicht gleich gesagt?« ›Du hast mich verletzt, du hast mich verletzt! Wir haben beide versagt!‹, seufzte ihr verborgenes Selbst, während sie ihm Hut und Stock reichte und heiter lächelte. Sie gönnte ihm keinen Augenblick für ein weiteres Wort, sondern lief über den Flur und öffnete die Haustür.

Konnten sie so auseinandergehen? Wie könnten sie es? Er stand auf der Schwelle und sie noch drin, die Tür offen haltend. Es regnete nicht mehr.

›Du hast mich verletzt, mich verletzt‹, seufzte ihr Herz. ›Warum gehst du nicht? Nein, geh nicht! Bleib! Nein – geh!‹ Und sie blickte in den Abend hinaus.

Sie sah die schön geschwungene Treppe, den von glitzerndem Efeu umsäumten Garten, auf der andern Straßenseite die hohen, kahlen Weiden und darüber den weiten, sternklaren Himmel. Aber von alledem sah er natürlich nichts. Über all das war er erhaben. Er – mit seiner wundervollen ›vergeistigten‹ Vision!

Sie hatte recht. Er sah überhaupt nichts. Was für ein Elend! Es war ihm entgangen. Jetzt war es zu spät, um noch etwas zu tun. War es wirklich zu spät? Ja. Ein kalter, beißender Windstoß fuhr in den Garten. Zum Teufel mit dem Leben! Er hörte sie *»Au revoir!«* rufen, und die Tür fiel ins Schloss.

Sie lief ins Studio zurück und benahm sich ganz wunderlich. Sie lief hin und her, hob die Arme und rief: »Oh, wie blöd! Oh, wie dumm! Oh, wie blöd!« Und dann warf sie sich aufs Sofa und dachte an gar nichts – lag einfach da in stummer Wut. Alles war vorbei. Was war vorbei? Ach, etwas war bestimmt vorbei. Und sie würde ihn nie wiedersehen – nie mehr. Nachdem eine unsagbar lange Zeit (oder waren es zehn Minuten?) in diesem schwarzen Abgrund vergangen war, schrillte ihre Klingel kurz und heftig. Das war er – natürlich! Und ebenso selbstverständlich – hätte sie es überhaupt nicht beachten sollen, sondern es einfach weiterklingeln lassen sollen. Sie stürzte hinaus, ihm zu öffnen.

Auf der Schwelle stand eine alte Jungfer, ein rührendes Geschöpf, das sie schlechthin vergötterte (der Himmel mochte wissen, weshalb). Sie hatte die Gewohnheit, plötzlich aufzutauchen und zu klingeln und dann, wenn ihr aufgemacht wurde, zu sagen: »Meine Liebe, schicken Sie mich gleich wieder weg!« Doch das tat sie nie. Meistens forderte sie sie auf, näher zu treten, und ließ sie alles bewundern, und dann nahm sie den Strauß etwas angekränkelter Blumen betont freundlich in Empfang. Doch heute …

»Ach, es tut mir so leid!«, rief sie. »Aber es ist jemand da! Wir arbeiten an einigen Holzschnitten. Ich habe den ganzen Abend entsetzlich zu tun.«

»Das macht doch nichts, mein Liebes, es macht überhaupt nichts!«, sagte die gute Freundin. »Ich kam nur eben vorbei und dachte, ich könnte Ihnen ein paar Veilchen dalassen!« Sie tastete an den Stäben eines großen, alten Regenschirms entlang. »Da unten drin habe ich sie verwahrt. Es ist der beste Platz, um Blumen vor dem Wind zu schützen. Da sind sie!«, sagte sie und schüttelte ein welkes Sträußchen heraus.

Einen kurzen Augenblick nahm sie die Veilchen nicht entgegen. Doch während sie innen im Flur stand und die Tür festhielt, geschah etwas Sonderbares … Wieder sah sie die schön geschwungene Treppe, den von glitzerndem Efeu umsäumten, dunklen Garten, die Weiden, den weiten, hellen Himmel. Wieder spürte sie die Stille wie eine Frage. Aber diesmal zauderte sie nicht. Sie trat vor. Sehr sanft und behutsam, als fürchte sie, in dem grenzenlosen Teich der Stille ein Wellengekräusel zu erregen, legte sie die Arme um die Freundin.

»Aber Liebes«, flüsterte die Glückliche und war überwältigt von so viel Dankbarkeit, »es ist wirklich nichts! Nur das bescheidenste Dreipennysträußchen!«

Doch während sie sprach, wurde sie umarmt, wurde immer zärtlicher, immer liebevoller umarmt, mit so zartem Druck und so lange gehalten, dass dem armen Ding ganz wirblig im Kopf wurde und es gerade noch die Kraft hatte, um hervorzustottern: »Dann bin ich Ihnen also wirklich nicht gar so zuwider?«

»Gute Nacht, mein Liebes«, flüsterte die andre. »Kommen Sie bald wieder!«

»O ja! Sehr gern!«

Diesmal kehrte sie langsam ins Studio zurück, und als sie mit halbgeschlossenen Augen mitten im Zimmer stehenblieb, war ihr so leicht, so ausgeruht zumute, als sei sie gerade aus einem Kinderschlaf erwacht. Sogar das Atmen war eine Freude …

Das Sofa sah sehr unordentlich aus. Alle Kissen wie ›wild gewordene Berge‹, fand sie. Sie schaffte Ordnung, ehe sie zum Schreibtisch hinüberging.

›Unser Gespräch über den psychologischen Roman hat mich weiter beschäftigt‹, schrieb sie hastig hin, ›es ist wirklich hochinteressant…‹ Und so weiter und so weiter.

Zu guter Letzt schrieb sie: ›Gute Nacht, lieber Freund! Kommen Sie bald wieder!‹

Miss Brill

Obwohl das Wetter strahlend schön war – der blaue Himmel goldbestäubt und große Lichtflecke wie Weißwein über die *Jardins Publiques* gespritzt, war Miss Brill doch froh, dass sie sich für ihre Pelzboa entschieden hatte. Es war windstill, aber wenn man den Mund öffnete, spürte man ein leichtes Frösteln, wie man es spürt, ehe man an einem Glas Eiswasser nippt, und dann und wann kam ein Blatt angesegelt – von irgendwoher aus dem Himmel. Miss Brill hob die Hand und berührte ihre Boa. Das liebe kleine Tier! Wie schön, es wieder anzufühlen! Am Nachmittag hatte sie es aus der Schachtel genommen, hatte das Mottenpulver herausgeschüttelt, es tüchtig gebürstet und dann wieder Leben in die matten kleinen Augen gerieben. ›Was ist mir nur zugestoßen?‹, hatten die traurigen kleinen Augen gefragt. Oh, wie niedlich sie wieder von der roten Daunendecke zu ihr aufblitzten! … Aber die Nase, die aus einem schwarzen Material bestand, war gar nicht mehr fest. Sie musste irgendwann einen

Stoß abbekommen haben. Einerlei! Wenn es nötig würde, genügte ein Kleckschen schwarzer Siegellack … erst dann, wenn es unbedingt nötig war … Der kleine Racker! Ja, sie empfand es wirklich so. Ein kleiner Racker, der sich in den Schwanz biss – dicht an ihrem linken Ohr. Am liebsten hätte sie ihn abgenommen, auf ihren Schoß gelegt und gestreichelt. In den Händen und Armen verspürte sie ein leichtes Kribbeln, aber das kam vermutlich vom Gehen. Und wenn sie atmete, schien sich etwas Leichtes und Trauriges – nein, nicht richtig Trauriges, etwas Sanftes in ihrer Brust zu regen. Am heutigen Nachmittag waren viele Leute im Freien, viel mehr als am letzten Sonntag. Und die Kapelle spielte lauter und fröhlicher. Das war, weil die Saison begonnen hatte. Denn obgleich die Kapelle an den Sonntagen das ganze Jahr über spielte, war es außerhalb der Saison nie dasselbe. Es war, wie wenn jemand nur für seine Familie als Zuhörerschaft spielte. Wenn keine Fremden da waren, war es der Kapelle gleichgültig, wie sie spielten. Und trug nicht auch der Kapellmeister einen neuen Rock? Sie war überzeugt, dass er neu war. Er scharrte mit dem Fuß und schwenkte seine Arme genau wie ein Gockelhahn, bevor er kräht, und die Musikanten, die in der grünen Rotunde saßen, bliesen die Backen auf und starrten auf die Noten. Jetzt kam eine kleine Flötenpassage – sehr hübsch! Eine kleine Kette glänzender Tropfen. Sie war sicher, dass es wiederholt werden würde – und es wurde wiederholt! Sie hob den Kopf und lächelte.

Nur zwei Leute teilten ihren Lieblingsplatz mit ihr: ein schmucker alter Mann in einer Samtjacke, dessen Hände auf einem wuchtigen geschnitzten Spazierstock lagen, und eine dicke alte Frau, die sich gerade hielt und ein Strickzeug auf ihrer gestrickten Schürze liegen hatte. Sie sprachen nicht. Das war enttäuschend, denn Miss Brill freute sich immer auf eine Unterhaltung. Sie fand, dass sie es darin schon zu einer ziemlichen Fertigkeit gebracht hatte: zuzuhören, als höre sie nicht zu, und für eine kurze Minute in andrer Leute Leben zu sitzen, wenn um sie her gesprochen wurde.

Sie streifte das alte Paar mit einem Seitenblick. Vielleicht gingen sie sogar bald wieder. Auch der vorige Sonntag war nicht so interessant wie sonst oft gewesen. Da war's ein Engländer mit seiner Frau – er mit einem scheußlichen Panamahut und sie mit Knopfstiefeln! Und die ganze Zeit hatte sie darüber geredet, dass sie eine Brille haben müsse, dass sie wisse, sie brauche eine, dass es jedoch nicht sinnvoll wäre, eine zu kaufen, denn sie würde bestimmt zerbrechen und nie gut sitzen. Er schlug alles Mögliche vor: eine goldene Fassung, Bügel, die sich um die Ohren bogen, oder einen kleinen Belag unter dem Steg. Nein, nichts war ihr recht gewesen. »Sie wird mir doch bloß die Nase herunterrutschen!« Miss Brill hätte sie am liebsten geschüttelt.

Die alten Leute saßen so still wie Statuen auf der Bank. Einerlei, ihr blieb immer noch die Menschenmenge, die sie beobachten konnte. Hin und her, vor den Blumenbeeten und um die Rotunde wandelten sie in Paaren und Gruppen, blieben stehen, um zu plaudern, sich zu begrüßen oder eine Handvoll Blumen von einem alten Bettler zu kaufen, der seine Auslage am Gitter befestigt hatte. Kleine Kinder rannten zwischen ihnen umher, jachterten und lachten; kleine Jungen hatten große weiße Seidenschleifen unter dem Kinn; kleine Mädchen waren wie französische Puppen in Samt und Spitzen herausstaffiert. Und manchmal kam ein winziger Knirps unter den Bäumen hervor ins Freie gewackelt, blieb stehen, staunte und plumpste genauso unvermittelt hin, bis seine kleine Mama auf hohen Absätzen und wie eine Glucke scheltend zu seiner Rettung angestürzt kam. Andere Leute saßen auf Bänken und grünen Stühlen, aber das waren Sonntag für Sonntag fast immer dieselben, und Miss Brill hatte oft bemerkt, dass fast allen etwas Komisches anhaftete. Sie waren wunderlich, schweigsam, fast alle alt, und nach der ganzen Art, wie sie vor sich hinstarrten, hätte man glauben können, sie kämen gerade aus dunklen kleinen Kammern – oder gar Kabuffs!

Hinter der Rotunde reckten sich schlanke Bäume mit niederhängenden gelben Blättern, und zwischen ihnen als feine Linie das Meer, und dahinter der blaue Himmel mit den goldgeäderten Wolken.

Tumm-tumm-tumm ta-ta-tumm! Ta-ta-tumm! Tumm-didel-dumm!, blies die Kapelle.

Zwei junge Mädchen in Rot schlenderten vorbei, und zwei junge Soldaten stießen zu ihnen, und sie lachten und gingen paarweise Arm in Arm weiter. Zwei Bäuerinnen in komischen Strohhüten gingen ernst vorbei und führten zwei schöne rauchgraue Esel am Zaum. Eine schöne Dame kam einher und ließ ihren Veilchenstrauß fallen, und ein kleiner Junge rannte ihr nach, um sie ihr zu geben, und sie nahm sie und warf sie weg, als seien sie vergiftet. Lieber Himmel! Miss Brill wusste nicht, ob sie es bewundern sollte oder nicht. Und jetzt, genau vor ihr, begegneten sich eine Hermelintoque und ein Herr in Grau. Er war groß und steif und würdevoll, und sie trug die Hermelinkappe, die sie gekauft hatte, als ihr Haar noch blond war. Jetzt hatte alles – ihr Haar, ihr Gesicht und sogar ihre Augen – dieselbe Farbe wie der schäbige Hermelin, und die Hand in den gereinigten Handschuhen, die sie hob, um ihre Lippe zu betupfen, war eine winzige gelbliche Klaue. Oh, sie war so erfreut, ihn zu sehen, geradezu entzückt! Sie hatte beinah angenommen, dass sie sich heute Nachmittag begegnen würden. Sie erzählte, wo sie gewesen war, überall, hier und dort und am Meer. Ein so bezaubernder Tag – fand er nicht auch? Und würde er vielleicht …? Aber er schüttelte den Kopf, zündete sich eine Zigarette an, blies ihr langsam eine große Rauchwolke ins Gesicht und warf, während er noch sprach und lachte, das Zündholz weg und ging weiter! Die Hermelintoque war allein; sie lächelte strahlender denn je. Aber sogar die Kapelle schien zu wissen, wie ihr zumute war, und spielte weich, spielte zärtlich, und die Trommel hämmerte wieder und immer wieder: ›Der Lümmel! Der Lümmel!‹ Was würde sie jetzt tun? Was würde geschehen? Doch während Miss Brill sich noch Gedanken machte, drehte die Hermelintoque sich um, als hätte sie drüben jemand anderen gesehen, einen viel Netteren, und tippelte davon. Und die Kapelle spielte wieder anders, spielte schneller, spielte fröhlicher denn je, und das alte Paar auf Miss Brills Bank stand auf und zog ab, und ein sehr ulkiger alter Mann mit einem langen Backenbart humpelte im Takt zur Musik vorbei und wäre beinah von vier Arm in Arm gehenden Mädchen über den Haufen gerannt worden.

Oh, wie interessant es war! Wie sie es genoss! Wie sie es liebte, hier zu sitzen und alles zu beobachten! Es war wie im Theater, genau wie eine Theatervorstellung. Wer konnte es glauben, dass der Himmel dort hinten nicht ein gemalter Hintergrund war? Doch erst als ein kleiner brauner Hund ehrpusselig einhergetrabt kam und dann langsam wegtrapste wie ein Theaterhündchen, ein Hündchen, das eine Spritze bekommen hatte – erst da fand Miss Brill heraus, warum alles so aufregend war. Es kam daher, weil sie *alle* auf der Bühne waren. Sie waren nicht nur Publikum und schauten nicht nur zu, sondern sie spielten mit! Auch sie hatte ihre Rolle und kam jeden Sonntag. Bestimmt wäre es jemandem aufgefallen, wenn sie einmal nicht hier gesessen hätte: sie gehörte schließlich auch zur Vorstellung! Wie merkwürdig, dass sie es niemals so betrachtet hatte! Und doch erklärte es, weshalb sie darauf bedacht war, jede Woche zur genau gleichen Zeit von zu Hause aufzubrechen: um ihren Auftritt nicht zu verpassen! Und es erklärte auch, weshalb sie eine wunderliche Scheu empfand, ihren Englisch-Schülern zu erzählen, wie sie ihre Sonntagnachmittage verlebte. Kein Wunder!, Miss Brill hätte beinah laut aufgelacht. Sie gehörte auf die Bühne! Sie dachte an den kränklichen alten Herrn, dem sie an vier Nachmittagen der Woche aus der Zeitung vorlas, während er im Garten sein Nickerchen hielt. Sie hatte sich ganz an den gebrechlichen Kopf auf dem Baumwollkissen gewöhnt, an die tiefliegenden Augen, den offenen Mund und die scharf hervortretende, schmale Nase. Wäre er tot gewesen, hätte sie es vielleicht wochenlang nicht gemerkt – es wäre ihr gar nicht aufgefallen! Doch plötzlich erfuhr er, dass ihm die Zeitung von einer Schauspielerin vorgelesen wurde! »Von einer Schauspielerin?« Der alte Kopf hob sich; in den alten Augen glommen zwei Lichtfunken auf. »Sie? Eine Schauspielerin?« Und Miss Brill glättete die Zeitung, als wäre sie ihr Rollenheft, und erwiderte sanft: »Ja, ich war lange Zeit Schauspielerin!«

Die Musikkapelle hatte eine Pause gehabt. Jetzt begannen sie wieder. Und was sie spielten, war warm und sonnig, und doch klang ein leichtes Erschauern mit, irgendein – was war es nur? – etwa Traurigkeit? Nein, nicht Traurigkeit, sondern etwas, was zum Singen anregte. Die Melodie schwang sich auf, hoch hinauf, und das Licht glänzte; Miss Brill glaubte, im nächsten Augenblick würden alle, die ganze Gesellschaft, zu singen anfangen. Die Jungen, die Lachenden, die zusammen umhergingen, würden anfangen, und dann würden die Männer entschlossen und kräftig mit ihren Stimmen einsetzen. Und dann auch sie, auch sie, und die andern auf all den Bänken würden einfallen, eine Art Begleitung anstimmen – etwas Leises, das kaum anstieg oder sank, etwas so Schönes, Ergreifendes ... Und Miss Brills Augen füllten sich mit Tränen, und lächelnd blickte sie auf all die Mitglieder ihrer Truppe. Ja, wir verstehen, wir verstehen, dachte sie – doch was sie verstanden, das wusste sie nicht.

Gerade in diesem Augenblick kamen ein junger Mann und ein junges Mädchen und setzten sich dorthin, wo das alte Paar gesessen hatte. Sie waren wundervoll angezogen, und sie waren verliebt. Natürlich! Held und Heldin, soeben von ihrer Jacht eingetroffen! Und Miss Brill noch immer lautlos singend, noch immer mit dem zitternden Lächeln – war bereit zu lauschen.

»Nein, nicht jetzt«, sagte das Mädchen. »Nicht hier! Ich kann nicht!«

»Aber warum nicht? Wegen der dummen Alten auf der andern Ecke? Warum kommt die überhaupt her? Wer will sie? Warum lässt sie ihre dumme alte Fratze nicht zu Hause?«

»Ihr Pelz ist so kakomisch«, kicherte das Mädchen. Er sieht genauso aus wie'n gebratener Weißfisch!«

»Ach, hör schon auf damit!«, flüsterte er ärgerlich. Dann: »Aber sag mir, *ma petite chère*...«

»Nein, nicht hier«, sagte das Mädchen. »*Noch* nicht!«

Auf dem Heimweg kaufte sich Miss Brill meistens eine Scheibe Honigkuchen beim Bäcker. Es war der sonntägliche Leckerbissen. Manchmal war eine Mandel in ihrem Stück, und manchmal auch nicht. Das spielte eine besondere Rolle. Wenn eine Mandel drin war, dann war es, als trüge man ein kleines Geschenk heim, eine Überraschung, etwas, das ebenso gut nicht hätte dabei sein können. An den Mandelsonntagen beeilte sie sich und zündete das Streichholz für den Teekessel geradezu mit Schwung an.

Doch heute ging sie am Bäckerladen vorbei, erklomm die Treppe, betrat das kleine dunkle Zimmerchen – ihr Kabuff – und setzte sich auf die rote Steppdecke. Lange saß sie dort. Die Schachtel, aus der die Pelzboa gekommen war, stand am Fußende. Schnell öffnete sie die Schließe; schnell, ohne hinzusehen, legte sie den Pelz hinein. Aber als sie den Deckel drüberstülpte, glaubte sie, etwas weinen zu hören.

Die Töchter des jüngst verstorbenen Colonel Pinner

I

Noch nie im Leben hatten sie so viel zu tun gehabt wie in der Woche danach! Sogar wenn sie zu Bett gingen, war es nur ihr Körper, der sich niederlegte und ruhte; ihr Geist arbeitete weiter, plante und besprach, grübelte und beschloss, versuchte sich zu erinnern, wo …

Constantia lag wie eine Statue da: die Hände an der Seite, die Füße leicht gekreuzt, das Betttuch bis zum Kinn hinaufgezogen. Sie starrte zur Decke auf.

»Meinst du, Vater hätte etwas dagegen, wenn wir seinen Zylinderhut dem Portier schenkten?«

»Dem Portier?«, fuhr Josephine auf. »Warum denn bloß dem Portier? Was für ein sonderbarer Einfall!«

»Weil er doch«, erwiderte Constantia langsam, »oft zu Begräbnissen gehen muss. Und ich bemerkte auf dem – dem Friedhof, dass er nur eine

Melone hat.« Sie machte eine Pause. »Ich dachte, dass er einen Zylinder ganz außerordentlich schätzen würde. Wir sollten ihm ohnehin ein Geschenk geben. Er war immer sehr nett zu Vater!«

»Aber«, rief Josephine, fuhr ärgerlich vom Kissen auf und starrte im Dunkeln zu Constantia hinüber, »bedenk doch Vaters Kopf!« Und plötzlich, für die Dauer eines grausigen Augenblicks, hätte sie fast gekichert. Natürlich war ihr keineswegs nach Kichern zumute. Es war wohl aus alter Gewohnheit. Vor Jahren, wenn sie da in der Nacht wach lagen und zusammen schwatzten, hatten ihre Betten buchstäblich gewackelt. Und jetzt der Kopf des Portiers… er verschwand unter Vaters Hut, wurde wie eine Kerze ausgelöscht… Das Kichern meldete sich wieder, bedrängte sie; sie presste die Hände zusammen, zwang es nieder, blickte mit wütend zusammengezogenen Brauen das Dunkel an und ermahnte sich furchtbar streng: ›Vergiss dich nicht!‹

Zu Constantia sagte sie: »Wir können es morgen entscheiden!«

Constantia hatte nichts gemerkt; sie seufzte.

»Meinst du, dass wir auch unsre Morgenröcke färben lassen sollten?«

»Schwarz?«, kam eine Art entsetzter Schrei von Josephine. »Ja, wie sonst?«, sagte Constantia. »Ich finde – es scheint irgendwie nicht ganz aufrichtig, Schwarz zu tragen, wenn wir ausgehen und richtig angezogen sind, doch wenn wir dann zu Hause sind …«

»Da sieht uns niemand!«, sagte Josephine. Sie zerrte so heftig am Bettzeug, dass ihre Füße nicht länger zugedeckt waren und sie sich höher aufs Kissen hinaufschieben musste, damit sie wieder gut zugedeckt waren.

»Kate sieht uns«, entgegnete Constantia. »Und vielleicht auch mal der Briefträger.«

Josephine dachte an ihre dunkelroten Pantöffelchen, die zu ihrem Morgenrock passten, und an Constantias besonders geliebte in dem undefinierbaren Grün, das zu dem ihren passte! Schwarz! Zwei schwarze Morgenröcke und zwei Paar schwarzwollene Pantoffeln, die sich wie schwarze Katzen ins Badezimmer schlichen!

»Ich finde, es ist nicht unbedingt nötig«, sagte sie. Stille.

Dann sagte Constantia: »Die Zeitungen mit der Anzeige müssen wir wohl morgen auf die Post bringen, damit sie das Postschiff nach Ceylon noch erreichen … Wieviel Briefe haben wir bis jetzt bekommen?«

»Dreiundzwanzig.«

Josephine hatte alle beantwortet, und jedes Mal,

wenn sie schrieb: ›Unser lieber Vater fehlt uns so sehr‹, war sie zusammengebrochen und hatte das Taschentuch benützen müssen, und bei einigen musste sie sogar mit einem Zipfel vom Löschpapier eine sehr hellblaue Träne absaugen. Sonderbar! Geheuchelt konnte es eigentlich nicht sein – aber dreiundzwanzigmal! Doch sogar noch jetzt, wenn sie sich traurig vorsagte: »Unser lieber Vater fehlt uns so sehr«, hätte sie weinen können, falls sie gewollt hätte.

»Hast du genug Briefmarken?«, hörte sie Constantia fragen.

»Oh, wie kann ich das wissen?«, entgegnete Josephine verdrießlich. »Es hat doch keinen Zweck, mich das jetzt zu fragen!«

»Es kam mir bloß in den Sinn«, sagte Constantia sanft. Wieder entstand eine längere Stille. Dann hörten sie es rascheln und huschen und trippeln.

»Eine Maus!«, sagte Constantia.

»Wie kann es eine Maus sein, wenn keine Krümel hier sind!«, entgegnete Josephine.

»Sie weiß ja nicht, dass keine hier sind«, meinte Constantia. Voller Mitleid dachte sie an die Maus. Das arme kleine Ding! Hätte sie doch wenigstens einen winzigen Kekskrümel auf dem Frisiertisch liegen lassen! Wie schrecklich, sich vorzustellen, dass sie überhaupt nichts fände. Was würde sie dann tun?

»Ich begreife nicht, wie sie sich durchschlagen!«, sagte sie gedehnt.

»Wer?«, fragte Josephine.

Und Constantia antwortete lauter, als sie es beabsichtigte: »Die Mäuse!«

Josephine wurde wütend.

»Was für ein Unsinn, Con!«, rief sie. »Was haben Mäuse damit zu tun? Du schläfst wohl schon?«

»Nein, ich glaube nicht!«, sagte Constantia. Sie machte die Augen zu, um sich selbst zu überzeugen. Und schon schlief sie!

Josephine rollte sich zu einer Sechs zusammen, kreuzte die Arme, sodass die Fäuste gegen die Ohren stießen, und bohrte die Wange fest ins Kopfkissen.

II

Noch etwas anderes machte alles so schwierig: die Krankenschwester Andrews hielt sich noch während der ganzen Woche bei ihnen auf. Aber daran waren sie selber schuld, denn sie hatten sie eingeladen. Josephine war auf die Idee gekommen. Am Morgen, an dem – nun ja, am letzten Morgen, als der Arzt weggegangen war, hatte Josephine zu Constantia gesagt: »Fändest du es nicht nett, wenn wir Schwester Andrews aufforderten, noch eine Woche als unser Gast im Haus zu bleiben?«

»Doch, sehr!«, antwortete Constantia.

»Ich hatte mir gedacht«, fuhr Josephine rasch fort, »dass ich heute Nachmittag, nachdem ich sie bezahlt habe, einfach sagen könnte: ›Meine Schwester und ich würden uns sehr freuen, Schwester Andrews, wenn Sie nach allem, was Sie für uns getan haben, noch eine Woche als unser Gast bei uns bleiben könnten!‹ Ich muss das ›als unser Gast‹ erwähnen, sonst …«

»Oh, sie wird doch nicht annehmen, dass man sie dafür bezahlt?«, rief Constantia.

»So was weiß man nie«, sagte Josephine mit weiser Miene. Natürlich war Schwester Andrews mit Freuden auf den Vorschlag eingegangen. Doch es war lästig. Es bedeutete, dass sie sich zu festgesetzten Zeiten an den Esstisch setzen mussten; wären sie dagegen allein gewesen, hätten sie Kate bitten können, ihnen einfach dorthin, wo sie gerade waren, ein Tablett mit einem Imbiss zu bringen. Und richtige Mahlzeiten waren jetzt, nachdem die Überforderung nachließ, ziemlich qualvoll.

Was zum Beispiel die Butter betraf, da war

Schwester Andrews einfach abscheulich. Sie konnten sich wirklich nicht des Gefühls erwehren, dass ihre Güte missbraucht wurde. So hatte Schwester Andrews die verhasste Gewohnheit, um noch ein kleines Bröckchen Brot zu bitten, damit sie aufessen könne, was sie auf dem Teller hatte – und dann, beim letzten Mundvoll, langte sie geistesabwesend – ohne es zu sein, natürlich noch einmal tüchtig zu. Wenn das vorkam, wurde Josephine sehr rot und heftete ihre kleinen Knopfaugen starr aufs Tischtuch, als sähe sie ein winziges, unbekanntes Insekt durch den Stoff kriechen. Constantias langes, blasses Gesicht dagegen wurde immer länger, und wie versteinert blickte sie weg – weit über Wüsten hin, wo eine Kamelkarawane sich wie ein Wollfaden aufdröselte …

»Als ich bei Lady Tukes war«, sagte Schwester Andrews, »hatten wir für die Butter ein niedliches kleines Gerät. Es war ein silberner Amor, der auf dem Rand einer Glasschüssel balancierte und ein winziges Gäbelchen hatte. Wenn man Butter haben wollte, brauchte man ihm nur auf den Fuß zu drücken, dann spießte er eine Butterkugel auf und gab sie einem. Es war sehr unterhaltsam!«

Josephine konnte es kaum ertragen. Doch sie sagte nur: »Ich halte solche Sachen für sehr aufwendig!«

»Wieso denn?«, fragte Schwester Andrews, und ihre Brillengläser funkelten. »Es wird doch kein Mensch mehr Butter zulangen, als er wirklich braucht?«

»Klingle, Con!«, rief Josephine. Sie wusste nicht, ob sie sich noch länger beherrschen konnte.

Und die stolze junge Kate, die verzauberte Prinzessin, kam ins Zimmer, um zu sehen, was die alten Schachteln jetzt wollten. Sie riss ihnen die Teller mit dem unechten Sonstwas weg und stellte schwungvoll einen erschrockenen weißen Wackelpudding auf den Tisch.

»Bitte das Mus, Kate!«, sagte Josephine freundlich.

Kate kniete sich hin, riss die Tür der Anrichte auf, hob den Deckel vom Mustöpfchen, sah, dass es leer war, stellte es auf den Tisch und stelzte hinaus.

Eine Sekunde drauf sagte Schwester Andrews: »Leider ist nichts mehr drin!«

»Oh, wie ärgerlich«, sagte Josephine und biss sich auf die Lippe. »Was machen wir da?«

Constantia sah unschlüssig aus. »Kate können wir nicht schon wieder bemühen!«, flüsterte sie.

Schwester Andrews wartete und blickte beide lächelnd an. Ihre Augen flogen hin und her, und ihre Brillengläser erspähten alles. Constantia kehrte verzweifelt zu ihrer Kamelkarawane zurück. Josephine zog finster die Brauen zusammen und dachte angestrengt nach. Wäre diese blöde Frau nicht gewesen, hätten sie und Con den Wackelpudding natürlich ohne Mus gegessen. Plötzlich hatte sie einen Einfall. »Oh, ich weiß«, sagte sie, »in der Anrichte steht noch Orangenmarmelade. Bitte hol sie, Con!«

Schwester Andrews lachte, und ihr Lachen klang wie das Geschepper eines Löffels in einem Medizinglas. »Hoffentlich ist sie nicht bitter!«, sagte sie.

III

Aber schließlich würde es nicht mehr lange dauern, und dann war sie endgültig weg. Und man durfte auch nicht vergessen, dass sie sehr freundlich zu Vater gewesen war. Zuletzt hatte sie ihn Tag und Nacht gepflegt. Constantia und Josephine fanden sogar insgeheim, dass sie es damit ziemlich übertrieben hatte. Denn als sie hineingegangen waren, um Abschied von ihm zu nehmen, war Schwester Andrews die ganze Zeit neben seinem Bett sitzen geblieben, hatte sein Handgelenk gehalten, wie um den Puls zu fühlen, und dabei auf ihre Uhr gesehen. Notwendig konnte es nicht gewesen sein. Und überdies war es taktlos! Angenommen, ihr Vater hätte ihnen etwas sagen wollen – etwas ganz Persönliches? Zwar wollte er es nicht – kein Gedanke daran! Dunkelrot hatte er dagelegen – mit einem zornigen, dunkelroten Gesicht, und sie überhaupt nicht angesehen, als sie ins Zimmer kamen. Und als sie dann dastanden und sich fragten, was sie tun sollten, hatte er plötzlich das eine Auge geöffnet. Oh, was für einen Unterschied hätte es ausgemacht, was für einen Unterschied auch für ihre Erinnerung an ihn, und wie viel leichter, um es den Leuten zu erzählen – wenn er beide Augen geöffnet hätte! Aber nein – nur ein Auge. Es stierte sie einen Augenblick an und erlosch.

IV

Dadurch war es auch sehr peinlich für sie geworden, als Mr. Farolles von der St. John's Kirche sie noch am gleichen Nachmittag aufsuchte.

»Das Ende war wohl sehr friedlich, hoffe ich?«, waren seine ersten Worte, als er durch das dunkle Wohnzimmer auf sie zuglitt.

»Sehr«, murmelte Josephine. Sie ließen beide den Kopf hängen. Beide wussten genau, dass der

Blick aus jenem Auge alles andre als friedlich gewesen war.

»Möchten Sie nicht Platz nehmen?«, fragte Josephine.

»Sehr gerne, Miss Pinner!«, sagte Mr. Farolles dankbar. Er raffte seine Rockschöße nach vorn und war im Begriff, sich in Vaters Lehnstuhl niederzulassen, doch als er ihn nur eben berührte, schoss er geradezu hoch und glitt in den nächsten Sessel.

Er hustete. Josephine verschränkte die Finger; Constantia sah unsicher aus.

»Ich möchte Sie überzeugen, Miss Pinner«, sagte Mr. Farolles, »und auch Sie, Miss Constantia, dass ich Ihnen helfen will. Wenn Sie es mir erlauben, will ich Ihnen gern behilflich sein. In solchen Zeiten«, sagte Mr. Farolles sehr schlicht und ernst, »verlangt Gott von uns, dass wir einander helfen.«

»Wir sind Ihnen sehr dankbar, Mr. Farolles«, sagten Josephine und Constantia wie aus einem Munde.

»Keine Ursache«, erklärte Mr. Farolles sanft. Er zog seine Glacéhandschuhe durch die Finger und beugte sich vor. »Und wenn eine von Ihnen eine kleine Kommunion wünscht, eine von Ihnen oder auch Sie beide hier und jetzt, dann brauchen Sie es nur zu sagen. Eine kleine Kommunion ist oft sehr hilf… – sehr tröstlich«, fügte er zartfühlend hinzu.

Doch der Gedanke an eine kleine Kommunion war ihnen entsetzlich. Wie denn? Hier im Salon – sie allein – ohne – ohne Altar oder sonst was? Der Flügel wäre viel zu hoch, dachte Constantia, als dass sich Mr. Farolles mit dem Kelch hätte hinüberlehnen können. Und bestimmt würde Kate hineinplatzen und sie unterbrechen, dachte Josephine. Und wenn es nun mittendrin läutete? Es könnte ein wichtiger Besuch sein – ein Kondolenzbesuch. Sollten sie dann ehrerbietig aufstehen und hinausgehen? Oder würden sie peinvoll warten müssen?

»Vielleicht lassen Sie mir durch Ihre tüchtige Kate eine Nachricht zukommen, falls Sie es später wünschen?«, sagte Mr. Farolles.

»O ja, danke vielmals!«, riefen beide.

Mr. Farolles stand auf und nahm seinen schwarzen Strohhut, der auf dem runden Tisch lag.

»Und für das Begräbnis«, sagte er sanft, »darf ich wohl – als alter Freund Ihres lieben Vaters und als Ihr Freund, Miss Pinner und Miss Constantia – das Nötige veranlassen?«

Josephine und Constantia hatten sich ebenfalls erhoben.

»Ich möchte, dass es sehr einfach ist«, sagte Josephine fest, »und nicht zu kostspielig! Andrerseits sollte es …«

›… solide und dauerhaft sein‹, dachte die verträumte Constantia, als wollte Josephine ein Nachthemd kaufen. Aber so etwas sagte Josephine natürlich nicht. »… der Stellung unsres Vaters entsprechen!« Sie war sehr besorgt.

»Ich gehe gleich mal zu unserm guten Freund Mr. Knight!«, sagte Mr. Farolles beruhigend. »Ich werde ihn bitten, Sie aufzusuchen. Ich bin sicher, dass Sie ihn sehr hilfreich finden werden.«

V

Dieser Teil der Angelegenheit war jedenfalls überstanden, obwohl keine von ihnen glauben konnte, dass ihr Vater nie wiederkäme. Auf dem Friedhof durchlebte Josephine einen Augenblick größten Entsetzens, als sie, während der Sarg hinabgelassen wurde, plötzlich denken musste, dass sie und Constantia das alles veranlasst hatten, ohne ihn um Erlaubnis zu fragen. Was würde er sagen, wenn er dahinterkäme? Denn eines Tages musste er ja dahinterkommen. Er kam stets hinter alles. »Begraben? Habt ihr mich begraben lassen, ihr beiden Gören?« Sie hörten, wie er den Stock aufstieß.

Oh, was sollten sie antworten? Was für eine Entschuldigung vorbringen? Es schien so furchtbar herzlos, dergleichen zu tun, einen Menschen zu übertölpeln, weil er im Augenblick hilflos war! Den andern Leuten kam es anscheinend ganz selbstverständlich vor. Aber sie waren Fremde. Von ihnen durfte man kein Verständnis dafür erwarten, dass Vater der Allerletzte war, dem so etwas zustoßen konnte. Nein, die ganze Schuld an allem trugen einzig Constantia und sie. Und als sie in die völlig abgedichtete Droschke stieg, dachte sie: ›Und die Kosten? Wenn sie ihm die Rechnungen zeigen musste – was würde er dann sagen?‹

Sie hörte, wie er losbrüllte: »Erwartet ihr etwa von mir, dass ich für den absurden Ausflug, den ihr da veranstaltet habt, auch noch zahle?«

»Oh!«, ächzte die arme Josephine laut. »Wir hätten es nicht tun dürfen, Con!«

Und Constantia, die in all ihrem Schwarz zitronenbleich aussah, flüsterte furchtsam: »Was nicht tun dürfen, Jug?«

»Vater so be-be-be-graben lassen!«, antwortete Josephine jetzt völlig haltlos und schluchzte in ihr neues, komisch riechendes Trauerfähnchen hinein.

»Aber was hätten wir sonst tun können?«, fragte

Constantia verwundert. »Wir hätten ihn doch nicht aufbewahren können – ihn nicht unbegraben lassen können, Jug! Jedenfalls nicht in einer so kleinen Wohnung!«

Josephine schnaubte sich die Nase; die Droschke war schrecklich muffig.

»Ich weiß es nicht«, sagte sie hilflos. »Es ist alles so furchtbar! Ich finde, wir hätten es versuchen sollen – wenigstens einige Zeit. Um völlig sicher zu sein. Aber eins weiß ich genau« – und ihre Tränen begannen wieder zu fließen –, »Vater wird uns das nie verzeihen – nie!«

VI

Vater würde ihnen das nie verzeihen – das empfanden sie mehr denn je, als sie zwei Tage drauf eines Morgens in sein Zimmer gingen, um seine Sachen durchzugehen. Sie hatten es ganz gelassen besprochen. Es stand sogar auf Josephines Liste der zu erledigenden Dinge. *Vaters Sachen durchsehen und darüber befinden.* Aber das war etwas ganz anderes, als nach dem Frühstück zu sagen: »Bist du so weit, Con?«

»Ja, Jug, und du?«

»Dann wollen wir's lieber hinter uns bringen,

finde ich!« Auf dem Flur war es dunkel. Seit Jahren war es eine unerschütterliche Regel gewesen, Vater am Vormittag nicht zu stören, einerlei, was geschehen mochte. Und jetzt waren sie im Begriff, die Tür zu öffnen – obendrein, ohne anzuklopfen! Schon beim bloßen Gedanken daran wurden Constantias Augen riesengroß, und Josephine spürte, wie ihr die Knie schwach wurden.

»Geh – geh du zuerst!«, keuchte sie und stieß Constantia an.

Aber Constantia sagte, was sie in ähnlichen Fällen immer gesagt hatte: »Nein, Jug, das ist ungerecht! Du bist die Älteste!« Josephine wollte gerade erwidern – was sie zu andern Zeiten um nichts in der Welt zugegeben hätte und sich stets als allerletzte Waffe aufgehoben hatte: ›Aber du bist die Größte!‹, da bemerkten sie, dass die Küchentür offen stand, und dort war Kate …

»Sie klemmt so!«, sagte Josephine, als sie die Klinke packte und sich anstrengte, sie herunterzudrücken. Doch damit konnte sie Kate nichts vormachen!

Es half alles nichts! Das Mädchen war … Dann hatte sich die Tür hinter ihnen geschlossen, aber – aber waren sie denn überhaupt in Vaters Zimmer? Ebenso gut hätten sie plötzlich durch die Wand gegangen und aus Versehen in eine andere Wohnung geraten sein können. War die Tür gleich hinter ihnen? Sie waren zu erschrocken, sich umzuschauen. Josephine wusste, dass sich die Tür, wenn sie da war, von selber geschlossen hielt; Constantia glaubte, dass sie, wie die Türen in Träumen, überhaupt keine Klinke hatte. Die Kälte machte alles so schrecklich. Oder war es das viele Weiß? Alles war zugedeckt. Die Markisen waren heruntergezogen; der Spiegel war verhangen; das Bett war unter einem Laken versteckt; ein riesiger Fächer aus weißem Papier spreizte sich vor der Kaminöffnung. Constantia streckte scheu die Hand aus: fast erwartete sie, dass eine Schneeflocke niederfallen würde. Josephine spürte ein sonderbares Kribbeln in der Nase, als fröre sie ihr ab. Dann ratterte ein Wagen über das Straßenpflaster unten, und die Stille schien in tausend kleine Stücke zu zersplittern.

»Ich will lieber eine Markise hochziehen!«, sagte Josephine mit einem Anflug von Tapferkeit.

»Ja, das ist eine gute Idee!«, flüsterte Constantia.

Sie hatten nur gerade an die Markise angetippt, und schon schnellte sie hoch und die Schnur mit ihr und um die Stange herum, und die kleine Quaste klopfte, als wollte sie sich befreien. Das war zu viel für Constantia.

»Findest du nicht – findest du nicht, wir sollten es auf einen andern Tag verschieben?«, flüsterte sie.

»Weshalb?«, blaffte Josephine sie an und fühlte sich wie meistens viel wohler, da sie jetzt mit Sicherheit wusste, dass Constantia sich fürchtete. »Es muss getan werden! Aber ich wünschte wirklich, du würdest nicht flüstern, Con!«

»Ich hab' nicht gewusst, dass ich flüstere«, flüsterte Constantia.

»Und weshalb musst du dauernd das Bett anstarren?«, fragte Josephine mit beinah herausfordernd lauter Stimme. »*Auf* dem Bett ist doch nichts!«

»O Jug, sag bloß das nicht!«, flüsterte die arme Connie. »Jedenfalls nicht so laut!«

Josephine fand selbst, dass sie zu weit gegangen war. In einem großen Bogen ging sie zur Kommode hinüber und streckte die Hand aus, zog sie aber rasch wieder zurück.

»Connie!«, keuchte sie, drehte sich um und lehnte sich mit dem Rücken an die Kommode.

»O Jug – was ist?«

Josephine konnte nur die Augen aufreißen. Sie hatte das äußerst befremdliche Gefühl, soeben etwas schlechthin Grässlichem entronnen zu sein. Aber wie konnte sie Constantia erklären, dass Vater in der Kommode war? Er war in der obersten Schublade bei seinen Taschentüchern und Krawatten, oder in der mittleren bei seinen Hemden und Schlafanzügen, oder in der untersten bei den Wollwesten. Dort lag er auf der Lauer – im Versteck – gleich hinter dem Griff – und sprungbereit!

Sie sah Constantia mit komisch verzerrtem Gesicht an, wie sie es früher getan hatte, wenn sie losheulen wollte.

»Ich kann nicht aufmachen«, winselte sie beinah.

»Tu's nur nicht, Jug!«, flüsterte Constantia ernst. »Wir wollen gar nichts öffnen. Jedenfalls noch lange nicht!«

»Aber – es kommt mir so schwach vor«, sagte Josephine und gab bereits nach.

»Warum nicht auch mal schwach sein, Jug?«, redete Constantia auf sie ein und flüsterte ungestüm. »Falls es überhaupt schwach ist!« Und mit blassem Gesicht starrte sie auf den zugesperrten Schreibtisch – fest zugesperrt war er – und zum riesigen, blanken Kleiderschrank hinüber. In sonderbar keuchenden Stößen begann sie zu atmen. »Warum sollten wir nicht einmal in unserm Leben schwach sein. Jug? Es ist durchaus verzeihlich. Lass uns schwach sein, Jug – ja schwach! Es ist viel netter, schwach als stark zu sein!«

Und dann tat sie etwas so erstaunlich Mutiges,

wie sie es höchstens zweimal in ihrem gemeinsamen Leben getan hatte: sie ging zum Kleiderschrank, drehte den Schlüssel um und zog ihn aus dem Schloss! Zog ihn aus dem Schloss und hielt ihn hoch und bewies Josephine durch ihr sonderbares Lächeln, dass sie wusste, was sie getan hatte: ganz bewusst hatte sie es getan – auf die Gefahr hin, dass Vater da drin bei seinen Mänteln war.

Wenn der riesige Kleiderschrank vorgetorkelt und auf Constantia niedergepoltert wäre, hätte sich Josephine nicht gewundert. Im Gegenteil, sie hätte es für das einzig Angemessene gehalten, das geschehen konnte. Doch nichts geschah. Nur das Zimmer schien stiller denn je, und dickere Flocken kalter Luft fielen auf Josephines Schultern und Knie. Sie begann zu erschauern.

»Komm, Jug«, sagte Constantia, noch immer mit dem grauenhaft gefühllosen Lächeln, und Josephine folgte ihr, wie sie es auch damals getan hatte, als Constantia Benny in den Teich gestoßen hatte.

VII

Doch die Nervenbelastung wirkte sich auch noch aus, als sie wieder im Esszimmer waren. Sie setzten sich zitterig hin und sahen einander an.

»Ich glaube, ich kann nichts erledigen«, sagte Josephine, »ehe ich nicht etwas zu mir genommen habe. Glaubst du, wir könnten zwei Tassen heißes Wasser von Kate verlangen?«

»Warum eigentlich nicht?«, sagte Constantia vorsichtig. »Aber ich werde nicht klingeln. Ich werde an die Küchentür gehen und es ihr sagen.«

»Ja, tu's!«, bat Josephine und sank in ihren Sessel. »Sag ihr, nur zwei Tassen, Con, auf einem Tablett – sonst nichts!«

»Nicht mal eine Kanne, nicht wahr?«, fragte Constantia, als könnte sich Kate mit Recht beklagen, wenn auch noch eine Kanne dabei sein müsste.

»Nein, nein, bestimmt nicht! Die Kanne ist gänzlich überflüssig! Sie kann es direkt aus dem Teekessel eingießen«, rief Josephine in der Annahme, es sei Arbeitsersparnis.

Kalte Lippen zitterten an grünlichen Tassenrändern. Josephine legte ihre kleinen roten Hände um die Tasse; Constantia saß aufrecht da und blies in den aufsteigenden Dampf, sodass er hin und her flatterte.

»Da wir gerade von Benny sprachen«, begann Josephine. Und obwohl Benny nicht erwähnt worden war, sah Constantia im Nu so aus, als wäre sein Name längst gefallen.

»Er erwartet natürlich, dass wir ihm etwas von

Vater senden. Aber es ist so schwierig zu wissen, was man nach Ceylon senden kann.«

»Meinst du, dass die Sachen unterwegs leicht auseinanderfallen?«, murmelte Constantia.

»Nein, sondern dass sie verlorengehen«, erwiderte Josephine scharf. »Bekanntlich gibt's dort keine Post – nur Läufer.«

Beide schwiegen, um einem Schwarzen in weißer Drellhose nachzublicken, der ums liebe Leben durch lichte Felder rannte, in der Hand ein Paket in braunem Packpapier. Josephines schwarzer Mann war sehr klein; hastig wie eine glitzernde Ameise rannte er weiter. Constantias langer, hagerer Bursche hatte etwas Stumpfsinniges und Unermüdliches an sich, was ihn, wie sie fand, zu einem recht unangenehmen Menschen machte... Auf der Veranda, ganz in Weiß gekleidet und mit einem Tropenhelm auf dem Kopf, stand Benny. Seine rechte Hand flog auf und ab, genau wie Vaters Hand, wenn er ungeduldig war. Und hinter ihm saß Hilda, die unbekannte Schwägerin, und war gänzlich uninteressiert. Sie schaukelte in einem Rohrsessel und blätterte gedankenlos im *Tatler*. »Ich glaube, seine Uhr wäre das passendste Geschenk«, sagte Josephine.

Constantia blickte auf; anscheinend war sie überrascht.

»Oh, würdest du einem Eingeborenen eine goldene Uhr anvertrauen?«

»Ich würde sie natürlich verkleidet schicken«, sagte Josephine, »und niemand würde ahnen, dass es eine Uhr ist!« Ihr gefiel der Gedanke, ein so seltsam geformtes Päckchen zu machen, dass man unmöglich erraten konnte, was es war. Einen Augenblick dachte sie sogar daran, die Uhr in einer schmalen Korsettschachtel unterzubringen, die sie lange bei sich aufbewahrt hatte, bis man sie einmal für irgendetwas gebrauchen könne. Sie war aus so gutem, festem Pappkarton. Doch nein, für diesen besonderen Anlass war sie nicht geeignet. Sie hatte einen Aufdruck: *Mittlere Damengröße 28. Extra starke Stangen*. Es wäre eine fast zu große Überraschung für Benny, so eine Schachtel zu öffnen und Vaters Uhr darin zu finden.

»Und natürlich würde sie nicht gehen – nicht ticken, meine ich«, sagte Constantia, die noch immer an die Vorliebe der Eingeborenen für Schmuckstücke dachte. »Jedenfalls wäre es recht seltsam«, fügte sie hinzu, »wenn sie nach all der Zeit noch tickte.«

VIII

Josephine gab ihr keine Antwort. Sie war in einen ihrer Gedankensprünge versunken. Plötzlich war ihr Cyril eingefallen. Wäre es nicht angemessener, wenn der einzige Enkel die Uhr erhielte? Und überdies war der liebe Cyril immer so dankbar, und für einen jungen Mann bedeutete eine goldene Uhr so viel!

Benny hatte die Gewohnheit, eine Uhr ständig bei sich zu haben, sehr wahrscheinlich längst aufgegeben: in einem so heißen Klima trugen die Herren selten eine Weste.

In London dagegen konnte Cyril die seine das ganze Jahr hindurch tragen. Und wenn er zum Tee käme, wäre es für sie und Constantia so nett zu wissen, dass er sie hatte. »Wie ich sehe, trägst du Großvaters Uhr, Cyril!« Irgendwie wäre es so befriedigend.

Der gute Junge! Was für eine Enttäuschung war sein lieber, teilnahmsvoller Brief gewesen! Natürlich hatten sie volles Verständnis dafür, aber es traf sich gar so schlecht.

»Es wäre so eindrucksvoll gewesen, ihn dabeizuhaben«, sagte Josephine.

»Und er hätte es so genossen«, sagte Constantia, ohne zu bedenken, was sie da vorbrachte.

Doch sobald er zurück war, würde er zu seinen Tantchen zum Tee kommen! Cyril zum Tee zu haben war eine ihrer seltenen Freuden.

»Aber Cyril, du musst dich doch nicht fürchten vor unsern Kuchen! Tante Con und ich haben sie heute früh bei Buszards gekauft. Wir wissen, was für Appetit ein junger Mann hat. Also scheue dich nicht und greife kräftig zu!«

Josephine schnitt unbekümmert große Stücke von dem schweren dunklen Kuchen ab, der an die Stelle ihrer Winterhandschuhe oder neuer Sohlen und Absätze für Constantias einziges Paar anständiger Schuhe getreten war. Doch Cyrils Appetit war durchaus männlich.

»Nein, Tante Josephine, ich kann einfach nicht! Ich habe ja eben erst zu Mittag gegessen!«

»O Cyril, das stimmt aber nicht! Es ist schon nach vier!«, rief Josephine. Und Constantia hielt das Messer angriffsbereit über der Schokoladenrolle.

»Doch, es stimmt«, entgegnete Cyril. »Ich sollte einen Mann am Victoria-Bahnhof treffen, und er ließ mich warten, bis ... nur noch genug Zeit blieb, schnell zu essen und herzukommen. Und er hat – puh!« – Cyril fasste sich an die Stirn – »eine Unmenge Essen auffahren lassen!«, schloss er.

Es war zu schade – ausgerechnet heute! Doch er hatte es ja nicht vorher wissen können.

»Aber eine Meringe nimmst du hoffentlich, nicht wahr, Cyril?«, sagte Tante Josephine. »Die Meringen haben wir dir zuliebe gekauft! Dein lieber Vater mochte sie immer so gern. Und wir glaubten, du auch!«

»Tu' ich auch, Tante Josephine!«, rief Cyril begeistert. »Darf ich zuerst mal mit einer halben anfangen?«

»Selbstverständlich, mein Junge! Aber wir lassen dich nicht so leichten Kaufs davonkommen!«

»Und dein lieber Vater – mag er Meringen immer noch so gern?«, fragte Tante Con sanft.

Sie zuckte ein bisschen zusammen, als ihre Meringe zersplitterte.

»Das weiß ich nicht, Tante Con«, antwortete Cyril forsch. Daraufhin blickten beide auf.

»Das weißt du nicht?«, fuhr Josephine ihn beinah an. »So etwas weißt du nicht – von deinem eigenen Vater?«

»Ach, sicher weiß er's!«, sagte Tante Con sanft.

Cyril versuchte es humorvoll zu erklären. »Ach, wisst ihr, es ist so ewig lange her, seit…«, stammelte er und brach ab. Ihre Mienen waren zu viel für ihn.

»Trotzdem!«, sagte Josephine. Und Tante Con

staunte nur. Cyril stellte seine Teetasse hin. »Warte mal, Tante Josephine!«, rief er. »Einen Moment! Wo habe ich nur meine Gedanken gelassen?« Er sah auf. Ihre Gesichter hellten sich auf. Cyril klatschte sich aufs Knie.

»Natürlich«, sagte er. »Meringen waren's! Wie konnte ich das bloß vergessen? Ja, Tante Josephine, du hast vollkommen recht. Vater ist ganz scharf auf Meringen!«

Sie strahlten nicht nur. Tante Josephine wurde puterrot vor Vergnügen, und Tante Con stieß einen tiefen, befriedigten Seufzer aus.

»Und jetzt, Cyril, musst du mitkommen zu Vater«, sagte Josephine. »Er weiß, dass du heute bei uns bist!«

»Gern«, sagte Cyril sehr betont und herzlich. Er stand auf und plötzlich warf er einen Blick auf die Uhr.

»Hör mal, Tante Con, geht eure Uhr nicht etwas nach? Ich muss jemanden um fünf am – am Paddington-Bahnhof treffen. Da bleibt mir leider nicht viel Zeit, sehr lange bei Großvater zu bleiben!«

»Oh, er erwartet auch nicht, dass du *sehr* lange bleibst«, sagte Tante Josephine.

Constantia blickte noch immer auf die Uhr. Sie konnte sich nicht klarwerden, ob sie vor oder nachging. Eins oder das andre war es, davon war sie beinah überzeugt. Jedenfalls war es das gewesen.

Cyril zögerte noch. »Kommst du nicht mit, Tante Con?«

»Selbstverständlich gehen wir alle«, sagte Tante Josephine. »Komm jetzt, Con!«

IX

Sie klopften an die Tür, und Cyril folgte seinen Tanten ins Zimmer – Großvaters überheiztes, süßlich riechendes Zimmer.

»Nur immer rein!«, sagte Großvater Pinner. »Druckst nicht lange herum! Was ist los? Was habt ihr wieder angestellt?« Er saß vor einem prasselnden Kaminfeuer und umklammerte seinen Stock. Über seine Knie war eine dicke Wolldecke gebreitet. Auf seinem Schoß lag ein schönes, blassgelbes Seidentaschentuch.

»Cyril ist hier, Vater«, sagte Josephine schüchtern. Und sie nahm Cyril bei der Hand und trat ein paar Schritte mit ihm vor.

»Guten Tag, Großvater«, sagte Cyril und versuchte, seine Hand aus Tante Josephines Griff zu lösen. Großvater Pinner schoss Cyril einen seiner berühmten Blicke zu. Wo war Tante Con geblieben? Sie stand auf der andern Seite von Tante Josephine, ließ ihre langen Arme herabhängen und hatte die Hände umklammert. Sie wandte kein Auge von Großvater ab.

Colonel Pinner begann mit dem Stock aufzubumsen. »Was hast du mir also zu sagen?«, fragte er.

Ja, was hatte er ihm zu sagen? Cyril spürte, dass er wie ein Schwachkopf grinste. Es war auch so erstickend heiß!

Aber Tante Josephine kam ihm zu Hilfe. Sie verkündete strahlend: »Cyril sagt, dass sein Vater immer noch so gern Meringen isst, Vater!«

»He?« Großvater legte seine Hand wie eine blaurote Meringe hinter sein Ohr.

Josephine wiederholte: »Cyril sagt, dass sein Vater immer noch so gern Meringen isst.«

»Ich kann's nicht verstehen«, sagte der alte Colonel Pinner. Er winkte Josephine mit seinem Stock beiseite und deutete damit auf Cyril. »Sag du mir, was sie mir sagen will!«, befahl er.

(Großer Gott!) »Muss ich?«, fragte Cyril und blickte Tante Josephine errötend an.

»Tu's bitte!«, lächelte sie. »Es wird ihm solche Freude machen!«

»Also raus mit der Sprache!«, rief der Colonel gereizt und bumste wieder mit seinem Stock auf.

Cyril beugte sich vor und schrie: »Vater isst noch immer sehr gern Meringen!«

Großvater Pinner fuhr hoch, als hätte ihn jemand angeschossen.

»Schrei nicht so!«, rief er. »Was ist los mit dem Jungen? *Meringen!* Was ist denn mit denen?«

»Oh, Tante Josephine, müssen wir weitermachen?«, stöhnte Cyril verzweifelt.

»Es ist schon recht, mein Junge«, tröstete Tante Josephine, als wären sie beide beim Zahnarzt. »Gleich wird er's verstehen!« Und sie flüsterte Cyril zu: »Er ist nämlich ein bisschen schwerhörig!«

Dann beugte sie sich vor und brüllte Großvater Pinner buchstäblich an: »Cyril wollte dir sagen, Vater, dass sein Vater immer noch gern Meringen isst!«

Colonel Pinner hörte es diesmal, hörte es – und sann nach. Er musterte Cyril von oben bis unten.

»Ganz erstaunlich!«, sagte der alte Colonel Pinner. »Ganz erstaunlich, von so weit herzukommen, um mir das zu sagen!«

Cyril war durchaus seiner Meinung.

»Ja, ich werde Cyril die Uhr schicken«, sagte Josephine.

»Das wäre sehr nett«, erwiderte Constantia. »Wenn ich mich recht erinnere, gab es letztes Mal, als er hier war, eine kleine Meinungsverschiedenheit wegen der Zeit!«

X

Sie wurden durch Kate unterbrochen, die auf ihre übliche Art – als hätte sie ein Geheimfach in der Wand entdeckt – die Türe aufriss.

»Gebraten oder gekocht?«, rief die derbe Stimme.

Gebraten oder gekocht? Josephine und Constantia waren einen Moment ganz verwirrt. Sie konnten es kaum begreifen.

»Was soll gebraten oder gekocht werden, Kate?«, fragte Josephine und versuchte sich zu konzentrieren.

Kate schnaufte verächtlich: »Fisch!«

»Warum haben Sie das nicht gleich gesagt?«, fragte Josephine, milde tadelnd. »Wie können Sie erwarten, dass wir das verstehen, Kate? Es gibt nämlich sehr viele Dinge in dieser Welt, die man braten oder kochen kann.« Und nach einer solchen Mutentfaltung wandte sie sich fröhlich an Constantia: »Was ziehst du vor, Con?«

»Ich glaube, es wäre nett, ihn gebraten zu essen«, antwortete Constantia. »Andrerseits schmeckt natürlich auch gekochter Fisch sehr gut. Ich glaube, mir ist beides gleich lieb … falls du nicht … in dem Falle …«

»Dann brat' ich ihn!«, rief Kate, stürmte davon, ließ die Tür offen und schmetterte die Küchentür hinter sich zu.

Josephine blickte Constantia an; sie zog ihre hellen Augenbrauen in die Höhe, bis sie sich in ihrem hellen Haar verloren. Dann erhob sie sich. Sehr hochmütig und eindrucksvoll sagte sie: »Würdest du mir bitte in den Salon folgen, Constantia? Ich muss etwas von größter Wichtigkeit mit dir besprechen!«

In den Salon zogen sie sich nämlich immer zurück, wenn sie über Kate sprechen wollten.

Josephine schloss die Tür mit bedeutsamer Miene. »Nimm Platz, Constantia«, sagte sie, noch immer sehr großartig. Es war, als empfinge sie Constantia zum ersten Mal bei sich. Constantia sah sich unsicher nach einem Stuhl um und kam sich wie ein fremder Gast vor.

Josephine beugte sich vor: »Es ist jetzt also die Frage, ob wir sie behalten sollen.«

»Ja, das ist die Frage!«, gab Constantia zu.

»Und diesmal«, fuhr Josephine entschlossen fort, »müssen wir zu einer endgültigen Entscheidung kommen!«

Constantia sah einen Augenblick so aus, als wolle sie sich all der andern Male erinnern, aber sie riss sich zusammen und sagte: »Ja, Jug!«

»Du musst begreifen, Con«, erklärte Josephine, »dass jetzt alles anders ist.« Constantia blickte rasch auf. »Ich meine«, fuhr Josephine fort, »wir sind nicht mehr abhängig von ihr!« Sie errötete ein wenig. »Vater ist nicht mehr da, für den sie kochen müsste.«

»Das stimmt sicherlich«, gab Constantia ihr recht. »Vater will jetzt nicht mehr, dass für ihn gekocht wird, einerlei, was sonst ...«

Josephine unterbrach sie streng. »Schläfst du, Con?«

Constantia riss die Augen auf. »Ich? Nein, Jug!«

»Dann reiß dich zusammen!«, sagte Josephine streng und kehrte zum Thema zurück. »Es geht also darum, dass wir« – und mit Seitenblicken auf die Tür fuhr sie flüsternd fort –, »wenn wir Kate kündigen« – sie hob die Stimme wieder –, »uns unser Essen selbst zubereiten könnten!«

»Warum nicht?«, rief Constantia. Unwillkürlich musste sie lächeln. Es war ein aufregender Gedanke. Sie klatschte in die Hände. »Womit könnten wir uns ernähren, Jug?«

»Oh, mit Eiern – mit Eiern in jeder Form!«, erklärte Josephine nun wieder hochmütig. »Außerdem gibt es Essen in Büchsen.«

»Das soll aber sehr teuer sein, wie ich immer gehört habe«, sagte Constantia.

»Nicht, wenn man sie mit Maßen einkauft«, sagte Josephine. Dann trennte sie sich von der faszinierenden Abschweifung und riss Constantia mit fort.

»Was wir jetzt entscheiden müssen, ist jedoch vor allem, ob wir Kate trauen!«

Constantia lehnte sich zurück. Ein tonloses kleines Lachen spielte um ihre Lippen.

»Ist es nicht seltsam, Jug«, sagte sie, »dass ich mir über diesen Punkt einfach nicht klarwerden konnte?«

XI

Ja, sie waren sich nie klar geworden. Die Schwierigkeit bestand darin, etwas nachzuweisen. Wie wies man etwas nach – wie konnte man das? Angenommen, Kate stand vor ihr und schnitt eine Grimasse! Könnte es nicht gut sein, dass sie Schmerzen hatte? Jedenfalls war es doch unmöglich, Kate zu fragen, ob sie ihr eine Grimasse schnitte! Wenn Kate ›Nein‹ sagte – und natürlich würde sie ›nein‹ sagen –, in was für einer Lage befand man sich dann! Wie entwürdigend! Und außerdem argwöhnte Constantia, ja, sie war beinah überzeugt, dass Kate sich an ihrer Kommode zu schaffen machte, wenn sie und Josephine ausgingen – nicht, um etwas zu stehlen, sondern um zu schnüffeln.

Oft genug hatte sie, wenn sie zurückkam, ihr Amethystkreuz an den unmöglichsten Stellen gefunden: unter Korsettbändern oder auf ihrem Abendumhang. Mehr als einmal hatte sie Kate eine Falle gestellt. Sie hatte ihre Sachen in einem bestimmten Muster geordnet und dann Josephine als Zeugin geholt.

»Siehst du es, Jug?«

»Ja, sicher, Con!«

»Jetzt werden wir es unweigerlich wissen!«

Aber, o weh! Wenn sie nachsehen wollte, war sie von einem Beweis ebenso weit entfernt wie nur je. Falls etwas anders dalag, konnte es sehr leicht passiert sein, während sie das Schubfach zustieß: ein kräftiger Stoß hätte genügt!

»Komm her, Jug, entscheide du! Ich kann es wirklich nicht! Es ist zu schwierig.«

Und nach einer Pause und einem langen, prüfenden Blick seufzte Josephine dann wohl: »Nachdem du mich misstrauisch gemacht hast, Con, kann ich es wirklich auch nicht sagen!«

»Jedenfalls können wir es nicht länger aufschieben«, sagte Josephine. »Wenn wir es diesmal wieder aufschieben …«

XII

Doch im gleichen Augenblick begann unten auf der Straße eine Drehorgel loszuplärren. Josephine und Constantia sprangen beide hoch.

»Lauf, Con! Lauf rasch!«, rief Josephine. »Die Sixpence liegen auf dem …«

Dann fiel es ihnen ein. Es machte nichts. Sie brauchten nie mehr dafür zu sorgen, dass der Drehorgelspieler aufhörte.

Nie wieder würde ihnen befohlen werden, den Affen mit seinem Krach anderswo hinzuschicken. Nie wieder würde das laute, seltsame Gekläff zu hören sein, wenn Vater glaubte, dass sie sich nicht beeilten. Der Drehorgelspieler könnte den ganzen Tag spielen, und der Stock würde nicht aufbumsen.

Der Stock, der Stock bumst nicht mehr auf,
Der Stock, der Stock bumst nicht mehr auf,
sang die Drehorgel.

Was mochte Constantia denken? Sie lächelte so eigenartig; sie sah anders aus. Sie konnte doch nicht zu weinen anfangen?

»Jug, Jug!«, sagte Constantia leise und schlug die Hände zusammen. »Weißt du auch, was für einen Tag wir heute haben? Es ist Samstag. Heute ist's eine Woche her, eine ganze Woche!«

Eine Woche, seit Vater starb,
Eine Woche, seit Vater starb,

sang die Drehorgel.

Und auch Josephine vergaß, praktisch und vernünftig zu sein; sie lächelte leise und eigenartig. Auf den indischen Teppich fiel ein hellrotes Viereck Sonnenschein; es kam und ging und kam wieder – und blieb, wurde kräftiger, bis es fast wie Gold funkelte.

»Die Sonne ist hervorgekommen!«, sagte Josephine, als wäre es von der geringsten Bedeutung.

Ein wahrer Springbrunnen sprudelnder Töne entquoll der Drehorgel – wohlgerundete, helle Töne, sorglos verstreut.

Constantia hob ihre großen kalten Hände, als wollte sie die Töne einfangen, ließ sie dann wieder sinken und ging zum Kamin mit ihrem Lieblingsbuddha. Und der steinerne, vergoldete Gott, dessen Lächeln stets ein so sonderbares Gefühl bei ihr hervorrief – fast war's ein Schmerz, und doch ein angenehmer Schmerz –, schien heute nicht nur zu lächeln. Er wusste etwas; er barg ein Geheimnis. ›Ich weiß etwas, was du nicht weißt!‹, sagte ihr Buddha. Oh, was war es, was konnte es sein? Und doch, immer hatte sie gefühlt, dass da – etwas war.

Der Sonnenschein drängte sich durch die Fensterscheiben, stahl sich herein, ließ auf Möbeln und Fotografien sein Licht aufblitzen. Als er zu Mutters Fotografie kam, der Vergrößerung über dem Flügel, zauderte er dort wie verblüfft, dass so wenig von ihr geblieben war, ausgenommen die wie kleine Pagoden geformten Ohrringe und eine schwarze Federboa. Warum verblassten die Fotografien Verstorbener immer so?, wunderte sich Josephine. Sobald ein Mensch tot war, starb auch seine Fotografie. Aber diese hier von Mutter war natürlich sehr alt. Fünfunddreißig Jahre war sie alt. Josephine erinnerte sich, dass sie einst auf einem Stuhl gestanden und Constantia die Federboa gezeigt und erklärt hatte, es sei eine Schlange, die ihre Mutter in Ceylon getötet habe… Wäre alles anders geworden, wenn Mutter nicht gestorben wäre? Sie sah nicht recht, wie eigentlich. Tante Florence hatte bei ihnen gewohnt, bis sie mit der Schule fertig waren, und sie waren dreimal umgezogen und hatten alljährlich Ferien gehabt, und … natürlich hatten die Dienstboten gewechselt.

Ein paar Spatzen, junge Spätzchen, wie es schien,

zwitscherten auf dem Fenstersims. *Tschilp – tschelp, tschilp – tschelp*. Doch Josephine konnte sich nicht vorstellen, dass es die Spatzen waren, nicht auf dem Fensterbrett draußen. Es war in ihr, das sonderbare, feine Geschrei: *tschilp-tschilp-tschilp!* Nach wem schrie es nur, so schwach und verlassen?

Wenn Mutter am Leben geblieben wäre, hätten sie dann wohl geheiratet? Aber es war niemand da gewesen, den sie hätten heiraten können. Vaters anglo-indische Freunde, ja – bevor er sich mit ihnen zerstritt. Aber von da an hatten sie und Constantia nie einen einzigen Mann kennengelernt, ausgenommen Geistliche. Wie lernte man Männer kennen? Oder selbst wenn man welche kennenlernte, wie konnte man sie dann gut genug kennenlernen, sodass sie mehr als nur fremde Menschen waren? Man las von Frauen, die Abenteuer erlebten und denen die Männer nachliefen. Aber niemand war jemals ihr oder Constantia nachgelaufen. O doch, in jenem Jahr in Eastbourne, da war in ihrer Pension ein geheimnisvoller Mann gewesen, der einen Brief auf die Heißwasserkanne vor ihrer Tür gelegt hatte! Aber als Connie ihn fand, hatte der Dampf die Schriftzüge schon so verwischt, dass man sie nicht mehr lesen konnte: sie hatten nicht einmal erkennen können, an wen von ihnen der Brief gerichtet war. Am nächsten Tag war der Mann abgereist. Und das war alles gewesen. Der Rest hatte darin bestanden, für Vater zu sorgen und ihm gleichzeitig aus dem Wege zu gehen. Aber jetzt? Der diebische Sonnenschein berührte Josephine voller Zärtlichkeit. Sie hob das Gesicht. Die sanften Strahlen zogen sie ans Fenster…

Bis die Drehorgel zu spielen aufhörte, blieb Constantia vor dem Buddha stehen, verwundert, aber nicht, wie sonst, voll unbestimmter Verwunderung. Diesmal war es wie ein Sehnen. Sie erinnerte sich der Zeiten, wenn sie bei Vollmond hierhergekommen war, im Nachthemd aus dem Bett geschlichen war und mit ausgestreckten Armen wie eine Gekreuzigte auf dem Fußboden gelegen hatte. Warum? Der große, blasse Mond hatte sie dazu verlockt. Die grausigen, tanzenden Figuren auf dem geschnitzten Wandschirm hatten sie widerlich angegrinst, aber es hatte sie nicht angefochten. Sie erinnerte sich auch, wie sie, sooft sie in ein Seebad gereist waren, alleine weggegangen war, ans Meer hinunter, so nah sie nur konnte, und etwas gesungen hatte, etwas Ausgedachtes, während sie auf die ruhlosen Wasser blickte. Und daneben das andere Leben: Besorgungen machen, Sachen in Einkaufstaschen nach Hause schleppen,

Sachen zur Ansicht bringen und mit Jug darüber sprechen und sie wieder zurückbringen, um noch mehr Sachen zur Ansicht zu holen, und die Tabletts mit Vaters Mahlzeiten vorbereiten und sich bemühen, Vater nicht zu ärgern. Doch alles schien sich in einer Art Tunnel abgespielt zu haben. Es war nicht wirklich. Nur wenn sie aus dem Tunnel herauskam – in den Mondschein oder ans Meer oder in ein Gewitter, nur dann fühlte sie, dass sie wirklich sie selbst war. Was bedeutete es? Was war es, wonach sie sich immer sehnte? Wohin führte das alles? Jetzt? Jetzt?

Mit einer ihrer hilflosen Gebärden wandte sie sich von dem Buddha ab. Sie ging zu Josephine hinüber. Sie wollte Josephine etwas sagen, etwas furchtbar Wichtiges, wegen – wegen der Zukunft und was nun …

»Meinst du nicht, vielleicht …«, begann sie.

Aber Josephine unterbrach sie. »Ich habe mich gefragt, ob jetzt …«, murmelte sie. Beide schwiegen. Beide warteten aufeinander.

»Sprich weiter, Con!«, sagte Josephine.

»Nein, nein, Jug, nach dir!«, sagte Constantia.

»Nein, sag, was du sagen wolltest! *Du* hast angefangen!«, sagte Josephine.

»Ich … ich möchte lieber zuerst hören, was du sagen wolltest«, stammelte Constantia.

»Sei nicht albern, Con!«

»Wirklich, Jug!«

»Connie!«

»Oh, Jug!«

Sie verstummten. Dann sagte Constantia leise: »Ich kann's dir nicht sagen, was ich sagen wollte, Jug, weil ich vergessen habe, was es war … was ich hatte sagen wollen!«

Josephine schwieg einen Augenblick. Sie starrte auf eine große Wolke, die dort stand, wo die Sonne gewesen war. Dann antwortete sie kurz: »Ich hab's auch vergessen!«

Ihr erster Ball

Leila hätte nur schwer sagen können, wann genau der Ball begann. Vielleicht war ihr erster Partner schon die Droschke gewesen. Es hatte nichts zu bedeuten, dass sie die Droschke mit den Sheridan-Mädchen und deren Bruder teilte. Sie lehnte sich in ihr eigenes kleines Eckchen, und das Armpolster, auf dem ihre Hand lag, fühlte sich wie der Frackärmel eines unbekannten jungen Mannes an – und sie flogen dahin, an walzenden Laternenpfählen und Häusern und Zäunen und Bäumen vorbei.

»Bist du wirklich noch nie auf einem Ball gewesen, Leila? Aber Kind, das ist ja wahnsinnig ulkig!«, riefen die Sheridan-Mädchen.

»Unser nächster Nachbar wohnt fünfzehn Meilen weit weg«, sagte Leila leise, und behutsam öffnete und schloss sie ihren Fächer.

O je, wie schwer es war, so gleichgültig wie die andern zu tun! Sie bemühte sich, nicht zu sehr zu lächeln, und sie bemühte sich, sich nicht so aufzuregen. Und doch war einfach alles so neu und aufregend: Megs Tuberosen, Joses lange Bernsteinkette, Lauras dunkles Köpfchen, das sich aus ihrem weißen Pelz wie eine Blume aus dem Schnee reckte. Sie würde es nie vergessen! Es gab ihr sogar einen Stich, als ihr Cousin Laurie die Blättchen Seidenpapier wegwarf, nachdem er sie von den Knöpfen seiner neuen Handschuhe entfernt hatte. Sie hätte die Papierblättchen gern als Andenken behalten, zur Erinnerung. Laurie beugte sich vor und legte Laura die Hand aufs Knie.

»Hör mal, Schwesterchen«, sagte er. »Den Dritten und den Neunten, wie immer – kapiert?«

Oh, wie wundervoll, einen Bruder zu haben! In ihrer Aufregung meinte Leila, dass sie, wenn sie Zeit gehabt hätte und wenn es nicht so unmöglich gewesen wäre, unweigerlich hätte losheulen müssen, weil sie ein einziges Kind war und keinen Bruder hatte, der ›kapiert?‹ zu ihr sagte, und keine Schwester, die sagen würde – wie Meg jetzt eben zu Jose: »Noch nie war dein Haar so schwungvoll aufwärts frisiert wie heute Abend!«

Aber natürlich war keine Zeit für so etwas. Sie waren schon bei der Turnhalle. Vor ihnen waren Wagen, und hinter ihnen waren Wagen. Auf beiden Seiten war die Straße von einem weiterziehenden, fächerartigen Lichterspiel erhellt, und auf dem Bürgersteig schienen fröhliche Paare förmlich durch die Luft zu schweben, und kleine Atlasschuhe jagten einander wie Vögel.

»Halt dich an mir fest, Leila«, sagte Laura, »sonst verlieren wir dich!«

»Los, los, Kinder, wollen uns hineinstürzen!«, sagte Laurie. Leila legte zwei Finger auf Lauras rosa Samtumhang, und irgendwie wurden sie an dem großen goldenen Kandelaber vorbeigeschoben, den Korridor entlanggeschwemmt und in das kleine Zimmer mit dem Schild DAMEN getragen. Hier war das Gedränge so groß, dass sie kaum Platz hatten, ihre Überkleider abzulegen; der Lärm war ohrenbetäubend. Die beiden Bänke zu beiden Seiten waren überhäuft mit Umhängen. Zwei alte Frauen in weißen Schürzen liefen hin und her, um immer noch einen neuen Armvoll draufzuwerfen. Und jeder drängte weiter, um an den kleinen Frisiertisch und den Spiegel am andern Ende zu gelangen.

Eine große zitternde Gasflamme beleuchtete die Damengarderobe. Auch die konnte nicht warten, auch die tanzte bereits. Als die Tür wieder aufflog und aus der Halle das Stimmen der Instrumente herdrang, hüpfte die Flamme fast bis zur Decke hinauf.

Dunkelhaarige Mädchen und blonde Mädchen zupften an ihren Frisuren, banden Schleifen neu, steckten sich Taschentüchlein in den Kleiderausschnitt und strichen marmorweiße Handschuhe glatt. Und weil sie alle lachten, kamen sie Leila alle wunderschön vor.

»Sind nicht irgendwo unsichtbare Haarnadeln?«, rief eine Stimme. »Ist ja erstaunlich! Ich kann keine einzige unsichtbare Haarnadel sehen!«

»Bitte, pudere meinen Rücken, sei so lieb!«, rief eine andre. »Aber ich muss unbedingt Nadel und Faden haben!«, jammerte eine dritte. »Ich hab' mir ein Ende von meinem Volant abgerissen!«

Dann hieß es: »Weitergeben! Weitergeben!« Das Körbchen mit den Tanzkarten ging von Hand zu Hand. Süße, kleine, rosasilberne Tanzkarten mit rosa Bleistift und flauschigen Quasten. Leilas Finger zitterten, als sie eine aus dem Körbchen nahm. Am liebsten hätte sie jemand gefragt: ›Ist eine davon für mich bestimmt?‹, aber sie hatte nur Zeit, um zu lesen: 3. Walzer: ›Ich und du im Kanu, 4. Polka: ›Dass die Federn fliegen!‹, da rief Meg schon: »Fertig, Leila?«, und sie zwängten sich durch das Gedränge im Korridor zu den großen Flügeltüren des Saals.

Es wurde noch nicht getanzt, aber die Kapelle hatte mit dem Stimmen aufgehört, und das allgemeine Stimmengewirr war so stark, dass man glauben konnte, man würde die Musik überhaupt nicht hören, wenn sie einmal anfinge. Leila hielt sich dicht an Meg, blickte ihr über die Schulter und dachte, dass sogar die flatternden bunten Wimpel, die quer über den Saal gespannt waren, miteinander schwatzten. Sie vergaß ganz, scheu zu sein, und dann fiel ihr ein, wie sie sich zu Hause beim Ankleiden aufs Bett gesetzt hatte, mit nur einem Schuh an, und ihre Mutter angefleht hatte, die Kusinen anzurufen und zu sagen, sie könne nun doch nicht mitkommen. Und vergessen war der glühende Wunsch, auf der Veranda ihres einsamen Landhauses zu sitzen und den Eulenbabys zuzuhören, wenn sie im Mondschein ›Horch, horch!‹ riefen – vergessen und umgewandelt in einen so glühenden Überschwang von Freude, dass es allein kaum zu ertragen war. Sie umklammerte ihren Fächer, und während sie auf die schimmernde, goldene Tanzfläche blickte und auf die Azaleen und Laternen, auf das Podium mit dem roten Teppich und den vergoldeten Stühlen am Ende des Saals und auf die Kapelle in einer Ecke, dachte sie: ›Wie himmlisch! Einfach himmlisch!‹ Die Mädchen standen alle in einer Gruppe links von den Flügeltüren, die Herren rechts davon, und die Anstandswauwaus in ihren dunklen Kleidern gingen töricht lächelnd mit kleinen, zaghaften Schrittchen über den gebohnerten Boden und zum Podium.

»Das hier ist Leila, meine kleine Kusine vom Land. Sei nett zu ihr! Besorge ihr Tänzer! Sie steht unter meinen Fittichen!«, sagte Meg und stellte sie einem Mädchen nach dem andern vor.

Fremde Gesichter lächelten Leila an – liebenswürdig und gedankenlos. Fremde Stimmen antworteten: »Natürlich, gerne!« Aber Leila kam es so vor, als sähen die Mädchen sie gar nicht. Sie blickten alle zu den Herren hinüber. Warum setzten die Herren sich nicht in Bewegung? Worauf warteten sie? Sie standen da drüben herum, zogen ihre Handschuhe glatt, betupften ihr glänzendes Haar und lächelten untereinander. Dann plötzlich, als wäre ihnen soeben in den Sinn gekommen, was sie längst hätten tun sollen, glitten sie übers Parkett heran. Auf der Mädchenseite entstand ein fröhliches Geflatter. Ein großer blonder Herr eilte auf Meg zu, griff nach ihrer Tanzkarte und kritzelte etwas hinein; Meg reichte ihn an Leila weiter. »Darf ich um das Vergnügen bitten?« Er dienerte und lächelte. Ein dunkelhaariger Mann mit einem Monokel kam, dann Leilas Cousin Laurie mit einem Freund und Laura mit einem sommersprossigen jungen Bürschlein, dessen weiße Halsbinde verrutscht war. Dann erschien ein ziemlich alter Herr, ein dicker, mit einer großen kahlen Stelle auf dem Kopf, nahm ihre Tanzkarte und murmelte: »Woll'n mal nachsehen! Woll'n mal nachsehen!« Und er brauchte eine Ewigkeit, um seine Karte, die schon schwarz von all den Namen war, mit der ihren zu vergleichen. Es schien ihm so viel Mühe zu machen, dass Leila ganz beschämt war. »Oh, lassen Sie doch!«, sagte sie hilfsbereit. Aber statt einer Antwort trug der Herr sich ein und sah dann zu ihr auf. »Erkenne ich's, das strahlende Gesichtchen?«, sagte er weich. »Ist's mir von einstens nicht bekannt?« Im gleichen Augenblick setzte die Kapelle ein, und der dicke Herr war weg. Er wurde von einer Woge Musik fortgespült, die über das schimmernde Parkett flutete und die Gruppen in Paare spaltete, sie zerstreute und herumkreiselte.

Leila hatte im Schulheim tanzen gelernt. Jeden Samstagnachmittag wurden die Heimschülerinnen in den kleinen, mit Wellblech gedeckten Missionssaal geführt, wo Miss Eccles (aus London, bitte!) ihren ›exklusiven‹ Tanzunterricht erteilte. Doch der Unterschied zwischen dem verstaubt riechenden Missionssaal – wo Bibelsprüche an den Wänden hingen und ein verängstigtes, armes Weiblein in brauner Samttoque mit Kaninchenohren das eiskalte Klavier bearbeitete und Miss Eccles mit ihrem langen weißen Zeigestock gegen die Mädchenfüße stieß – und dem Saal hier war so ungeheuer, dass Leila glaubte, sie würde mindestens sterben oder ohnmächtig werden oder die Arme heben und durch eins der dunklen Fenster vor dem Sternhimmel fliegen, falls ihr Tanzpartner nicht käme und sie ganz allein die wundervolle Musik anhören und den andern Mädchen zuschauen müsste, die über den goldenen Fußboden schwebten und glitten.

»Ich glaube, das ist unser Tanz …« Jemand verbeugte sich, lächelte und bot ihr seinen Arm: sie brauchte also nicht zu sterben! Eine Hand hielt ihre Taille, und sie schwebte von dannen wie eine Blüte, die in einen Teich geworfen wurde.

»Ganz nette Tanzfläche, nicht?«, näselte eine leise Stimme nah an ihrem Ohr.

»Wundervoll glitschig«, sagte Leila.

»Wie bitte?« Die leise Stimme war anscheinend überrascht. Leila wiederholte es, und eine kleine Pause entstand, ehe die Stimme bestätigte: »Hm, ja«, und sie wieder herumgeschwungen wurde.

Er konnte großartig führen. Das war der große Unterschied, wenn man mit Herren tanzte, dachte Leila. Mädchen stießen immer gegen andre, oder sie traten einander auf die Füße, und das Mädchen, das als Herr tanzte, packte einen viel zu fest.

Die Azaleen waren nicht länger einzelne Blüten: sie waren zu rosa und weißen Flaggen geworden, die an einem vorbeiströmten.

»Waren Sie vorige Woche bei den Bells?«, fragte die Stimme wieder. Sie klang müde. Leila überlegte, ob sie ihm anbieten solle, lieber aufzuhören.

»Nein – das ist hier mein erster Ball«, sagte sie.

Ihr Partner stieß ein unterdrücktes kleines Lachen aus.»Nein, so etwas!«, protestierte er.

»Doch, es ist wirklich der erste Ball, den ich jemals mitgemacht habe!«, beteuerte Leila eifrig. Sie empfand es wie eine Erlösung, es jemand erzählen zu können. »Ich habe nämlich bis jetzt mein ganzes Leben auf dem Lande gewohnt …«

Die Musik brach ab, und sie setzten sich auf zwei Stühle an der Wand. Leila zog ihre rosa Atlasschuhe unter den Sitz und fächelte sich, während sie glückselig den andern Paaren nachsah, die vorbeigingen oder zwischen den Flügeltüren verschwanden.

»Gefällt es dir, Leila?«, fragte Jose und nickte Leila mit ihrem goldblonden Kopf zu.

Auch Laura kam vorbei und zwinkerte ihr ein ganz klein wenig zu, sodass Leila sich einen Augenblick fragte, ob sie schon richtig erwachsen sei. Ihr Tanzpartner sagte bestimmt nicht viel. Er hustete, steckte sein Taschentuch weg, zog an seiner Weste und nahm ein winziges Fädchen von seinem Ärmel. Aber es machte nichts. Die Musik setzte fast sofort wieder ein, und ihr nächster

Partner schien geradezu vom Himmel gefallen zu sein.

»Ganz nette Tanzfläche, nicht?«, sagte die neue Stimme. Fingen sie immer mit dem Fußboden an? Und schon ging es weiter: »Waren Sie am Dienstag bei den Neaves?« Und wieder erklärte es Leila. Vielleicht war es ein bisschen seltsam, dass ihre Partner es nicht interessant fanden. Denn es war doch so aufregend! Ihr erster Ball! Sie stand erst am Anfang von allem, was folgen würde. Ihr kam es so vor, als hätte sie nie gewusst, wie die Nacht eigentlich war. Bis jetzt war sie dunkel und stumm gewesen, oft sehr schön, o ja, aber auch etwas traurig. Feierlich. So würde die Nacht nie wieder sein: sie hatte sich in ihrer strahlenden Helle gezeigt.

»Möchten Sie ein Eis?«, fragte ihr Partner. Sie gingen durch die Drehtüren, den Korridor entlang und zum Buffet. Ihre Wangen glühten; sie war furchtbar durstig. Wie reizend das Eis auf den kleinen Glastellern aussah, und wie kalt der angelaufene Löffel aussah – wie geeist! Und als sie in den Tanzsaal zurückkehrten, stand der dicke Mann an der Tür und wartete schon auf sie. Es gab ihr einen richtigen Schock, als sie wieder sah, wie alt er war. Er hätte bei den Vätern und Müttern auf dem Podium sitzen sollen. Als Leila ihn mit ihren andern Tanzpartnern verglich, sah er geradezu schäbig aus. Seine Weste war zerknüllt, an seinem Handschuh fehlte ein Knopf, und sein Frack sah wie von Talkpuder bestäubt aus.

»Kommen Sie, kleine Dame!«, sagte der Dicke. Er bemühte sich kaum, sie festzuhalten, und sie bewegten sich so traumhaft, es war eher ein Gehen als ein Tanzen. Doch vom Fußboden sagte er kein Wort. »Ihr erster Ball, nicht wahr?«, murmelte er.

»Woher wissen Sie das?«

»Ach«, sagte der Dicke, »das kommt davon, wenn man alt ist.« Er schnaufte ein bisschen, als er sie an einem ungeschickten Paar vorbeisteuerte. »So etwas wie das hier habe ich nämlich schon seit dreißig Jahren getan.«

»Seit dreißig Jahren?«, rief Leila. Das war zwölf Jahre, bevor sie geboren war!

»Ein fast unerträglicher Gedanke, nicht wahr?«, meinte der dicke Mann düster. Leila blickte auf seinen kahlen Kopf, und sie empfand aufrichtiges Mitleid.

»Ich finde es bewundernswert, dass Sie immer noch auf der Höhe sind!«, sagte sie freundlich.

»Sehr gütig, kleine Dame«, erwiderte er, drückte sie etwas fester an sich und summte einen Walzertakt mit. »Sie allerdings«, fuhr er fort, »dürfen nicht erwarten, dass Sie auch nur halbwegs so lange durchhalten! Nein, schon lange vorher werden Sie in Ihrem guten Schwarzsamtenen da oben auf dem Podium sitzen und zuschauen. Ihre schönen Arme werden sich in kurze, dicke Arme verwandelt haben, und wenn Sie den Takt mitschlagen, dann mit einem ganz andern Fächer: mit einem aus schwarzem Ebenholz!« Er schien zu erschauern. »Und Sie werden andauernd lächeln, wie die armen, guten Seelen da oben, und auf Ihre Tochter deuten und der ältlichen Dame neben Ihnen erzählen, dass ein abscheulicher Mann auf dem Klubball sie küssen wollte. Und Ihnen wird ganz weh ums Herz, ganz weh« – der dicke Mann drückte sie noch fester an sich, als bemitleide er das arme Herz –, »weil jetzt niemand mehr Sie küssen will. Und Sie werden sagen, wie unangenehm es sich auf den gebohnerten Böden gehen lässt und wie gefährlich sie sind. Stimmt's, Mademoiselle Leichtfuß?«, fragte er weich.

Leila lachte ein bisschen, aber es war ihr gar nicht nach Lachen zumute. War das, was er da sagte, wahr? Konnte es wahr sein? Es klang schrecklich wahr. War also ihr erster Ball im Grunde nur der Anfang zu ihrem letzten Ball? Auf einmal schien die Musik anders zu klingen – sie klang traurig, sehr traurig, sie schien zu einem großen

Seufzer anzusetzen. Oh, wie schnell sich alles ändern konnte! Warum dauerte das Glück nicht ewig? Ewig war durchaus nicht zu lange.

»Ich möchte aufhören!«, sagte sie mit erstickter Stimme. Der dicke Mann führte sie an die Tür.

»Nein«, sagte sie, »ich will nicht hinausgehen. Ich will mich auch nicht setzen. Ich möchte einfach hier stehen, danke!« Sie lehnte sich an die Wand, stampfte mit dem Fuß auf, zog die Handschuhe hoch und versuchte zu lächeln. Doch im innersten Herzen warf sich ein kleines Mädchen die Schürze über den Kopf und weinte jämmerlich. Weshalb hatte er alles verdorben?

»Aber hören Sie mal, kleine Dame«, sagte der dicke Mann, »Sie müssen mich doch nicht ernst nehmen!«

»Tu ich ja gar nicht!«, erwiderte Leila, warf ihr dunkles Köpfchen auf und nagte an ihrer Unterlippe...

Wieder promenierten die Paare an ihr vorbei. Die Drehtüren flogen auf und zu. Jetzt verteilte der Kapellmeister neue Noten. Aber Leila mochte nicht mehr tanzen. Sie sehnte sich, zu Hause zu sein und auf der Veranda zu sitzen und den Eulenbabys zuzuhören. Als sie durch die dunklen Fenster zu den Sternen aufblickte, hatten sie lange Strahlen – wie Flügel...

Aber dann begann eine sanfte, schmelzende, betörende Melodie, und ein junger Mann mit krausem Haar verbeugte sich vor ihr. Aus Höflichkeit würde sie tanzen müssen, wenigstens, bis sie Meg fand.

Sehr steif ging sie bis in die Saalmitte; sehr hochmütig legte sie ihre Hand auf seinen Ärmel. Aber schon nach einer Minute, nach einer Drehung, schwebten ihre Füße nur so dahin. Die Lichter, die Azaleen, die Kleider, die rosigen Gesichter, die Samtsessel, alles wurde zu einem einzigen, herrlich kreiselnden Rad. Und als ihr nächster Tanzpartner mit ihr gegen den dicken Mann stieß, der daraufhin »Pardon!« sagte, lächelte sie strahlender denn je zu ihm hinüber. Sie erkannte ihn nicht einmal.

Marriage à la mode

Auf der Fahrt zum Bahnhof kam es William auch diesmal mit schmerzlichem Bedauern in den Sinn, dass er seinen Jungen wieder nichts mitbrachte. Die armen Bürschchen! Es war schlimm für sie! Wenn sie ihm entgegengelaufen kamen, um ihn zu begrüßen, waren ihre ersten Worte immer: »Was hast du mir mitgebracht, Daddy?« Und er hatte nichts! Er würde ihnen auf dem Bahnhof Bonbons kaufen müssen. Aber das hatte er schon vier Samstage hintereinander getan, und als sie sahen, wie er letztes Mal wieder die gleichen langweiligen Schachteln hervorholte, hatten sie enttäuscht ausgesehen.

Und Paddy hatte gerufen: »Auf meiner waren schon mal rote Bänder drum!«

Und Johnny hatte gesagt: »Auf meiner sind sie immer rosa. Rosa kann ich nicht leiden!«

Aber was konnte William tun? Das Problem war nicht so einfach zu lösen. Früher wäre er natürlich einfach mit einem Taxi in ein nettes Spielzeuggeschäft gefahren und hätte in fünf Minuten etwas für sie gefunden. Doch jetzt besaßen sie russische und französische und serbische Spielsachen – Spielsachen von Gott weiß woher. Es war jetzt über ein Jahr her, dass Isabel die alten Eselchen und Lokomotiven und so weiter weggeworfen hatte, weil sie so ›grässlich sentimental‹ seien – und ›so wahnsinnig schädlich für die Ausbildung eines guten Geschmacks‹.

»Es ist so wichtig«, hatte die neue Isabel erklärt, »dass sie von Anfang an Geschmack an den richtigen Dingen finden. Das erspart so viel Zeit für später. Glaube mir, wenn die armen Schätzchen ihre Jugendjahre mit dem Anblick solcher Gräuel verbringen müssen, kann man sich vorstellen, wie sie älter werden und in die Königliche Akademie geführt werden wollen!«

Sie hatte gerade so gesprochen, als bedeute ein Besuch in der Königlichen Akademie für jedermann den sicheren Tod ... »Ach, ich weiß nicht«, hatte William nachdenklich geantwortet. »Als ich so alt war wie sie, habe ich mir immer ein altes Handtuch mit einem dicken Knoten ins Bett mitgenommen und an mich gedrückt!«

Die neue Isabel hatte ihn mit zusammengekniffenen Augen und halboffenem Mund angestarrt.

»Du lieber Mensch! Ich kann's mir gut von dir vorstellen!«, lachte sie auf ihre neue Manier.

Trotzdem – es mussten wohl wieder Bonbons sein, dachte William düster und angelte in der Tasche nach Kleingeld für den Taxifahrer. Im Geiste sah er schon, wie die kleinen Jungen jedermann von ihren Schachteln anboten – sehr freigebige Bürschlein waren es –, während Isabels kostbare Freunde sich nicht genierten, tüchtig zuzulangen …

Wie wär's denn mit Obst? William blieb vor einem Kiosk am Bahnhofseingang stehen. Für jeden eine Melone? Würden sie von der auch abgeben müssen? Oder eine Ananas für Pad und eine Melone für Johnny? Isabels Freunde würden wohl kaum zu den Mahlzeiten der Jungen ins Kinderzimmer hinaufgeschlichen kommen! Trotzdem – als er die Melone kaufte, hatte er eine gräuliche Vision, wie einer von Isabels jungen Dichtern hinter der Kinderzimmertür stand und eine Scheibe aufschleckte.

Mit zwei unförmigen Paketen ging er zu seinem Zug. Der Bahnsteig war überfüllt, der Zug stand schon da. Türen wurden aufgerissen und zugeschlagen. Die Lokomotive zischte so laut, dass die vorbeihastenden Leute ganz verwirrt aussahen. William steuerte sofort auf ein Raucherabteil Erster Klasse los, verstaute seinen Koffer und seine Pakete und holte ein dickes Aktenbündel aus der Brusttasche. Dann warf er sich in seinen Eckplatz und begann zu lesen.

›Unser Klient ist außerdem überzeugt ... Wir sind geneigt, nochmals zu erwägen, ob ... Im Falle eines ... ‹ Oh, das war besser! William schob sein glattgedrücktes Haar zurück und streckte die Beine aus. Das gewohnte dumpfe Nagen in seiner Brust ließ nach. ›Mit Bezug auf unsre Entscheidung ...‹ Er holte einen Blaustift hervor und strich einen Abschnitt bedächtig an.

Zwei Herren kamen ins Abteil, stiegen über seine Beine und setzten sich in die andern beiden Ecken. Ein junger Mann hievte seine Golfstöcke ins Gepäcknetz und setzte sich ihm gegenüber. Der Zug ruckte sachte an, dann fuhren sie los. William blickte auf und sah den hellen, heißen Bahnhof davongleiten. Ein junges Mädchen mit erhitztem Gesicht raste an den Wagen entlang: die Art, wie sie winkte und rief, wirkte überspannt, ja geradezu verzweifelt. ›Hysterisches Frauenzimmer!‹, dachte William gefühllos. Am Ende des Bahnsteigs grinste ein Arbeiter mit Öl und Rußflecken im Gesicht dem Zuge nach. Und William dachte: ›Ein elendes Leben!‹, und beschäftigte sich wieder mit seinen Papieren.

Als er das nächste Mal aufsah, waren Felder da, und Rinder standen schattensuchend unter dunklen Bäumen. Ein breiter Fluss und nackte Kinder, die in der Untiefe umherplanschten, glitten in Sicht und verschwanden. Der Himmel erglänzte bleich, und hoch oben schwebte ein einzelner Vogel wie ein dunkler Fleck in einem Juwel.

›Wir haben in die Korrespondenz unsres Klienten Einblick genommen …‹ Der letzte Satz, den er gelesen hatte, ging ihm noch durch den Kopf. ›Wir haben in die Korrespondenz …‹ William klammerte sich an diesen Satz, aber es nützte nichts: mittendrin riss er ab, und die Felder, der Himmel, der dahinsegelnde Vogel und der Fluss – sie alle sagten ›Isabel!‹ So erging es ihm an jedem Samstagnachmittag. Wenn er zu Isabel fuhr, begann er sich ein Wiedersehen nach dem andern auszumalen: sie war auf dem Bahnhof, stand nur wenig abseits von allen andern – sie saß draußen vor dem Bahnhof im offenen Taxi – sie wartete an der Gartenpforte – sie schlenderte über das versengte Gras – war in der Haustür oder gleich vornean in der Halle.

Und ihre klare, helle Stimme rief: ›Es ist William!‹ oder ›Hallo, William!‹ oder ›Bist du also da?‹ Er berührte ihre kühle Hand, ihre kühle Wange.

Wie köstlich frisch Isabel immer war! Als kleiner Junge war es seine größte Freude gewesen, nach einem Regenschauer in den Garten zu laufen und die Tropfen aus dem Rosenbäumchen über sich zu schütteln. Isabel war wie das Rosenbäumchen, blütenweich, sprühend und kühl. Und er war noch immer der kleine Junge von einst. Doch jetzt gab's kein In-den-Garten-Laufen mehr, kein Lachen und Schütteln. Das dumpfe, beharrliche Nagen in seiner Brust fing wieder an. Er zog die Füße an, warf den Schriftenkram beiseite und schloss die Augen.

»Was ist nur, Isabel? Was ist's?«, fragte er zärtlich. Sie waren im Schlafzimmer ihres neuen Hauses. Isabel saß auf einem farbigen Hocker vor dem Frisiertisch, der mit kleinen schwarzen und grünen Schachteln übersät war.

»Was soll schon sein, William?« Sie beugte sich vor, und ihr feines helles Haar fiel ihr über die Wange.

»Ach, du weißt es doch!« Er stand in der Mitte des neuen Zimmers und kam sich wie ein Fremder vor.

Daraufhin drehte sich Isabel rasch um und sah ihn an. »Oh, William!«, rief sie flehend und hob die Haarbürste, »bitte, bitte sei nicht so furchtbar altmodisch und – tragisch! Immer sagst du, ich hätte mich verändert, oder du spielst darauf an und machst die entsprechende Miene dazu! Nur weil ich ein paar wirklich gleichgestimmte Menschen kennengelernt habe und häufiger ausgehe und mich brennend interessiere für alles Mögliche, benimmst du dich, als hätte ich« – Isabel warf ihr Haar zurück und lachte – »unsere Liebe zerstört oder dergleichen! Es ist so furchtbar töricht und« – sie biss sich auf die Lippe –, »und es kann einen rasend machen, William! Sogar das neue Haus und die Dienstboten gönnst du mir nicht!«

»Isabel!«

»Doch, ja, irgendwie stimmt es schon!«, sagte Isabel rasch. »Du hältst es alles für ein weiteres schlechtes Zeichen! Ich weiß, dass du's tust! Ich spüre es jedes Mal, wenn du die Treppe heraufkommst«, sagte sie leise. »Aber in dem winzigen Loch von einem Haus konnten wir doch nicht länger wohnen bleiben, William! Sieh es mal von der praktischen Seite an! Es war nicht mal genug Platz für die Kinder da!«

Ja, das war richtig. Jedes Mal, wenn er aus der Kanzlei nach Hause gekommen war, fand er die Jungen mit Isabel im hinteren Wohnzimmer. Sie ritten auf dem Leopardenfell, das auf der Sofalehne lag, oder sie spielten Verkaufen, und Isabels Schreibtisch war die Ladentheke, oder Paddy saß auf dem Kaminvorleger und ruderte in größtem Eifer mit der Messingkohleschaufel, während

Johnny mit der Feuerzange auf Piraten schoss. Jeden Abend wurden sie huckepack die schmale Treppe zu ihrer dicken alten Kinderfrau hinaufgetragen.

Ja, vermutlich war es ein winziges Loch von einem Haus gewesen. Ein kleines weißes Häuschen mit blauen Vorhängen und einem Fensterkasten mit Petunien. William hatte die Gäste bereits an der Tür überfallen: »Schon unsre Petunien gesehen? Ist doch ganz fantastisch für London, was?«

Aber das Dümmste, das geradezu Unfassliche an der Sache war, dass er nicht die leiseste Ahnung gehabt hatte, Isabel könne nicht ebenso glücklich sein wie er! Großer Gott, so blind gewesen zu sein! Nicht der leiseste Gedanke war ihm damals gekommen, dass sie das unbequeme kleine Haus verabscheute, dass sie fand, die dicke Kinderfrau sei völlig untauglich für die Jungen, und dass sie sich entsetzlich einsam fühlte und danach sehnte, neue Menschen, neue Musik und neue Bilder kennenzulernen. Wenn sie damals nicht zu Moira Morrisons Atelierfest gegangen wären und wenn Moira Morrison nicht beim Weggehen gesagt hätte: »Ich werde Ihre Frau befreien, Sie alter Egoist! Sie ist die reizendste kleine Titania!«, und wenn Isabel dann nicht mit Moira nach Paris gefahren wäre – wenn, wenn …

Der Zug hielt wieder. Bettingford war es. Lieber Himmel, in zehn Minuten kämen sie an! William stopfte die Schriftstücke in seine Tasche; der junge Mann ihm gegenüber war längst ausgestiegen. Und jetzt gingen auch die beiden andern. Die späte Nachmittagssonne schien auf Frauen in Baumwollkleidern und auf braungebrannte, barfüßige Kinder. Sie prallte auf eine seidig gelbe Blume mit fleischigen Blättern, die von einer steinigen Böschung niederhingen. Die Luft, die zum Fenster hereinblies, roch nach Meer. Ob Isabel an diesem Wochenende dieselben Leute bei sich hatte, dachte William.

Und er erinnerte sich an Ferien, die sie früher verbracht hatten, nur zu viert, mit Rose, einem kleinen Bauernmädchen, die sich um die Kinder gekümmert hatte. Isabel in einer Strickjacke, das Haar in einem Zopf – sie hatte wie vierzehn ausgesehen. Gott ja, wie sich seine Nase immer geschält hatte! Und was für Berge sie vertilgt hatten, und wie wunderbar sie geschlafen hatten, in einem riesigen Federbett, die Füße ineinandergehakt … William musste unwillkürlich verbittert auflachen, als er sich Isabels Entsetzen vorstellte, wenn sie um das volle Ausmaß seiner Sentimentalität gewusst hätte.

»Hallo, William!« Sie war also doch auf den Bahnhof gekommen und stand etwas abseits von den andern, genau wie er sich's vorgestellt hatte, und – Williams Herz vollführte einen Freudensprung – sie war allein!

»Hallo, Isabel!« William konnte den Blick nicht von ihr abwenden. Er fand sie so entzückend, dass er etwas sagen musste. »Wie schön kühl du aussiehst!«

»So?«, sagte Isabel. »Mir ist aber gar nicht kühl. Komm jetzt, dein dummer Zug hat Verspätung gehabt! Das Taxi steht draußen!« Als sie durch die Sperre gingen, legte sie ihm leise die Hand auf den Arm. »Wir sind alle da, um dich in Empfang zu nehmen«, sagte sie, »außer Bobby Kane. Den haben wir im Bäckerladen gelassen und müssen ihn auf dem Rückweg abholen.«

»Oh«, sagte William. Mehr konnte er im Augenblick nicht herauswürgen.

Im blendenden Licht draußen wartete das Taxi. Bill Hunt und Dennis Green waren auf der einen Seite hingefläzt, mit ins Gesicht gezogenen Hüten, während Moira Morrison mit einer Sonnenhaube wie einer Riesenerdbeere auf dem andern Sitz auf und ab hüpfte.

»Kein Eis! Kein Eis! Kein Eis!«, schrie sie vergnügt.

Und unter seinem Hut hervor schloss sich Dennis an: »Nur beim Fischhändler zu haben!«

Auch Bill Hunt tauchte auf: »Mit ganzen Fischen drin!«, schloss er.

»Oh, wie dumm!«, jammerte Isabel. Sie erklärte William, dass die andern den ganzen Ort nach Eis abgegrast hätten, während sie am Bahnhof auf ihn gewartet hatte. »Ohne Eis rinnt alles über die Steilkippe ins Meer hinunter, von der Butter angefangen!«

»Wir werden uns mit der Butter salben müssen«, meinte Dennis. »Möge dein Haupt nicht der Salbung ermangeln, o William!«

»Hört mal, wie sollen wir sitzen?«, sagte William. »Ich wohl am besten beim Fahrer.«

»Nein, Bobby Kane sitzt beim Fahrer«, sagte Isabel. »Du musst zwischen Moira und mir sitzen.« Das Taxi fuhr los. »Was hast du in den geheimnisvollen Paketen?«

»Enthauptete Häupter!«, rief Bill Hunt schaudernd unter seinem Hut hervor.

»Ah, Obst!« Isabels Stimme klang hoch erfreut. »Wie gescheit von dir, William! Eine Melone und eine Ananas! Wahnsinnig nett!«

»Nein, nein!«, sagte William lächelnd, obwohl er sehr besorgt war. »Die habe ich für die Jungen mitgebracht!«

»Aber, mein Bester!«, lachte Isabel und hakte sich bei ihm ein. »Die Kinder würden umkommen vor Bauchweh, wenn sie so etwas bekämen. Nein« – sie tätschelte seine Hand –, »denen kannst du das nächste Mal etwas mitbringen! Ich weigere mich, auf meine Ananas zu verzichten!«

»Grausame Mutter! Lass mich mal riechen!«, sagte Moira und reckte ihre flehenden Arme über William hinweg. »Oh!« Sie schien ganz mitgenommen – der Riesenerdbeerhut fiel vornüber.

»In Ananas verliebte Dame!«, sagte Dennis, und das Taxi hielt vor einem kleinen Laden mit einer gestreiften Markise. Bobby Kane trat ins Freie, den Arm voll kleiner Päckchen. »Ich hoffe schwer, dass sie gut sind. Hab' sie wegen der Farben ausgesucht. Ein paar runde Dinger sind wirklich himmlisch! Und seht bloß die Nugatstückchen«, rief er hingerissen. »Seht sie bloß mal an! Ein richtiges kleines Ballett!«

Doch da erschien der Ladenbesitzer. »Oh, bald hätt' ich's vergessen. Sie sind noch nicht bezahlt!«, sagte Bobby und sah besorgt aus. Isabel gab dem Ladenbesitzer einen Geldschein, und Bobby strahlte wieder. »Tag, William! Ja, ich sitze neben dem Fahrer!« Und ohne Hut, ganz in Weiß, mit bis zu den Schultern aufgekrempelten Ärmeln hüpfte er auf seinem Platz. *»Avanti!«*, rief er …

Nach dem Tee gingen die andern schwimmen, während William zu Hause blieb und mit seinen Kindern Frieden schloss. Aber dann waren Johnny und Paddy schlafen gegangen, das rosenrote Abendglühen war verblasst, die Fledermäuse schwirrten schon umher, und die Badegäste waren noch nicht zurückgekehrt. Als William die Treppe hinabstieg, ging das Mädchen mit einer Lampe in der Hand über den Flur. Er folgte ihr ins Wohnzimmer. Es war ein langer Raum mit gelben Wänden. Auf der Wand gegenüber von William hatte jemand einen überlebensgroßen jungen Mann auf sehr wackligen Beinen gemalt, der einer jungen Dame mit einem sehr kurzen und einem sehr langen, mageren Arm eine glotzäugige Margerite überreichte. Über dem Sofa und den Sesseln hingen schwarze, wie mit Eigelb bekleckste Stoffbahnen, und wohin man auch sah, standen randvolle Aschenbecher mit Zigarettenstummeln herum. William ließ sich in einen Sessel sinken. Wenn man früher in die Sofaritzen getastet hatte, kam oft ein dreibeiniges Schaf oder eine Kuh mit nur einem Horn oder eine sehr dicke Taube aus Noahs Arche zutage. Jetzt stieß man viel eher auf eins der broschierten Gedichtbändchen mit beschmuddelten Gedichten … Er dachte an das Briefbündel in seiner Brusttasche, aber er war zu hungrig und zu müde, um zu lesen. Die Wohnzimmertür stand auf; aus der Küche drangen Geräusche zu ihm. Die Dienstboten unterhielten sich, als wären sie allein im Haus. Plötzlich ein kreischendes Gelächter, auf das ein lautes »Scht!« folgte. Sie hatten sich offenbar erinnert, dass er da war. William stand auf und trat durch die hohe Glastür in den Garten hinaus, und während er dort im Dämmerlicht stand, hörte er die andern auf der sandigen Landstraße näher kommen. Ihre Stimmen hallten durch die Stille.

»Ich finde, Moira sollte mit ihren kleinen Tricks anrücken!« Moira stieß einen tragischen Seufzer aus.

»Wir sollten fürs Wochenende ein Grammophon mit schmalzigen Platten haben!«

»Nein, nein!«, rief Isabel. »Seid nicht so unfair zu William, Kinder! Könnt ihr nicht nett zu ihm sein? Er bleibt ja nur bis morgen Abend!«

»Überlasst ihn mir!«, rief Bobby Kane. »Ich verstehe es blendend, mich um andre Leute zu kümmern!«

Die Gartenpforte flog auf und wurde wieder geschlossen. William machte ein paar Schritte auf der Veranda; sie hatten ihn gesehen. »Hallo, William!« Und Bobby Kane begann sofort, auf dem versengten Rasen herumzuhüpfen und sein Handtuch zu schwenken. »Schade, dass du nicht gekommen bist, William! Das Wasser war gottvoll! Und nachher sind wir alle in eine kleine Kneipe gegangen und haben Schlehengin getrunken.«

Die andern waren schon vor dem Haus angelangt. »He, Isabel«, rief Bobby, »soll ich heut Abend mein Nijinsky-Kostüm anziehen?«

»Nein«, entschied Isabel, »wir ziehen uns nicht um. Wir sind alle halb verhungert. William auch. Kommt mit, *mes amis,* fangen wir mit Sardinen an!«

»Ich habe die Sardinen entdeckt!«, rief Moira, lief voraus und hielt eine Sardinenbüchse hoch.

»Dame mit Sardinenbüchse!«, sagte Dennis feierlich.

»Erzähl mal, William, wie sieht's in London aus?«, rief Bill Hunt und entkorkte eine Whiskyflasche.

»Oh, London hat sich nicht sehr verändert«, antwortete William.

»Das brave alte London!«, rief Bobby sehr gerührt und spießte eine Sardine auf. Doch im nächsten Augenblick hatten sie William vergessen. Moira hätte gern gewusst, welche Farbe die Beine im Wasser hätten.

»Meine sind ganz blass, so blass wie Champignons!«

Bill und Dennis schlangen ungeheure Mengen Essbares in sich hinein. Und Isabel füllte Gläser, wechselte Teller, sorgte für Zündhölzer – und lächelte beglückt. Einmal sagte sie sogar: »Ich wünschte, Bill, du würdest es malen!«

»Malen? Was?«, fragte Bill laut und stopfte sich die Backentaschen voll Brot.

»Uns«, sagte Isabel. »Hier um den Tisch herum. In zwanzig Jahren wäre es hochinteressant!«

Bill kniff die Augen zusammen und kaute weiter. »Kein gutes Licht«, sagte er grob, »viel zuviel Gelb!« Immer noch kauend. Auch das schien Isabel zu entzücken.

Doch nach dem Abendessen waren alle so müde, dass sie nur noch gähnen konnten, bis es spät genug war, sich ins Bett zu begeben …

Erst als William am nächsten Abend auf sein Taxi wartete, war er endlich mit Isabel allein. Als er seinen Koffer in die Halle hinuntertrug, verließ sie die andern und trat zu ihm. Sie bückte sich und hob seinen Koffer auf. »Was für ein Gewicht!«, sagte sie mit einem verlegenen kleinen Lachen. »Ich will ihn dir tragen! Bis zur Gartenpforte!«

»Aber warum denn?«, sagte William. »Natürlich nicht! Gib ihn mir!«

»Ach bitte, lass mich doch!«, sagte Isabel. »Ich

möchte gern, wirklich!« Sie gingen stumm nebeneinander her. William fand, dass es nichts zu sagen gab.

»So«, sagte Isabel triumphierend, stellte den Koffer hin und spähte besorgt die sandige Landstraße entlang. »Diesmal hab' ich dich kaum gesehen«, sagte sie atemlos. »Es ist immer so kurz, nicht wahr? Mir ist, als wärst du gerade erst gekommen! Das nächste Mal…« Das Taxi kam in Sicht. »Hoffentlich sorgt man in London gut für dich. Zu schade, dass die Jungen heute den ganzen Tag weg waren – aber Miss Neil hatte es so eingerichtet. Sie werden jammern, weil sie dich verpasst haben! Armer William – musst wieder nach London!« Das Taxi wendete. »Leb wohl!« Sie gab ihm einen eiligen kleinen Kuss. Dann war sie weg.

Felder und Bäume und Hecken glitten vorbei. Das Taxi ratterte durch das leere, tote Städtchen und fuhr knirschend das steile Stück zum Bahnhof hinauf. Der Zug stand schon da. William stieg sofort in ein Raucherabteil Erster Klasse und warf sich in eine Ecke, aber diesmal kümmerte er sich nicht um die mitgenommenen Schriftstücke. Er verschränkte die Arme über dem dumpfen unablässigen Nagen in seiner Brust. In Gedanken begann er einen Brief an Isabel zu schreiben.

Die Post kam spät – wie üblich. Sie saßen in

Liegestühlen unter bunten Sonnenschirmen vor dem Haus. Nur Bobby Kane lag auf dem Rasen – Isabel zu Füßen. Es war trübe und drückend. Der Tag glich einer schlaff niederhängenden Fahne.

»Ob's im Himmel auch Montage gibt?«, fragte Bobby kindlich.

Und Dennis murmelte: »Der Himmel wird ein einziger langer Montag sein!«

Isabel aber fragte sich, wo der Lachs hingeraten war, von dem sie gestern Abend gegessen hatten. Eigentlich hatte sie heute Mittag Fischmayonnaise vorsetzen wollen, und jetzt … Moira schlief. Schlafen war ihre neueste Entdeckung. »Es ist *so* wundervoll. Man macht einfach die Augen zu – das ist alles! Es ist *so* köstlich!«

Als der alte, wettergebräunte Briefträger auf seinem Dreirad die sandige Landstraße einhergestrampelt kam, hatte man das Gefühl, dass die Griffe an seiner Lenkstange eigentlich Ruder sein müssten.

Bill Hunt ließ sein Buch sinken. »Post!«, sagte er zufrieden, und alle warteten. Aber, o herzloser Briefträger, o bösartige Welt! Es war nur ein einziger Brief dabei, ein dicker, für Isabel. Nicht mal eine Zeitung!

»Und er ist bloß von William«, sagte Isabel trübselig.

»Von William? Schon?«

»Er schickt dir euren Trauschein zurück – als milde Warnung!«

»Hat man heutzutage noch Trauscheine? Ich dachte, die sind bloß für Dienstboten!«

»Seiten über Seiten! Schaut sie euch an. Brieflesende Dame!«, sagte Dennis.

Meine liebste, teuerste Isabel. Es waren tatsächlich Seiten über Seiten. Während Isabel las, wurde aus dem anfänglichen Staunen allmählich so etwas wie Beklemmung. Was in aller Welt mochte William bewogen haben ... Es war äußerst seltsam ... Wie konnte nur darauf ... Sie war verwirrt, regte sich auf, mehr und mehr, war sogar erschrocken. Das war wieder mal ganz William! Was sonst? Es war natürlich albern, musste albern sein, war lächerlich! »Hahaha! Ojemine!« Was sollte sie nur tun? Sie warf sich in ihren Liegestuhl zurück und lachte, bis sie nicht mehr aufhören konnte. »Erzähl's uns!«, riefen die andern. »Du musst es uns erzählen!«

»Noch so gern«, kicherte Isabel. Sie richtete sich auf, raffte die Briefseiten zusammen und winkte den andern damit. »Kommt bloß näher!«, rief sie. »Hört zu! Es ist zu köstlich! Ein Liebesbrief!«

»Ein Liebesbrief! Nein, wie himmlisch!« *Meine*

liebste, teuerste Isabel! Ihr Gelächter unterbrach sie, kaum hatte sie zu lesen begonnen.

»Weiter, Isabel! Es ist unbezahlbar!«

»Es ist ein toller Fund!«

»Oh, bitte, lies weiter, Isabel!«

Verhüte Gott, mein Liebling, dass ich deinem Glück im Wege stehe!

»Oh! Oh! Oh!«

»Scht! Scht! Scht!«

Und Isabel las weiter vor. Als sie beim Schluss angelangt war, bogen sie sich geradezu vor Lachen. Bobby wälzte sich auf dem Rasen und heulte fast.

»Den musst du mir geben, genau wie er ist!«, sagte Dennis sehr entschieden. »Für mein neues Buch: das wird ja ein ganzes Kapitel!«

»Oh, Isabel«, ächzte Moira, »die herrliche Stelle, wie er dich in seinen Armen hält!«

»Ich habe immer geglaubt, die bei Scheidungsprozessen vorgelegten Briefe wären Schwindel. Aber vor dem hier verblassen sie!«

»Gib ihn mir, du mein geliebtes Wesen!«, sagte Bobby Kane. »Ich will ihn selbst lesen!«

Aber wie überrascht waren sie alle, als Isabel den Brief in ihrer Hand zerknüllte. Sie lachte nicht mehr. Sie warf einen kurzen Blick auf die andern. Sie sah erschöpft aus. »Nein, nicht jetzt! Nicht jetzt«, stammelte sie.

Und ehe sie sich von ihrer Verblüffung erholt hatten, war Isabel ins Haus gerannt – durch die Halle – die Treppe hinauf in ihr Schlafzimmer. Sie ließ sich auf die Bettkante fallen. »Wie hässlich, wie scheußlich, wie gemein, wie ordinär!«, murrte Isabel. Sie drückte die Knöchel auf die Augen und schwankte hin und her. Sie sah sie wieder vor sich, jedoch nicht vier, sondern eher vierzig, wie sie lachten, höhnten, spotteten und die Hände nach dem Brief ausstreckten, aus dem sie ihnen vorlas. Williams Brief! Oh, wie schändlich! Wie hatte sie es nur tun können? *Verhüte Gott, mein Liebling, dass ich deinem Glück im Wege stehe.* William! Isabel drückte ihr Gesicht ins Kissen. Sie wusste, dass sogar das stille Schlafzimmer sie durchschaut hatte als das, was sie war: ein oberflächliches, verspieltes, eitles Geschöpf! …

Vom Garten klangen Stimmen herauf.

»Isabel, wir gehen baden! Komm mit!«

»Komm, du teuerstes Weib deines William!«

»Ruft sie noch einmal, bevor wir scheiden, oh, ruft sie noch einmal!«

Isabel richtete sich auf. Jetzt war es so weit, jetzt musste sie sich entscheiden! Sollte sie mit ihnen gehen – oder hierbleiben und an William schreiben? Was sollte sie nur tun? ›Ich muss einen Entschluss fassen!‹ Aber konnte es da noch

Zweifel geben? Natürlich würde sie hierbleiben und schreiben.

»Titania?«, flötete Moira.

»Isa-bel?«

Nein, es war zu schwierig! ›Ich – ich geh einfach mit und schreibe William später! Ein andermal. Nicht jetzt. Aber schreiben tu' ich bestimmt!‹, dachte sie rasch.

Und, auf ihre neue Manier lachend, lief sie die Treppe hinunter.

An der Bucht

I

Sehr früh am Morgen. Die Sonne war noch nicht aufgegangen, und die ganze Crescent-Bucht lag unter weißem Seenebel versteckt. Die großen, mit Buschwald überzogenen Hügel dahinter waren ganz in Nebel gehüllt. Man konnte nicht erkennen, wo sie aufhörten und wo die Koppeln und Bungalows begannen. Die sandige Straße war verschwunden, und auch die Koppeln und Bungalows auf der andern Seite, und hinter ihnen waren keine weißen, mit rötlichem Gras bedeckten Dünen: nichts war da, was hätte anzeigen können, wo der Strand und wo das Meer war. Starker Tau war gefallen. Das Gras war bläulich. Große Tautropfen hingen an den Büschen und zauderten zitternd; das silbrige, flaumige Wollgras hob sich schlaff auf seinen langen Stielen, und alle Ringelblumen und Nelken in den Bungalowgärten wurden von der Nässe zur Erde gebeugt. Tropfnass waren die kalten Fuchsien, runde Tauperlen lagen auf den flachen Kapuzinerblättern. Es sah aus, als hätte das Meer in der Dunkelheit lautlos angegriffen und als wäre eine riesige Woge herangerollt – wie weit wohl? Wenn man mitten in der Nacht aufgewacht wäre, hätte man vielleicht einen großen Fisch sehen können, wie er zum Fenster herein- und wieder hinausschnellte …

Ah – ah!, klang es von der schläfrigen See her. Und aus dem Buschwald drang das Geriesel kleiner Bäche, die rasch und leichtfüßig zwischen glatten Steinen hindurchschlüpften und sich in farnbewachsene Wasserlöcher stürzten, hinein und wieder hinaus; von großen Blättern klatschten dicke Tropfen nieder, und etwas anderes – was war es nur? – regte sich leise und zitterte, ein Zweig knackste, und dann eine solche Stille, als ob einer lausche.

Um die Ecke der Crescent-Bucht, zwischen aufgetürmten Felsbrocken, kam eine Schafherde angetrippelt. Sie drängten sich dicht aneinander, eine kleine, hüpfende Wollfläche, und ihre dünnen, steckendürren Beinchen trabten so rasch weiter, als hätten die Kälte und die Stille sie erschreckt. Hinter ihnen lief ein alter Schäferhund einher, die feuchten Pfoten sandig, die Nase am Boden, aber sorglos, als dächte er an etwas anderes. Und dann erschien in dem felsigen Durchlass der Schäfer selber. Er war ein hagerer, aufrechter alter Mann in einem Friesrock, der mit einem Gespinst winziger Tropfen bedeckt war, in einer unter den Knien zugebundenen Samthose und einem Schlapphut mit um die Krempe gebundenem blauem Taschentuch. Die eine Hand hatte er in den Gürtel gesteckt, die andre packte einen wunderbar glatten gelben Stock. Und während er so einherschritt und sich Zeit ließ, pfiff er leicht und leise vor sich hin, helle, ferne Flötentöne, die traurig und zärtlich klangen. Der alte Hund machte rein gewohnheitsmäßig ein paar Freudensprünge, gab es dann aber, beschämt wegen seines Leichtsinns, unvermittelt auf und machte an der Seite seines Herrn einige würdevolle Schritte. Die Schafe unternahmen kleine, trippelnde Vorstöße; sie begannen zu blöken, und gespenstige Herden und Hirten antworteten ihnen aus dem Meer.

»Bäh! Bääh!« Eine Zeitlang schienen sie stets auf dem gleichen Stück Land zu sein; vor ihnen dehnte sich die sandige Straße mit seichten Pfützen; zu beiden Seiten tropfnasse Büsche und schattenhafte Zäune. Dann kam ein Ungeheuer in Sicht: ein struppiger Riese streckte die Arme aus. Es war der hohe Eukalyptusbaum vor Mrs. Stubbs Laden, und ein starker Eukalyptusduft schlug ihnen entgegen, als sie daran vorüberzogen. Und jetzt glommen dicke Lichtflecke im Nebel. Der Schäfer hörte auf zu pfeifen; er rieb sich die rote Nase und den nassen Bart an seinem feuchten Ärmel ab, kniff die Augen zusammen und blickte dorthin, wo das Meer sein musste. Die Sonne ging auf. Es war erstaunlich, wie rasch der Nebel sich lichtete, fortstob, sich über der flachen Mulde auflöste, vom Buschwald fortrollte und verschwunden war, als müsse er eiligst entfliehen; große Nebellocken und Knäuel stießen und bedrängten einander, je mehr sich die Silberbahnen verbreiterten. Der ferne Himmel – ein helles, reines Blau – spiegelte sich in den Pfützen, und die Tropfen, die an den Telegrafendrähten entlangschwammen, blitzten wie lauter Lichtpunkte auf. Die hüpfende, glitzernde See war jetzt so grell, dass einem die Augen beim Hinschauen weh taten. Der Schäfer holte aus der Brusttasche eine Pfeife, deren Kopf so klein wie eine Eichel war, tastete nach der Tabakrolle, schabte ein paar Schnipsel ab und stopfte sie in den Pfeifenkopf. Er war ein ernster, stattlicher alter Mann. Als er die Pfeife anzündete und der blaue Rauch sich um seinen Kopf kräuselte, blickte der Hund, der ihn beobachtete, stolz zu ihm auf.

»Bäh! Bäääh!« Die Schafe fächerten auseinander. Sie hatten gerade die Sommerkolonie hinter sich, bevor der erste Schläfer sich umdrehte und den schlaftrunkenen Kopf hob. Das Blöken zog durch die Träume der kleinen Kinder… die ihre Arme hoben, um die süßen, wolligen Schlaflämmchen zu umarmen und zu herzen. Dann tauchte der erste Einwohner auf: es war Burnells Katze Florrie, die sich – wie immer viel zu früh – auf den Pfosten des Gartentors setzte und nach dem Milchmädchen Ausschau hielt. Als sie den alten Schäferhund sah, sprang sie rasch hoch, machte einen Buckel, zog den getigerten Kopf ein und schien sich hochmütig zu schütteln. »Puh! Was für ein vulgärer, widerlicher Kerl!«, sagte Florrie. Doch der alte Schäferhund blickte nicht auf, sondern zottelte, mit den Beinen nach beiden Seiten schlenkernd, vorbei. Nur das eine Ohr zuckte, um zu beweisen, dass er sie sah und für ein albernes junges Weibsbild hielt.

Im Buschwald erhob sich der Morgenwind, und der Geruch von Blättern und feuchter schwarzer Erde mischte sich mit dem herben Geruch des Meeres. Myriaden von Vögeln sangen. Ein Distelfink flog über den Kopf des Schäfers, setzte sich auf die äußerste Spitze eines Zweigs, kehrte sich der Sonne zu und plusterte seine kleinen Brustfedern auf. Jetzt waren die Schafe an der Hütte des Fischers und an der rußigen kleinen Maori-Hütte vorbeigezogen, in der Leila, das Milchmädchen, mit ihrer Großmutter wohnte. Sie zerstreuten sich über einen gelben Sumpf, und Wag, der Schäferhund, patschte ihnen nach, trieb sie zusammen und drängte sie gegen den steileren, engeren Felsenpass, der aus der Crescent-Bucht hinaus und zur Daylight-Bucht führte. »Bäh! Bäääh!«, drang das Blöken nur noch schwach herüber, als sie auf der schnell trocknenden Straße weiterschlingerten. Der Schäfer steckte seine Pfeife weg und ließ sie so in die Brusttasche gleiten, dass der kleine Kopf überhing. Und schnurstracks begann wieder das leise, leichte Pfeifen. Wag rannte auf einem Felsenband hinter etwas Riechendem her und kehrte angewidert um. Dann stießen, drängelten und schoben sich die Schafe um die Biegung, und der Schäfer folgte ihnen, bis auch er außer Sicht war.

II

Ein paar Minuten später öffnete sich die Hoftür des einen Bungalows, und eine Gestalt in einem breitgestreiften Badeanzug flog die Koppel hinunter, setzte über den Zauntritt, sauste durch das Bültgras in die Mulde hinein, stolperte die sandige Kuppe hinauf und raste wie ums liebe Leben über die großen, porösen Steine und über die kalten, nassen Kiesel bis auf den festen Sand, der wie Öl glänzte. Plitschplatsch! Plitschplatsch! Das Wasser quirlte um Stanley Burnells Beine, als er triumphierend hinauswatete. Der Erste im Wasser, wie gewöhnlich! Er hatte sie wieder alle geschlagen. Und er duckte sich, um Kopf und Schultern nass zu spritzen.

»Sei mir gegrüßt, Bruder! Heil dir, du Mächtiger!« Eine samtene Bassstimme dröhnte über das Wasser.

Verflixt und zugenäht! Hol ihn der Teufel! Stanley hob sich etwas an und sah weit draußen einen hüpfenden dunklen Kopf und einen erhobenen Arm. Es war Jonathan Trout – und schon vor ihm da! »Herrlicher Morgen!«, sang die Stimme. »Ja, sehr schön«, erwiderte Stanley kurz. Warum, zum Teufel, hielt sich der Bursche nicht an sein Stück Ufer? Warum musste er sich ausgerechnet hierherdrängeln? Stanley stieß sich ab, holte weit aus und kraulte drauflos. Aber Jonathan war ihm gewachsen. Er tauchte auf, das schwarze Haar glatt und nass auf der Stirn, der kurze Bart triefend.

»Mir hat heut Nacht was ganz Erstaunliches geträumt!«, rief er.

Was war nur los mit dem Mann? Diese Sucht, sich zu unterhalten, ärgerte Stanley maßlos. Und immer war es dasselbe, immer irgendein Unsinn über einen Traum, den er gehabt hatte, oder über einen verrückten Einfall, von dem er gehört hatte, oder einen Blödsinn, den er gelesen hatte. Stanley drehte sich auf den Rücken und strampelte mit den Beinen, bis er ein lebendiger Wasserspeier war. Aber auch dann noch… »Mir hat geträumt, dass ich in einer schrecklich hohen Steilwand hing und zu jemand hinunterschrie!« Sieht dir ähnlich, dachte Stanley. Mehr von der Sorte konnte er nicht ertragen. Er hörte auf zu planschen. »Hör mal, Trout«, sagte er, »ich muss mich heute sehr beeilen.«

»*Was* musst du?« Jonathan war so erstaunt – oder tat jedenfalls erstaunt –, dass er untersank und prustend wieder auftauchte.

»Ich wollte bloß sagen«, erwiderte Stanley, »dass ich keine Zeit habe, lange – herumzutrödeln. Ich will's hinter mich bringen. Bin in Eile. Muss heute Morgen arbeiten, verstehst du?«

Jonathan war weg, bevor Stanley seinen Satz beendet hatte. »Passiert, Freund!«, sagte die Bassstimme sanft, und er glitt durchs Wasser davon, fast ohne es aufzurühren… Aber ein verdammter Bursche war er doch! Er hatte Stanley sein morgendliches Bad verdorben. Was für ein lästiger Idiot der Mensch war! Stanley holte wieder aus, schwamm weit hinaus und ebenso schnell zurück, und dann eilte er den Strand hinauf. Er fühlte sich betrogen.

Jonathan blieb etwas länger im Wasser. Er lag auf dem Rücken, bewegte nur sachte die Hände wie Flossen und ließ seinen langen, hageren Körper vom Meer wiegen. Es war merkwürdig, denn trotz alledem konnte er Stanley Burnell gut leiden. Allerdings hatte er manchmal den teuflischsten Spaß daran, Stanley zu hänseln oder ihn hochzunehmen, aber im Grunde tat er ihm leid. Es lag etwas Rührendes in dem Drang, aus all und jedem eine Rekordleistung zu machen. Man konnte das Gefühl nicht loswerden, dass er eines Tages dabei versagen müsse – und wie belämmert stünde er dann da! Eine ungeheure Welle hob Jonathan auf, überholte ihn und überschlug sich, fröhlich rauschend, am Ufer. Was für eine prächtige das gewesen war! Und jetzt kam noch eine! Ja, so sollte man leben – sorglos, leichtsinnig, sich selbst überlassen! Er tastete nach dem Grund, watete aufs Ufer zu und drückte die Zehen in den festen, welligen Sand. Die Dinge leichtnehmen, nicht gegen Ebbe und Flut des Lebens ankämpfen, sondern nachgeben – das war's, was nottat! Das ständige Angespanntsein war ganz verkehrt. Leben – leben! Und der herrliche Morgen, der sich so jung und schön im ersten Licht badete, als freue er sich an seiner eigenen Pracht, schien zu flüstern: »Warum denn nicht?«

Doch jetzt, wo Jonathan aus dem Wasser heraus war, wurde er blau vor Kälte. Alles schmerzte – als ob ihm jemand das Blut aus den Adern wringen wollte! Und während er zitternd, mit verkrampften Muskeln, den Strand hinaufstelzte, fand auch er, dass ihm sein Bad verdorben war. Er war zu lange im Wasser geblieben.

III

Beryl war allein im Wohnzimmer, als Stanley in einem blauen Sergeanzug, mit steifem Kragen und getupfter Krawatte, erschien. Er sah fast unheimlich sauber und gepflegt aus: er wollte den ganzen Tag in der Stadt bleiben. Als er sich auf seinen Stuhl fallen ließ, holte er seine Uhr hervor und legte sie neben den Teller. »Ich habe genau fünfundzwanzig Minuten«, sagte er. »Könntest du bitte nachsehen, ob der Porridge fertig ist, Beryl?«

»Mutter holt ihn gerade«, sagte Beryl. Sie setzte sich an den Tisch und schenkte ihm Tee ein.

»Danke« – Stanley nahm einen Schluck. »Oh …«, rief er. »Du hast ja den Zucker vergessen!«

»Ach, verzeih!«

Aber auch jetzt bediente Beryl ihn nicht, sondern schob ihm nur die Zuckerdose zu. Was sollte denn das bedeuten? Während Stanley zugriff, zog er die Brauen in die Höhe und riss die blauen Augen auf. Er warf seiner Schwägerin einen raschen Blick zu und lehnte sich zurück.

»Ist was schiefgegangen?«, fragte er gleichmütig und betastete seinen Kragen.

Beryl hatte den Kopf gesenkt; sie drehte den Teller zwischen den Fingern herum.

»Nichts«, sagte sie leichthin. Dann blickte sie auf und lächelte Stanley an. »Wieso denn?«

»Ach – bloß so. Ich dachte nur, dass du ziemlich …«

In diesem Augenblick ging die Tür auf, und drei kleine Mädchen erschienen; jede trug einen Teller Porridge. Sie waren gleich gekleidet und hatten blaue Pullis und Pumphosen an; die braunen Beine waren nackt, und jede hatte das Haar geflochten und zu einem Pferdeschwanz aufgesteckt, wie sie das nannten. Hinter ihnen kam Mrs. Fairfield mit dem Tablett an.

»Vorsichtig, Kinder!«, mahnte sie. Aber sie nahmen sich mächtig in Acht. Sie liebten es, dass man ihnen erlaubte, etwas zu tragen. »Habt ihr Vater guten Morgen gewünscht?«

»Ja, Oma.« Sie setzten sich auf die Bank gegenüber von Stanley und Beryl.

»Guten Morgen, Stanley!« Die alte Mrs. Fairfield stellte ihm seinen Teller mit Porridge hin.

»Morgen, Mutter! Was macht der Junge?«

»Dem geht's gut! Heute Nacht ist er nur einmal aufgewacht. Was für ein herrlicher Morgen!« Die alte Frau, die ihre Hand auf den Brotlaib gelegt hatte, unterbrach sich, um durch die offene Tür in den Garten zu blicken. Das Meer rauschte. Durch das weit offene Fenster flutete die Sonne auf die gelb gefirnissten Wände und die Dielen. Alles auf dem Tisch funkelte und glitzerte. In der Mitte stand eine alte Salatschüssel mit gelber und roter Kapuzinerkresse.

Sie lächelte, und innige Zufriedenheit leuchtete aus ihren Blicken.

»Bitte schneide mir doch jetzt eine Scheibe Brot ab, Mutter!«, sagte Stanley. »Mir bleiben nur noch zwölfeinhalb Minuten, bis die Postkutsche kommt! Hat jemand dem Mädchen meine Schuhe zum Putzen gegeben?«

»Ja, sie stehen da!« Mrs. Fairfield ließ sich nicht aus der Ruhe bringen.

»O, Kezia! Warum bist du nur so ein Schmierfink?«, rief Beryl verzweifelt.

»Ich, Tante Beryl?« Kezia schaute sie verwundert an. Was hatte sie jetzt wieder angestellt? Sie hatte doch bloß eine Kuhle in ihrem Porridge gemacht und mit Milch gefüllt, und jetzt aß sie vom Rand her. Aber das tat sie jeden Morgen, und noch nie hatte jemand deswegen ein Wort gesagt.

»Warum kannst du nicht manierlich essen – wie Isabel und Lottie?« Wie ungerecht die Erwachsenen waren!

»Aber Lottie macht immer eine schwimmende Insel, nicht wahr, Lottie?«

»Ich nicht«, sagte Isabel selbstgefällig. »Ich streue nur Zucker drauf und gieße Milch drüber und esse. Bloß Babys spielen mit ihrem Essen rum!«

Stanley stieß seinen Stuhl zurück und stand auf.

»Könntest du mir bitte die Schuhe holen, Mutter? Und Beryl, wenn du fertig bist, tu mir den Gefallen, lauf ans Gartentor und halte die Postkutsche an! Spring zu deiner Mutter, Isabel, und frage sie, wo mein Hut hingeraten ist! Warte mal – habt ihr Kinder mit meinem Stock gespielt?«

»Nein, Vater!«

»Ich hatte ihn aber hierhergestellt!«, polterte Stanley los. »Ich weiß genau, dass ich ihn hier in diese Ecke gestellt habe! Wer hat ihn also gehabt? Ich habe keine Zeit zu verlieren! Seht euch um! Der Stock muss sich doch finden!«

Selbst Alice, das Mädchen, musste bei der Hetzjagd mitmachen. »Sie haben ihn hoffentlich nicht benutzt, um im Herd zu stochern?«

Stanley stürmte ins Schlafzimmer, wo Linda im Bett lag. »Ganz erstaunlich! Nichts, was mir gehört, bleibt an Ort und Stelle. Jetzt haben sie mir meinen Stock verkramt!«

»Deinen Stock, Liebster? Was für einen Stock?« Lindas Unsicherheit in solchen Fällen konnte nicht echt sein, meinte Stanley. Niemand erbarmte sich seiner!

»Die Post ist da! Die Post ist da, Stanley!«, rief Beryl vom Gartentor her.

Stanley winkte Linda nur zu. »Keine Zeit, mich zu verabschieden!«, schrie er. Es war als Strafe für sie gedacht.

Er riss seine Melone an sich, stürzte aus dem Haus und flog den Gartenweg hinab. Ja, die Postkutsche wartete schon, und Beryl lehnte sich über das offene Tor und lachte mit jemand, als sei nichts geschehen! Wie herzlos die Frauen waren! Sie hielten es für selbstverständlich, dass es die Aufgabe des Mannes war, sich abzurackern, während sie sich nicht mal die Mühe machten und darauf achteten, dass sein Stock nicht verschwand! Kelly ließ die Peitschenschnur über den Pferderücken spielen.

»Leb wohl, Stanley!«, rief Beryl liebreich und fröhlich. Leicht genug, Lebwohl zu sagen! Da stand sie, untätig, und legte die Hand über die Augen. Das Schlimmste daran war, dass Stanley auch Lebwohl rufen musste, um den Schein zu wahren. Dann sah er, wie sie sich umdrehte und fröhlich hüpfte und ins Haus zurücklief. Sie war froh, ihn losgeworden zu sein!

Ja, sie war noch so froh. Sie lief ins Wohnzimmer und rief: »Jetzt ist er weg!« Und Linda rief aus ihrem Zimmer: »Beryl? Ist Stanley weg?« Die alte Mrs. Fairfield erschien, auf dem Arm den kleinen Jungen in seinem Flanelljäckchen.

»Ist er weg?«

»Ja, er ist weg!«

Oh, was für eine Erleichterung! Was für ein Unterschied, den Mann aus dem Haus zu haben! Ihre Stimmen wurden anders, wenn sie miteinander sprachen, sie klangen warm und liebevoll und als hätten sie ein gemeinsames Geheimnis. Beryl trat an den Tisch. »Nimm noch eine Tasse Tee, Mutter! Er ist noch heiß!« Irgendwie musste die Tatsache gefeiert werden, dass sie jetzt tun konnten, was sie wollten. Kein Mann war da, der sie störte – der ganze herrliche Tag gehörte ihnen allein.

»Nein, danke, Kind«, sagte die alte Mrs. Fairfield, doch die Art, wie sie jetzt den Jungen hochfliegen ließ und ›hopsassasa!‹ rief, ließ erkennen, dass sie ebenso empfand. Die kleinen Mädchen liefen wie aus dem Verschlag herausgelassene Hühner auf die Koppel.

Sogar Alice, das Mädchen, in der Küche mit dem Abwaschen beschäftigt, ließ sich von der Stimmung anstecken und ging mit dem kostbaren Tankwasser auf geradezu verschwenderische Art um.

»Oh, diese Männer!«, sagte sie, tauchte die Teekanne ins Spülbecken und hielt sie noch immer unter Wasser, auch nachdem sie längst zu blubbern aufgehört hatte – gerade als wäre sie ein Mann, und Ertränken wäre noch zu gut für ihn.

IV

»Warte auf mich, Isabel! Kezia, warte doch!«

Die arme kleine Lottie war wieder einmal zurückgeblieben, weil sie es immer so furchtbar schwierig fand, allein über den Zauntritt zu steigen. Als sie auf der obersten Sprosse stand, begannen ihre Knie zu wackeln, und sie hielt sich am Pfosten. Jetzt sollte sie ein Bein hinüberschwingen – aber welches Bein? Das konnte sie nie entscheiden. Und wenn sie endlich mit verzweifeltem Aufstampfen ein Bein drübergesetzt hatte, war das Gefühl einfach grässlich. Halb war sie noch auf der Koppel, und halb war sie schon im Bültgras. Sie klammerte sich angstvoll an den Pfosten und rief laut: »Wartet auf mich!«

»Nein, du musst nicht auf sie warten, Kezia!«, bestimmte Isabel. »Sie ist so dumm! Immer stellt sie sich so an! Komm jetzt!« Und sie zog Kezia am Pulli. »Du darfst meinen Eimer nehmen, wenn du mitkommst!«, sagte sie freundlich.»Er ist größer als deiner!« Aber Kezia konnte Lottie nicht ganz allein lassen. Sie rannte zu ihr zurück. Lottie war unterdessen sehr rot im Gesicht geworden und schnaufte laut.

»Komm, hol den andern Fuß rüber!«, sagte Kezia.

»Aber wohin?«

Lottie blickte wie von einem Berggipfel auf Kezia nieder. »Hierhin, wo meine Hand ist!« Kezia klopfte auf die Stelle.

»Ach so – *dahin* meinst du!« Lottie schöpfte tief Atem und holte auch den andern Fuß hinüber.

»Jetzt dreh dich ein bisschen und setz dich hin und rutsche!«, sagte Kezia.

»Aber es ist gar nichts zum Hinsetzen da!«, jammerte Lottie.

Schließlich brachte sie es doch fertig, und sobald sie drüben war, schüttelte sie sich zurecht und strahlte.

»Ich kann schon viel besser übern Zauntritt klettern, nicht wahr, Kezia?«

Lottie war von hoffnungsfroher Gemütsart.

Die rosa und die blaue Sonnenhaube folgten Isabels roter Haube die rutschende, lose Sanddüne hinauf. Oben blieben sie stehen, überlegten, wohin sie gehen wollten, und schauten genau hin, wer schon alles da war. Wenn man sie von hinten sah, wie sie sich gegen den Himmel abhoben und mit ihren Spaten herumzeigten, glichen sie winzigen, ratlosen Forschungsreisenden.

Die ganze Samuel-Josephs-Brut war schon mitsamt der ›Stütze‹ da, die auf einem Feldstuhl saß und mittels eines um den Hals gebundenen Pfeifchens und eines Stocks zum Leiten der Spiele auf Ordnung achtete. Die Samuel-Josephs-Kinder spielten nie ohne Anweisung und dachten sich nie eigene Spiele aus. Taten sie es doch einmal, dann endete es damit, dass die Jungen den Mädchen Wasser in den Nacken schütteten und dass die Mädchen versuchten, den Jungen kleine schwarze Krabben in die Taschen zu stecken. Deshalb entwarfen Mrs. Josephs und die arme Stütze jeden Morgen ein Programm, wie sie es nannten, um sie zu beschäftigen und von Unfug abzuhalten. Meistens war es ein Wettbewerb oder Wettrennen oder ein gemeinsames ›Spiel‹. Alle begannen mit einem durchdringenden Pfiff der Stütze und endeten auch so. Es gab sogar Preise – große, ziemlich schmuddelige Päckchen, welche die Stütze mit säuerlichem Lächeln aus einer prallen Netztasche holte. Die Samuel-Josephs-Kinder kämpften schrecklich um die Preise und mogelten und kniffen einander in den Arm – aufs Kneifen verstanden sie sich besonders gut. Das eine Mal, als die Burnell-Kinder mit ihnen spielten, hatte Kezia einen Preis bekommen, und als sie drei kleine Papierfetzen abgewickelt hatte, lag innen drin ein sehr kleiner, verrosteter Schuhknöpfer. Sie begriff nicht, wie man sich deshalb so anstellen konnte …

Doch jetzt spielten sie nie mehr mit den Samuel-Josephs-Kindern und gingen auch nicht zu ihren Einladungen. Die Samuel-Josephs gaben immer Kindergesellschaften an der Bucht, und immer gab es die gleichen Sachen zu essen: ein großes Waschbecken mit sehr braunem Obstsalat, in Viertel geschnittene Rosinenbrötchen und einen Waschkrug voll eines Getränks, das die Stütze ›Limmonädchen‹ nannte. Und wenn man abends heimging, war die halbe Rüsche vom Kleid abgerissen oder irgendwas hatte sich über die schöne Stickereischürze ergossen, während die Samuel-Josephs wie die Wilden auf ihrem Rasen herumtanzten. Nein, sie waren zu scheußlich!

Am andern Ende des Strandes und nah beim Wasser huschten zwei kleine Jungen mit hochgekrempelten Hosen wie Spinnen hin und her. Der eine grub, und der andre trabte zum Wasser und wieder hinaus, jedes Mal seinen kleinen Eimer füllend. Das waren die Trout-Jungen Pip und Rags. Aber Pip grub so eifrig, und Rags half ihm so eifrig, dass sie ihre kleinen Kusinen erst sahen, als sie ganz nah vor ihnen standen.

»Da schaut mal!«, sagte Pip. »Schaut mal, was ich entdeckt habe!« Und er zeigte ihnen einen alten, nassen, eingedellten Stiefel. Die drei kleinen Mädchen staunten.

»Aber was wollt ihr denn damit machen?«, fragte Kezia.

»Ihn behalten, natürlich!« Pip war sehr herablassend. »Es ist Strandgut, versteht ihr?«

Ja, das sah Kezia ein. Trotzdem …

»Im Sand sind eine Unmenge Sachen vergraben«, erklärte Pip. »Von Wracks angeschwemmt. Kostbare Sachen. Man könnte sogar …«

»Aber warum muss Rags dauernd Wasser reingießen?«, fragte Lottie.

»Oh, zum Feuchthalten«, sagte Pip. »Damit sich's besser verarbeiten lässt. Mach weiter, Rags!«

Und der brave kleine Rags lief hin und her und goss Wasser hinein, das so braun wie Kakao wurde.

»He, soll ich euch mal zeigen, was ich gestern gefunden habe?«, fragte Pip mit geheimnisvoller Miene und steckte seinen Spaten in den Sand. »Ihr müsst aber versprechen, es nicht weiterzusagen!«

Sie versprachen es.

»Sagt: Hand aufs Herz, so wahr ich lebe!«

Die kleinen Mädchen sprachen es ihm nach. Pip holte etwas aus seiner Tasche, polierte es lange Zeit auf seinem Pulli, hauchte drauf und rieb weiter.

»Jetzt könnt ihr euch umdrehen!«, befahl er.

Sie drehten sich um.

»Schaut alle in die gleiche Richtung! Steht still! Jetzt!«

Er öffnete die Hand und hielt etwas ans Licht. Es blitzte, es funkelte, es war wunderschön grün.

»Ein Smarack!«, sagte Pip feierlich.

»Wirklich, Pip?« Sogar Isabel staunte.

Das schöne grüne Ding schien in Pips Fingern zu tanzen. Tante Beryl hatte einen ›Smarack-Ring‹, aber ihr Stein war bloß sehr klein. Der hier war so groß wie ein Stern und viel, viel schöner.

V

Im Laufe des Vormittags tauchten ganze Gruppen über den Sanddünen auf und zogen zum Strand hinunter, um zu baden. Es war ein stillschweigendes Übereinkommen, dass die Frauen und Kinder der Sommerkolonie ab elf Uhr den Strand für sich hatten. Zuerst zogen sich die Frauen aus, stiegen in ihre Badekleider und steckten die Köpfe in hässliche Kappen, die wie Schwammbeutel aussahen; dann wurden die Kinder ausgepellt. Über den ganzen Strand verstreut lagen Häufchen von Kleidern und Schuhen; die großen Sommerhüte, die mit Steinen beschwert waren, damit sie nicht wegflogen, glichen riesigen Muscheln. Es war seltsam, dass die See ganz anders zu rauschen schien, wenn all die hüpfenden, lachenden Menschen in die Wellen hineinliefen. Die alte Mrs. Fairfield – in einem lila Baumwollkleid und einem schwarzen, unter dem Kinn festgebundenen Hut – versammelte ihre Küchlein um sich und machte sie badefertig. Die kleinen Trout-Jungen zogen sich mit Wuppdich die Hemden über den Kopf, und schon sausten die fünf los, während ihre Großmutter die Hand schon halb im Strickbeutel hatte, um das Wollknäuel herauszuholen, sobald sie überzeugt war, dass alle fünf im Wasser waren.

Die stämmigen kleinen Mädchen waren nicht halb so tapfer wie die mageren, zart aussehenden kleinen Jungen. Pip und Rags zauderten keine Minute: fröstelnd hockten sie sich hin und klatschten aufs Wasser. Isabel, die zwölf Stöße, und Kezia, die beinah acht Stöße schwimmen konnte, folgten ihnen erst nach feierlichem Versprechen, dass sie nicht bespritzt würden. Lottie kam überhaupt nicht mit. Sie wollte sich gern auf ihre eigene Art im Wasser vergnügen, bitte! Und diese Art bestand darin, dass sie sich nah ans Wasser setzte, die Beine ausstreckte, die Knie aneinander, und mit den Armen unbestimmte Bewegungen machte, als erwarte sie, ins Meer hinausgeschwemmt zu werden. Kam aber mal eine größere Welle als die gewöhnlichen, eine Art Riesenschlange, auf sie zugerollt, dann krabbelte sie mit entsetztem Gesicht auf die Füße und floh wieder auf den Strand hinauf.

»Mutter, könntest du mir die hier gut aufheben?«

Zwei Ringe und eine feine Goldkette fielen Mrs. Fairfield in den Schoß.

»Ja, Kind. Aber badest du denn nicht von hier aus?«

»N – nein«, antwortete Beryl. Es klang unsicher. »Ich zieh' mich weiter drüben aus. Ich will mit Mrs. Harry Kember baden.«

»Also gut!« Aber Mrs. Fairfield bekam ihren schmalen Mund. Sie hielt nichts von Mrs. Harry Kember. Beryl wusste es.

Die arme alte Mutter, dachte sie lächelnd, als sie über die Steine hüpfte. Die arme alte Mutter! Alt war sie! Oh, was für eine Wonne, was für ein Glück war es, jung zu sein …!

»Sie sehen ja so vergnügt aus?«, sagte Mrs. Harry Kember. Sie kauerte auf den Steinen, hatte die Arme um die Knie gelegt und rauchte.

»Es ist so ein herrlicher Tag!«, antwortete Beryl und sah lächelnd auf sie herunter.

»Was Sie nicht sagen!« Mrs. Harry Kembers Stimme klang so, als wüsste sie mehr als nur das. Doch eigentlich klang ihre Stimme immer so, als wüsste sie mehr über einen als man selbst. Sie war eine lange, seltsam wirkende Frau mit schmalen Händen und Füßen. Auch ihr Gesicht war lang und schmal und sah verlebt aus; sogar ihre blonde, krause Ponyfranse wirkte versengt und welk. Sie war die einzige Frau an der Bucht, die rauchte, und sie rauchte unaufhörlich und behielt beim Sprechen die Zigarette im Mund; sie nahm sie nur heraus, wenn die Asche so lang war, dass man nicht verstand, weshalb sie nicht längst heruntergefallen war. Wenn sie nicht Bridge spielte – und sie spielte es Tag für Tag –, dann brachte sie ihre Zeit damit zu, in der prallen Sonne zu liegen. Sie konnte unglaublich viel Sonne vertragen und bekam nie genug. Trotzdem schien sie nie richtig warm zu werden. Ausgedörrt und kalt und welk lag sie wie ein angeschwemmtes Stück Treibholz auf den Steinen. Die Frauen in der Bucht hielten sie für allzu frei. Ihr Mangel an Eitelkeit, ihre ungepflegte Redeweise, die Art, wie sie mit Männern verkehrte, als wäre sie selbst ein Mann, und die Tatsache, dass sie sich nicht die Bohne um ihren Haushalt kümmerte und ihr Dienstmädchen ›Engel‹ nannte, waren unerhört! Wenn sie zum Beispiel auf der Verandatreppe stand, konnte sie mit ihrer gleichgültigen, müden Stimme dem Mädchen zurufen: »Sie könnten mir ein Taschentuch ranschleppen, Engel, falls ich noch eins habe, ja?« Und Engel, im Haar eine rote Schleife statt des weißen Häubchens und in weißen Schuhen, kam unverschämt grinsend angerannt. Es war geradezu ein Skandal! Allerdings hatte sie keine Kinder, und ihr Mann … Hier wurden die Stimmen jedes Mal lauter; sie klangen aufgebracht. Wie konnte er sie nur heiraten? Wie konnte er nur? Sicher war es wegen Geld gewesen, aber selbst dann …

Mrs. Kembers Mann war mindestens zehn Jahre jünger als sie und so unglaublich hübsch, dass er eher wie eine Skulptur oder wie ein ganz edles

Bild in einem amerikanischen Roman aussah statt wie ein gewöhnlicher Mann: schwarze Haare, dunkelblaue Augen, rote Lippen, ein träges, lässiges Lächeln, ein guter Tennisspieler, ein ausgezeichneter Tänzer – und bei alledem so geheimnisvoll! Harry Kember war wie ein Schlafwandler. Die Männer konnten ihn nicht ausstehen, es war kein vernünftiges Wort aus dem Burschen herauszubringen. Und um seine Frau kümmerte er sich ebenso wenig wie sie sich um ihn. Was für ein Leben mochte er führen? Natürlich munkelte man Geschichten über ihn, und was für welche! Unmöglich, sie weiterzuerzählen! Mit was für Frauen man ihn beobachtet hatte, in was für Lokalen man ihn gesehen hatte ... Aber es war nie ganz sicher, nie eindeutig. Manche Frauen in der Bucht glaubten im Stillen, er könne eines Tages einen Mord begehen. Ja, sogar wenn sie mit Mrs. Kember sprachen und das hässliche Sammelsurium musterten, in das sie sich gekleidet hatte, sahen sie sie lang hingestreckt am Strand liegen – aber kalt, blutig, und immer noch mit einer Zigarette im Mundwinkel.

Mrs. Kember stand auf, gähnte, öffnete ihre Gürtelschnalle und zog an der Schleife ihrer Bluse. Und Beryl stieg aus ihrem Rock, legte den Pulli ab und stand im kurzen weißen Unterrock da –

in einem Hemd, das Schleifchen auf den Schultern hatte.

»Liebe Güte«, rief Mrs. Harry Kember, »was für eine kleine Schönheit Sie sind!«

»Ach wo!«, sagte Beryl leise, doch als sie erst den einen und dann den andern Strumpf auszog, fühlte sie sich als kleine Schönheit.

»Wieso denn nicht, mein gutes Kind?«, sagte Mrs. Harry Kember und trat auf ihrem Unterrock herum. Nein, was für Wäsche sie trug! Eine blaue baumwollene Hose und eine Untertaille aus Leinen, die irgendwie an einen Kissenbezug erinnerte ... »Du trägst wohl kein Korsett, was?« Sie befühlte Beryls Hüften, und Beryl sprang mit einem zimperlichen kleinen Schrei beiseite. »Niemals!«, sagte sie dann stolz. »Glückliches Geschöpf!«, sagte Mrs. Kember und hakte ihr eigenes Korsett auf.

Beryl drehte ihr den Rücken zu und begann mit den komplizierten Verrenkungen eines Menschen, der gleichzeitig die Unterwäsche abstreifen und den Badeanzug anziehen will. »Aber gutes Kind, kümmere dich doch nicht um mich!«, sagte Mrs. Harry Kember. »Sei nicht so scheu! Ich will dich ja nicht fressen! Ich bin nicht gleich schockiert wie die alten Tanten drüben!« Und sie stimmte ihr sonderbar wieherndes Gelächter an und schnitt den andern Frauen eine Fratze. Aber Beryl war scheu. Sie hatte sich noch nie vor jemand nackt ausgezogen. War das albern? Mrs. Harry Kember schien es albern, ja sogar beschämend zu finden. Ja wirklich, warum scheu sein? Sie blickte rasch auf ihre Freundin, die so keck in ihrem zerrissenen Hemd dastand und sich eine Zigarette anzündete – und ein rasches, keckes, schlimmes Gefühl regte sich in ihr. Leichtsinnig lachend stieg sie in den schlaffen, sich sandig anfühlenden Badeanzug, der noch nicht ganz trocken war, und schloss die übersponnenen Knöpfe

»Na, siehst du wohl!«, sagte Mrs. Harry Kember. Sie gingen gemeinsam zum Strand hinunter. »Eigentlich ist es eine Sünde, dass du überhaupt Kleider trägst, mein gutes Kind! Das wird dir mal jemand sagen müssen.«

Das Wasser war ganz warm. Es war von einem wundervoll durchsichtigen Blau, dem silberne Lichter aufgesetzt waren; doch der Sand auf dem Grund sah golden aus: stieß man mit dem Zeh dagegen, dann stieg ein Wölkchen Goldstaub auf. Die Wellen reichten ihr jetzt bis an die Brust. Beryl stand mit ausgebreiteten Armen da und blickte ins Weite, und bei jeder kommenden Welle hüpfte sie ein ganz bisschen in die Höhe, sodass es aussah, als wäre es die Welle, die sie sachte hob.

»Ich bin dafür, dass hübsche Mädchen ihr Leben genießen«, sagte Mrs. Harry Kember. »Warum denn nicht? Lass dir nichts entgehen, mein Kind! Amüsiere dich!« Und plötzlich überschlug sie sich im Wasser, verschwand und schwamm schnell, so schnell wie eine Ratte, davon. Dann schnellte sie herum und begann zu Beryl zurückzuschwimmen. Sie wollte ihr noch etwas sagen. Beryl war zumute, als würde sie von der kalten Frau vergiftet, und doch sehnte sie sich danach, es zu hören. Aber wie seltsam, oh, wie grauenhaft! Als Mrs. Harry Kember nah herankam, sah sie in ihrer schwarzen Gummibadehaube und dem schläfrigen Gesicht, das nur mit dem Kinn übers Wasser ragte, genau wie eine grausige Karikatur ihres Mannes aus.

VI

In einem Liegestuhl unter einem Manukabaum, der in der Mitte des vorderen Rasens wuchs, verträumte Linda Burnell den Vormittag. Sie tat gar nichts. Sie schaute hinauf zu den dunklen, dichten, trocknen Blättern des Manuka und zu den Ritzen Himmelblau dazwischen, und dann und wann fiel eine winzig kleine gelbliche Blüte auf sie nieder. Hübsch gewiss; hielt man eine dieser

Blüten in der Handfläche und betrachtete man sie aus der Nähe, dann war es ein kostbares Dingelchen. Jedes blassgelbe Blütenblatt glänzte, als wäre es die sorgfältige Handarbeit einer liebevollen Hand. Die winzige Zunge in der Mitte verlieh ihm das Aussehen einer Glocke. Und wenn man es umdrehte, sah man das dunkle Bronzebraun der Außenseite. Aber sobald sie blühten, welkten sie und fielen und wurden verweht. Man wischte sie sich vom Kleid, während man mit jemandem sprach; die gräulichen kleinen Dinger verfingen sich im Haar. Warum blühten sie überhaupt? Wer machte sich die Mühe – oder die Freude –, all diese Dinge zu erschaffen, die so vergeudet wurden – vergeudet … Es war unheimlich.

Auf dem Rasen neben ihr, auf zwei Kissen, lag der kleine Junge. Er schlief fest, den Kopf von der Mutter abgewandt. Sein feines dunkles Haar glich eher einem Schatten als richtigen Haaren, doch das Ohr glühte wie dunkles Korallenrot. Linda verschränkte die Hände über dem Kopf und schlug die Füße übereinander. Wie erfreulich war der Gedanke, dass all die Bungalows leer waren, dass jedermann unten am Strand und weder zu sehen noch zu hören war! Sie hatte den Garten ganz für sich; sie war allein.

Blendend weiß leuchteten die Federnelken; die

Ringelblumen funkelten golden; die Kapuzinerkresse wand grüne und goldene Flammen um die Verandapfosten. Wenn man nur Zeit hätte, diese Blumen lange genug anzuschauen, Zeit, um über das Gefühl von etwas Neuem, Unbekanntem hinwegzukommen, Zeit, sie zu kennen! Aber kaum hielt man einmal inne, um die Blütenblätter auseinanderzuschieben oder die Unterseite eines Blattes zu erforschen, schon kam das Leben, und man wurde weggerissen. Und wie sie so in ihrem Liegestuhl lag, fühlte Linda sich so leicht, so wie ein Blatt. Kam das Leben daher wie ein Wind, wurde sie gepackt und geschüttelt; sie mussten mit. O Himmel, würde es immer so sein? Gab es kein Entkommen?

…Sie saß auf der Veranda ihres Elternhauses in Tasmanien und lehnte den Kopf gegen ihres Vaters Knie. Und er versprach ihr: ›Sobald du und ich alt genug sind, Linny, machen wir uns auf den Weg, irgendwohin, und reißen aus! Zwei Jungen unterwegs! Ich glaube, am liebsten würde ich einen chinesischen Fluss stromauf segeln!‹ Linda sah den Fluss vor sich, sehr breit war er, bedeckt mit kleinen Sampans und Booten. Sie sah die gelben Strohhüte der Bootsleute und hörte ihre hohen, hellen Stimmen, wie sie einander zuriefen…

›Ja, Papa!‹

Doch gerade da ging ein sehr breitschultriger junger Mann mit leuchtend roten Haaren langsam an ihrem Haus vorbei, und langsam, sogar feierlich zog er den Hut. Lindas Vater zupfte sie neckend am Ohr, wie es seine Art war.

›Linnys Verehrer!‹, flüsterte er.

›O Papa – was für eine Idee, mit Stanley Burnell verheiratet zu sein!‹

Und nun war sie mit ihm verheiratet. Und es kam noch hinzu, dass sie ihn liebte. Nicht den Stanley, den jedermann sah; nicht den alltäglichen Stanley, sondern einen schüchternen, sensiblen, unschuldigen Stanley, der jeden Abend niederkniete, um zu beten, der sich sehnte, gut zu sein. Stanley war ein einfacher Charakter. Wenn er an Menschen glaubte – wie er zum Beispiel an sie glaubte –, dann tat er es mit seinem ganzen Herzen. Er konnte nicht falsch sein; er konnte nicht lügen. Und wie schrecklich er litt, wenn er glaubte, dass jemand – sie – nicht ganz ehrlich, nicht ganz aufrichtig zu ihm war. ›Das ist mir zu spitzfindig!‹ Er warf die Worte nachlässig hin, aber sein offener, zitternder, verstörter Blick war wie der eines in die Falle gegangenen Tiers.

Das Schlimme war nur – und hier hätte Linda fast gelacht, obwohl es weiß Gott nicht zum Lachen war, dass sie *ihren* Stanley so selten sah. Flüchtige Augenblicke, kurze Momente, Atemholen in Stille – das gab es wohl, aber die ganze übrige Zeit war es so, als lebte man in einem Haus, das unvermeidbar dauernd Feuer zu fangen drohte, oder auf einem Schiff, das jeden Tag Schiffbruch erlitt. Und immer war es Stanley, der sich im Mittelpunkt der Gefahr befand, und ihre ganze Zeit brachte sie damit zu, ihn zu retten und wiederherzustellen und zu beruhigen und seine Beschwerde anzuhören. Und was dann noch von ihrer Zeit übrigblieb, verging in der Furcht, noch mehr Kinder zu bekommen. Linda zog die Brauen zusammen; sie richtete sich rasch im Liegestuhl auf und umklammerte ihre Knöchel. Ja, das war ihr Hauptgroll gegen das Leben; das war es, was sie nicht verstehen konnte. Das war die Frage, die sie wieder und immer wieder erhob, wenn sie vergebens auf Antwort lauschte. Es war ganz gut und recht zu behaupten, Kinderkriegen sei nun einmal das Los aller Frauen. Aber es war nicht wahr. Sie wenigstens konnte beweisen, dass es falsch war. Sie war gebrochen, geschwächt, ihr Lebensmut dahin – vom Kinderkriegen. Und es war doppelt schwer zu ertragen – weil sie ihre Kinder nicht liebte. Es war unnütz, sich da etwas vorzumachen. Selbst wenn sie die Kraft gehabt hätte, würde sie nie die kleinen Mädchen pflegen und mit ihnen spielen mögen. Nein, es war, als hätte auf jeder dieser grässlichen Reisen ein eisiger Hauch sie durch und durch erstarren lassen, und es war keine Wärme geblieben, die sie ihnen hätte geben können. Was den kleinen Jungen betraf, nun, Gott sei Dank hatte sich Mutter seiner angenommen: er war Mutters Junge oder Beryls, oder wer ihn sonst haben wollte. Sie hatte ihn kaum auf den Armen gehalten. Er war ihr so gleichgültig, dass sie, wie er so dalag ... Linda blickte hinunter.

Der kleine Junge hatte sich umgedreht. Er lag jetzt ihr zugewandt und schlief nicht mehr. Seine dunkelblauen Kinderaugen standen offen; er sah aus, als blicke er seine Mutter verstohlen an. Und plötzlich hatte er Grübchen im Gesicht; es verzog sich zu offenem, zahnlosem Lachen, zu einem wahren Strahlen. ›Ich bin hier!‹, schien das glückliche Lachen zu sagen. ›Warum hast du mich nicht lieb?‹

Es war etwas Eigenartiges, so Überraschendes in seinem Lachen, dass Linda selbst lachen musste. Aber gleich hielt sie wieder an sich und sagte kalt zu dem kleinen Jungen: »Ich kann Babys nicht leiden.«

›Kannst Babys nicht leiden?‹ Der Junge konnte es nicht glauben. ›*Mich* nicht leiden?‹ Seine Arme zappelten närrisch seiner Mutter entgegen.

Linda ließ sich vom Liegestuhl auf den Rasen gleiten.

»Warum lachst du immerzu?«, fragte sie streng. »Wenn du wüsstest, was ich gedacht habe, würdest du nicht mehr lachen!«

Aber er kniff nur schelmisch die Augen zu und drehte den Kopf auf dem Kissen hin und her. Er glaubte ihr kein Wort. ›Das kennen wir!‹, lächelte der kleine Junge.

Linda war maßlos erstaunt über das Vertrauen des kleinen Wesens … ach nein, sei ehrlich! Das war es nicht, was sie empfand; es war etwas ganz anderes, es war etwas so Neues, so … Die Tränen traten ihr in die Augen; ganz leise flüsterte sie: »Hallo, du Närrchen!«

Aber inzwischen hatte der Junge seine Mutter ganz vergessen. Etwas Rosiges, etwas Weiches bewegte sich vor seinem Gesicht. Er griff danach, und sofort verschwand es. Doch als er sich zurücklehnte, erschien noch eins, genau wie das erste. Diesmal war er entschlossen, es zu fangen. Er machte eine ungeheure Anstrengung – und rollte ganz herum.

VII

Es war Ebbe; der Strand lag verlassen da; das warme Meer plätscherte faul ans Ufer. Die Sonne prallte nieder, brannte heiß und feurig auf den feinen Sand und briet die grauen und blauen und schwarzen und weiß geäderten Kiesel. Sie saugte das Wassertröpfchen auf, das versteckt in der Höhlung der gewölbten Muschel lag; sie bleichte die rosa Winden, die sich durch die Sanddünen fädelten. Nichts schien sich zu rühren außer den kleinen Sandhüpfern. Pitt-pitt-pitt! Sie waren nie still.

Drüben auf den mit Seegras überzogenen Klippen, die bei Ebbe zottigen Tieren glichen, welche zum Trinken ans Wasser gekommen waren, flimmerte der Sonnenschein wie lauter in die kleinen Felstümpel geworfene Silbermünzen. Sie tanzten, sie zitterten, und winzige Rippelwellchen bespülten die porösen Ufer. Wenn man sich über sie beugte und hinabsah, war jeder Tümpel ein See mit rosa und blauen, über die Ufer hingestreuten Häusern. Und oh!, was für ein unendliches Bergland hinter diesen Häusern – mit Schluchten und Engpässen, mit gefährlichen Wildbächen und furchtbaren Pfaden, die an den Saum des Wassers führten! Unter der Oberfläche schwankte der Unterwasserwald: rosige, fadendünne Bäumchen,

Samtanemonen und Tang mit goldroten Beeren. Auf einmal geschah etwas mit den rosa schwankenden Bäumchen: sie wechselten die Farbe und zeigten ein kaltes Mondscheinblau. Und nun ertönte das leise ›Plop!‹ Wer hatte das Geräusch gemacht? Was ging da unten vor? Und wie herbe, wie feucht das Seegras in der heißen Sonne roch… Die grünen Sonnenmarkisen in den Bungalows der Sommerkolonie waren heruntergezogen. Erschöpft aussehende Badeanzüge und grob gestreifte Handtücher waren auf den Veranden oder Koppeln ausgebreitet oder auf die Zäune geworfen. Jedes Hoffenster schien auf seinem Fensterbrett mit Strandschuhen oder Gesteinsproben oder einem Eimer oder einer Sammlung von Pawamuscheln verziert zu sein. Der Buschwald flimmerte in Hitzeschleiern; die sandige Landstraße war leer, nur Trouts Hund Snooker lag ausgestreckt direkt in der Mitte. Das eine blaue Auge hatte er nach oben gewandt und die Beine steif von sich gestreckt; dann und wann stieß er einen verzweifelt klingenden Schnaufer aus, wie um zu sagen, er habe beschlossen, ein Ende zu machen, und warte nur auf ein freundlich daherkommendes Gefährt.

»Wohin schaust du, Oma? Warum hörst du immer wieder auf zu stricken und starrst die Wand an?«

Kezia und ihre Großmutter hielten Siesta miteinander. Das kleine Mädchen, das nur Höschen und Leibchen trug, lag mit nackten Beinen und Armen auf einem der aufgeschüttelten Kissen auf dem Bett ihrer Großmutter, und die alte Frau saß in einem weißen, volantbesetzten Morgenrock im Schaukelstuhl am Fenster, eine lange rosa Strickarbeit im Schoß. Das Zimmer, das sie sich teilten, war gleich den andern Zimmern des Bungalows aus hellem, gefirnisstem Holz, und der Fußboden war kahl. Die Möbel hätten nicht armseliger und einfacher sein können. Der Frisiertisch zum Beispiel bestand aus einer gewöhnlichen Holzkiste, die sich ein geblümtes Musselinröckchen umgehängt hatte, und der Spiegel darüber war sehr merkwürdig: als wäre ein kleiner Zickzackblitz darin eingefangen. Auf dem Tisch stand ein Kompottglas mit Strandnelken, die so fest hineingezwängt waren, dass sie eher einem Nadelkissen aus Samt glichen, und daneben lagen eine ungewöhnliche Muschel, die Kezia ihrer Großmutter als Nadelteller geschenkt hatte, und eine noch viel ungewöhnlichere Muschel, von der sie gemeint hatte, sie gäbe ein niedliches Gehäuse für eine Uhr ab, die sich da hineinkuscheln könne.

»Sag's mir doch, Oma!«, bat Kezia.

Die alte Frau seufzte, schlug den Wollfaden

zweimal um den Daumen und zog die beinerne Nadel hindurch; es war der erste Anschlag.

»Ich habe an deinen Onkel Willy gedacht, mein Kleines«, sagte sie leise.

»An meinen australischen Onkel William?«, fragte Kezia. Sie hatte noch einen anderen.

»Ja, natürlich.«

»An den, den ich nie gesehen habe?«

»Ja, an den.«

»Und was war mit ihm los?« Kezia wusste es ganz genau, aber sie wollte es noch einmal erzählt bekommen.

»Er ist zu den Goldfeldern gegangen, und dort hat er einen Sonnenstich bekommen und ist gestorben«, sagte die alte Mrs. Fairfield.

Kezia blinzelte nachdenklich und sah es wieder vor Augen … ein kleiner Mann, umgekippt wie ein Zinnsoldat, neben einer großen schwarzen Grube.

»Wirst du traurig, Oma, wenn du an ihn denkst?« Sie mochte es nicht, wenn ihre Großmama traurig war.

Jetzt wurde die alte Frau nachdenklich. Machte es sie traurig? So weit, weit zurückzublicken? All die Jahre zurückzublicken, wie Kezia es soeben mit angesehen hatte. *Ihnen* nachzublicken, wie Frauen es tun, noch lange, nachdem sie ihrer Sicht entschwunden sind. Machte es sie traurig? Nein, das Leben war nun einmal so.

»Nein, Kezia.«

»Aber warum?«, fragte Kezia. Sie hob ihren nackten Arm auf und begann, Krakel in die Luft zu zeichnen. »Warum musste Onkel William sterben? Er war noch nicht alt?«

Mrs. Fairfield begann, jeweils drei Maschen abzuzählen. »Es ist eben so gekommen«, sagte sie, in ihre Arbeit vertieft.

»Müssen alle Menschen sterben?«, fragte Kezia.

»Alle!«

»Ich auch?« Es klang furchtbar ungläubig.

»Später einmal, mein Kleines.«

»Aber Oma?« Kezia hob das linke Bein auf und wackelte mit den Zehen, die voll Sand waren. »Wenn ich nun einfach nicht will?«

Die alte Frau seufzte und zog einen langen Faden aus dem Knäuel.

»Wir werden nicht gefragt, Kezia«, sagte sie traurig. »Einmal ergeht's uns allen so.«

Kezia lag still und dachte darüber nach. Sie hatte keine Lust zu sterben. Dann würde sie von hier wegmüssen, von hier, von überall – weg, weg von ihrer Großmutter. Sie rollte sich schnell herum.

»Oma!«, rief sie erschrocken.

»Was, mein Liebes?«

»Du sollst aber nicht sterben!« Kezia äußerte sich sehr entschieden.

»Ach, Kezia…« Ihre Großmutter blickte auf und lächelte und schüttelte den Kopf. »Wir wollen lieber nicht darüber sprechen!«

»Aber du darfst nicht! Du kannst mich nicht alleinlassen! Einfach nicht mehr da sein – das geht nicht!« Es war furchtbar. »Versprich mir, dass du's niemals tun wirst, Oma!«, bettelte Kezia.

Die alte Frau strickte weiter.

»Versprich's mir! Sag ›niemals!‹«

Doch ihre Großmutter schwieg noch immer.

Kezia rollte vom Bett hinunter; sie konnte es nicht länger aushalten, und flink sprang sie ihrer Großmutter auf den Schoß, schlang ihr die Arme um den Hals und fing an, sie abzuküssen: unter dem Kinn, hinter dem Ohr, und sie pustete ihr in den Nacken.

»Sag nie… sag nie… sag nie…!«, ächzte sie zwischen den Küssen. Und dann begann sie sanft und zart, ihre Großmutter zu kitzeln.

»Kezia!« Die alte Frau ließ ihr Strickzeug sinken. Sie warf sich im Schaukelstuhl zurück. Sie begann ihrerseits, Kezia zu kitzeln. »Sag nie, sag nie, sag nie!«, sprudelte Kezia hervor, während sie einander lachend in den Armen lagen. »Komm, jetzt ist's genug, mein Eichkätzchen! Jetzt ist's genug, mein wildes Pferdchen!«, sagte die alte Mrs. Fairfield und rückte ihre Haube gerade. »Heb mir mein Strickzeug auf!«

Beide hatten vergessen, um was es mit dem ›Nie‹ ging.

VIII

Die Sonne schien noch prall auf den Garten, als die Hoftür von Burnells Bungalow zugeknallt wurde und eine sehr vergnügte Person auf dem Gartenpfad zum Tor ging. Es war das Dienstmädchen Alice, für ihren freien Nachmittag ›fein gemacht‹. Sie trug ein weißes Baumwollkleid mit so großen und so vielen roten Punkten, dass es einem schlecht werden konnte, und weiße Schuhe und einen italienischen Strohhut, der auf der Unterseite mit Mohnblüten verziert war. Natürlich trug sie auch Handschuhe – weiße, mit Rostflecken um die Druckknöpfe herum –, und in der einen Hand hielt sie einen sehr flotten Sonnenschirm, den sie ihren ›Paraplü‹ nannte.

Beryl, die am Fenster saß und ihr frisch gewaschenes Haar trocken fächelte, meinte, noch nie eine derartige Vogelscheuche gesehen zu haben. Hätte sich Alice, bevor sie ausging, das Gesicht mit einem angekohlten Korken geschwärzt, wäre das Bild vollständig gewesen. Und wohin ging ein Mädchen wie sie in einem Ort wie dem hier? Der herzförmige Palmblattfächer fächelte verächtlich auf die schöne, schimmernde Haarfülle ein. Sie vermutete, dass Alice sich irgendeinen grässlich ordinären Rowdy aufgegabelt hatte und dass sie zusammen in den Buschwald ziehen würden. Töricht, sich so auffallend anzuziehen! Mit einer so aufgetakelten Alice würden sie es schwer haben, sich zu verstecken.

Aber Beryl war nicht gerecht. Alice ging zum Tee zu Mrs. Stubbs, die ihr durch den kleinen Laufburschen, der immer die Bestellungen einsammeln musste, eine Einladung geschickt hatte. Alice hatte Mrs. Stubbs sehr in ihr Herz geschlossen, schon seit dem ersten Mal, als sie in den Laden ging, um ein Mittel gegen Moskitos zu kaufen.

»Meine Güte!« Mrs. Stubbs hatte die Hände zusammengeschlagen. »Noch nie hab' ich jemand gesehen, der so zerstochen war! Als wären Sie bei den Kannibalen gewesen!« Immerhin wünschte Alice, die Straße wäre ein bisschen belebter. Sie fand es ein bisschen gruselig, dass niemand hinter ihr ging. Da wurde einem ja ganz weich in den Knochen! Sie glaubte felsenfest, dass jemand sie beobachtete. Aber es wäre dumm von ihr gewesen, sich umzudrehen – denn damit hätte sie sich verraten. Sie zog die Handschuhe hoch, summte sich eins und sagte zu dem Eukalyptusbaum weiter vorn: »Lange kann's nicht mehr dauern!« Doch der war auch nicht die richtige Begleitung.

Mrs. Stubbs' Laden thronte auf einer kleinen Anhöhe ziemlich nah an der Landstraße. Das Häuschen hatte zwei große Fenster als Augen und eine breite Veranda als Hut, und das Schild auf dem Dach, das in Krakelbuchstaben MRS. STUBBS' WARENHAUS ankündigte, glich einer verwegen hinters Hutband gesteckten Visitenkarte.

Auf der Veranda hing eine lange Leine voller Badeanzüge, die sich aneinanderdrängten, als wären sie soeben aus dem Meer gerettet worden, und nicht, als warteten sie nur darauf, ins Wasser zu gehen; und neben ihnen hing ein Büschel Strandschuhe in einem so erstaunlichen Durcheinander, dass man mindestens fünfzig herunterreißen und trennen musste, wollte man ein Paar finden. Selbst dann kam es äußerst selten vor, dass der Linke wirklich zum Rechten gehörte. Viele Leute hatten die Geduld verloren und waren mit einem Schuh weggegangen, der gut passte, und mit einem andern, der ein bisschen zu groß war… Mrs. Stubbs setzte ihren Stolz darein, von allem etwas zu führen. Die Ware in den beiden vollgepfropften Schaufenstern war in Form von Pyramiden riskant aufgetürmt und konnte höchstens durch einen Zauberkünstler vor dem Einsturz bewahrt werden. In der linken Ecke des einen Fensters klebte, mit vier Gummibonbons an der Scheibe befestigt, eine Bekanntmachung – war aber schon seit undenklichen Zeiten dort:

VERLOREN! HÜBSCHE GOLDBROSCHE
ECHT GOLDEN
AM STRAND ODER NAHEBEI
BELOHNUNG ZUGESICHERT

Alice stieß die Tür auf; die Ladenklingel bimmelte, die roten Sergevorhänge teilten sich, und Mrs. Stubbs erschien. Mit ihrem breiten Lächeln und dem langen Fleischmesser in der Hand glich sie einem freundlichen Seeräuber. Alice wurde so warmherzig begrüßt, dass es ihr richtig schwerfiel, ihre Besuchsmanieren beizubehalten. Diese bestanden darin, dass sie unentwegt hüstelte und sich räusperte, an ihren Handschuhen zupfte, den Rock zusammenkniff und die größte Mühe hatte zu sehen, was ihr vorgesetzt, oder zu verstehen, was zu ihr gesagt wurde.

Der Teetisch war in der guten Stube gedeckt, beladen mit Schinken, Sardinen, einem ganzen Laib Butter und einem riesigen Weizenmehlkuchen, der wie eine Backpulverreklame wirkte. Doch der Primuskocher brodelte so laut, dass jeder Versuch, ihn zu überschreien, sinnlos gewesen wäre.

Alice setzte sich auf die äußerste Kante eines Korbstuhls, und Mrs. Stubbs pumpte die Flamme des Spiritusbrenners noch höher.

Plötzlich riss sie das Kissen von einem Stuhl herunter und brachte ein Paket in braunem Packpapier zum Vorschein.

»Ich habe gerade ein paar neue Aufnahmen machen lassen«, schrie sie Alice vergnügt zu. »Sagen Sie mal, wie Sie sie finden!«

Sehr geziert und fein benetzte Alice ihren Finger und schlug das Seidenpapier zurück. Herrje, wie viele es waren! Mindestens drei Dutzend! Und sie hielt das erste ans Licht.

Mrs. Stubbs saß in einem Sessel, sehr zur Seite gewandt. Ein Ausdruck gelinden Staunens stand in ihrem Gesicht, und das war nur zu begreiflich. Denn obwohl der Sessel auf einem Teppich stand, brauste gleich links wunderbarerweise ein Wasserfall an der Teppichkante entlang. Rechter Hand stand eine griechische Säule, eingerahmt von zwei riesigen Farnbäumen, und im Hintergrund ragte, weiß vor lauter Schnee, ein hochmütiger Berg auf.

»Sehr geschmackvoll, nicht wahr?«, schrie Mrs. Stubbs, und Alice hatte gerade »Reizend!« geschrien, als das Gebrüll des Primuskochers nachließ, verzischte und aufhörte, sodass sie in einer Stille, die erschreckend war, »Sehr hübsch!« schrie.

»Rücken Sie Ihren Stuhl heran, meine Liebe«, sagte Mrs. Stubbs und begann einzugießen. »Ja«, sagte sie nachdenklich, als sie Alice die Tasse reichte, »aber die Größe gefällt mir nicht! Ich lass' mir Vergrößerungen machen. Für Weihnachtskarten mag's ja angehen, aber aus kleinen Fotos hab' ich mir nie was gemacht. Man hat keine Freude an ihnen. Ich finde sie, offen gestanden, deprimierend!«

Alice konnte sie gut verstehen.

»Format!«, sagte Mrs. Stubbs. »Nichts geht über Format. Das hat mein armer guter Mann immer gesagt. Alles, was klein war, konnt' er nicht leiden. Aber denken Sie, meine Liebe, wie sonderbar« – hier quietschte Mrs. Stubbs und schien in der Erinnerung daran anzuschwellen, »Herzerweiterung war's, die ihn zuletzt erwischt hat. Oft und oft haben sie's ihm halbliterweise im Krankenhaus abgezapft... Mir kam's vor wie so'n Strafgericht!«

Alice brannte darauf, zu erfahren, was sie ihm eigentlich abgezapft hatten. Sie nahm einen Anlauf. »Vermutlich war's Wasser«, sagte sie.

Aber Mrs. Stubbs ließ Alice nicht aus den Augen, als sie bedeutsam antwortete: »Es war *liquide*, meine Liebe!«

Liquide! Alice schreckte wie eine Katze vor dem Wort zurück und kam dann wieder an – schnuppernd und auf der Hut.

»Das ist er!«, sagte Mrs. Stubbs und deutete theatralisch auf Kopf und Schultern eines vierschrötigen Mannes in Lebensgröße mit einer künstlichen weißen Rose im Knopfloch, die an einen Brocken kaltes Hammelfett erinnerte. Gleich darunter stand in silbernen Buchstaben auf rotem Pappkarton: ›Fürchte dich nicht! Ich bin es!‹

»Es ist ein mächtig nettes Gesicht«, sagte Alice zaghaft.

Die blassblaue Schleife zwischen dem krausen blonden Haar auf Mrs. Stubbs' Scheitel zitterte. Sie streckte ihren dicken Hals vor. Was für ein Hals das war! Hellrosa fing er an, ging in ein warmes Aprikosenrot über und verblasste dann, bis er wie ein braunes und schließlich wie ein sahnefarbenes Ei aussah.

»Trotzdem, meine Liebe«, erklärte sie überraschenderweise, »Freiheit ist das Beste!« Ihr weiches, fettes Glucksen hörte sich wie zufriedenes Schnurren an. »Freiheit ist das Beste!«, sagte Mrs. Stubbs noch einmal.

Freiheit! Alice stieß ein lautes, törichtes Gekicher aus. Ihr war unbehaglich zumute. Ihre Gedanken flogen in ihre eigene kleine Küche zurück.

So wunderlich war ihr – sie wäre gern wieder dort gewesen.

IX

Nach dem Tee versammelte sich eine merkwürdige Gesellschaft in Burnells Waschhaus. Um den Tisch saßen ein Bulle, ein Gockelhahn, ein Esel – der dauernd vergaß, dass er ein Esel war – und ein Schaf und eine Biene. Das Waschhaus war für so eine Versammlung der ideale Ort, denn hier konnten sie so viel Lärm machen, wie sie wollten, und niemand unterbrach sie. Es war ein kleiner Wellblechschuppen, der etwas abseits vom Bungalow stand. Vor der Wand war ein tiefer Trog und in der Ecke ein Kupferkessel, obendrauf ein Wäschekorb mit Klammern. Auf dem Sims des kleinen, mit Spinnweb überzogenen Fensters hatten sich ein Kerzenstummel und eine Mausefalle eingefunden. Wäscheleinen spannten sich kreuz und quer unter der Decke, und an einem Pflock in der Wand hing ein großes, schweres, rostiges Hufeisen. Der Tisch stand in der Mitte, und an jeder Seite war eine Bank.

»Du kannst keine Biene sein, Kezia! Eine Biene ist kein Tier. Eine Biene is'n Inseck.«

»Oh, ich möchte aber doch so schrecklich gern

eine Biene sein!«, jammerte Kezia... »Eine winzig kleine Biene, mit gelbem Pelzchen und gestreiften Beinen.« Sie schlug die Beine unter sich und beugte sich über den Tisch. Sie war eine Biene – sie spürte es.

»Ein Inseck muss ein Tier sein!«, erklärte sie resolut. »Man kann's ja hören! Es ist nicht wie ein Fisch.«

»Ich bin ein Bulle! Ich bin ein Bulle!«, schrie Pip. Und er stieß ein so schauriges Gebrüll aus – wie machte er es bloß –, dass Lottie ganz ängstlich aussah.

»Ich will ein Schaf sein«, sagte der kleine Rags. »Heute früh ist eine große Schafherde hier durchgezogen!«

»Woher weißt du's?«

»Dad hat sie gehört! Bääääh!« Es klang wie vom jüngsten Lämmchen, das hinterdrein trippelt und anscheinend darauf wartet, dass man es trägt.

»Kikeriki!«, krähte Isabel schrill. Mit ihren roten Wangen und den blanken Augen sah sie ganz wie ein Gockelhahn aus. »Was soll ich sein?«, fragte Lottie jeden Einzelnen und saß lächelnd da und wartete, dass jemand für sie einen Entschluss fasste. Es musste etwas Leichtes sein.

»Du kannst ein Esel sein!«, schlug Kezia vor. »Hüha! Das kannst du nicht vergessen.«

»Hüha!«, wiederholte Lottie ernst. »Wann muss ich es sagen?«

»Ich erklär's, ich erklär's!«, sagte der Bulle. Er war's, der die Karten hatte. Er schwenkte sie um seinen Kopf. »Schau mal her, Lottie!« Er deckte eine Karte auf. »Es sind zwei Punkte drauf, siehst du sie? Wenn du nun die Karte in die Mitte legst und jemand anders hat auch eine Karte mit zwei Punkten, dann machst du ›Hüha!‹ und die Karte gehört dir!«

»Mir?« Lottie riss die Augen auf. »Zum Behalten?«

»Nein, Dummchen! Bloß beim Spielen, verstehst du? Bloß solange wir spielen.« Der Bulle war sehr ärgerlich über sie. »Oh, Lottie, du bist auch zu dumm!«, sagte der stolze Gockelhahn.

Lottie blickte beide an. Dann ließ sie den Kopf hängen; ihr Lippchen zitterte. »Ich möchte nicht mitspielen«, flüsterte sie. Die andern sahen sich wie Verschwörer an. Sie wussten alle, was das bedeutete. Lottie würde weggehen, und dann würde man sie irgendwo entdecken, wie sie mit über den Kopf geworfener Schürze in einer Ecke oder an einer Wand oder sogar hinter einem Stuhl stand.

»Doch, du musst mitspielen, Lottie! Es ist ganz einfach«, sagte Kezia.

Und Isabel, die ein schlechtes Gewissen hatte,

sagte genau wie ein Erwachsener: »Schau auf mich, Lottie, dann kannst du's im Nu!«

»Sei nicht bange, Lot«, sagte Pip. »Warte, ich weiß, was ich mache! Ich gebe dir die erste. Eigentlich ist's meine Karte, aber ich gebe sie dir. Da hast sie!« Und er knallte die Karte vor Lottie auf den Tisch.

Lottie lebte wieder auf. Aber jetzt war sie in einer andern Klemme. »Ich hab' kein Taschentuch«, sagte sie. »Ich brauch's dringend!«

»Hier, Lottie, du kannst meins haben!« Rags langte in seine Matrosenbluse und holte ein sehr feuchtes, zusammengeknotetes Taschentuch hervor. »Musst aber sehr vorsichtig sein!«, warnte er sie. »Nimm bloß den einen Zipfel! Nicht aufknoten! Ich hab' einen kleinen Seestern drin, den will ich mir zähmen!«

»Los jetzt, Kinder!«, sagte der Bulle. »Und merkt's euch: ihr dürft nicht in die Karten sehen! Ihr müsst die Hände unterm Tisch halten, bis ich sage: ›Los!‹«

Die Karten klatschten reihum auf den Tisch. Sie strengten sich mächtig an, etwas zu sehen, aber Pip war zu flink für sie. Es war sehr aufregend, im Waschhaus zu sitzen, und beinah hätten sie einen kleinen Chor von Tierstimmen ausprobiert, bevor Pip alle Karten ausgeteilt hatte.

»So, Lottie, du fängst an!«

Lottie streckte schüchtern die Hand aus, hob die oberste Karte von ihrem Häufchen, betrachtete sie gründlich – es war klar, dass sie die Punkte zählte – und deckte sie auf.

»Nein, Lottie, das ist verkehrt! Du darfst sie nicht zuerst anschauen! Du musst sie andersrum hinlegen!«

»Aber dann sieht's jeder gleichzeitig mit mir«, sagte Lottie. Das Spiel ging weiter. Muuuhuhu! Der Bulle war furchtbar. Er langte über den Tisch weg und schien die Karten aufzufressen.

Bssss!, machte die Biene.

Kikerikiiii! Vor lauter Aufregung sprang Isabel auf und zappelte mit den Ellbogen wie mit Flügeln.

Bääämh! Klein-Rags deckte den Karo-König auf, und Lottie zeigte eine Karte, die sie alle König von Spanien nannten. Sie hatte kaum noch eine Karte übrig.

»Warum rufst du nicht, Lottie?«

»Ich hab' vergessen, was ich bin«, sagte der Esel betrübt.

»Dann mach was andres! Kannst ein Hund sein! Wauwau!«

»O ja. Das ist *viel* leichter!« Lottie lächelte wieder. Aber als sie und Kezia beide eine Eins hatten, wartete Kezia absichtlich. Die andern machten Lottie Zeichen. Lottie wurde sehr rot; sie sah verwirrt aus, und endlich rief sie: »Hüha! Kezia!«

»Pst! Wartet mal!« Sie waren mitten im schönsten Spiel, als der Bulle sie unterbrach und die Hand hochhielt. »Was ist das? Was ist das für ein Geräusch?«

»Was für'n Geräusch? Was meinst du bloß?«, fragte der Gockelhahn.

»Scht! Still! Horcht mal!« Sie waren mäuschenstill. »Ich hab' gedacht, ich hätte was gehört – als ob einer klopft!«, sagte der Bulle.

»Wie hat sich's angehört?«, fragte das Schaf bedrückt. Keine Antwort.

Die Biene zitterte. »Warum haben wir bloß die Tür zugemacht?«, fragte sie leise. Ach ja, warum, warum hatten sie die Tür zugemacht?

Während des Spiels war der Nachmittag vergangen; der prachtvolle Sonnenuntergang hatte den Himmel in Flammen gesetzt und war erloschen. Und jetzt kam rasch das Dunkel übers Meer gerast, über die Dünen und die Koppel herauf. Sie fürchteten sich, in die Ecken des Waschhauses zu blicken, und doch mussten sie – konnten nicht anders. Und irgendwo weit, weit weg zündete ihre Großmutter die Lampe an. Die Markisen würden heruntergezogen; das Herdfeuer hüpfte über die Büchsen auf dem Sims.

»Es wäre scheußlich, wenn jetzt eine Spinne von der Decke auf den Tisch fallen würde, was?«, sagte der Bulle.

»Spinnen können nicht von der Decke fallen.«

»Doch, das können sie! Unsre Min hat uns erzählt, sie hat mal 'ne Spinne gesehen, die war so groß wie 'ne Untertasse und voll Haare – wie Stachelbeeren!«

Schnell fuhren all die kleinen Köpfe hoch, und all die kleinen Körper drängten sich aneinander, drückten einander.

»Warum kommt denn niemand und holt uns?«, rief der Hahn. Oh, diese Erwachsenen! Lachend und gemütlich saßen sie im Lampenlicht und tranken Tee! Sie hatten sie vergessen. Nein, nicht richtig vergessen. Das war's, was ihr Lachen bedeutete: sie hatten sich vorgenommen, sie einfach hier sich selbst zu überlassen!

Plötzlich stieß Lottie einen so durchdringenden Schrei aus, dass sie alle von den Bänken aufsprangen und auch alle schrien. »Ein Gesicht – ein Gesicht kuckt rein!«, kreischte Lottie. Es stimmte – es war keine Einbildung. Ein blasses Gesicht mit schwarzen Augen und einem schwarzen Bart war gegen die Fensterscheibe gedrückt.

»Oma! Mutter! Kommt doch!«

Aber noch ehe sie, übereinanderpurzelnd, die

Tür erreicht hatten, wurde sie geöffnet und Onkel Jonathan stand da. Er war gekommen, um seine kleinen Jungen nach Hause zu holen.

X

Er hatte schon eher kommen wollen, aber im Vordergarten hatte er Linda getroffen, die auf dem Rasen umherging, manchmal stehenblieb, um eine welke Federnelke abzuknipsen oder dem schweren Blütenkopf einer Edelnelke eine Stütze zu geben, oder um irgendeinen Duft genießerisch einzuatmen, und dann weiterging – immer mit ihrer leicht geistesabwesenden Miene.

Über ihrem weißen Kleid trug sie ein gelbes Tuch mit rosa Fransen aus dem Chinesenladen.

»Hallo, Jonathan!«, rief Linda. Und Jonathan riss sich den schäbigen Panamahut vom Kopf, drückte ihn an die Brust, sank auf ein Knie und küsste Linda die Hand.

»Sei mir gegrüßt, Allerschönste! Sei mir gegrüßt, himmlische Pfirsichblüte!«, brummte die Bassstimme sanft. »Wo sind die andern edlen Damen?«

»Beryl ist ausgegangen, um Bridge zu spielen, und Mutter badet den Jungen … Bist du hergekommen, um dir etwas zu leihen?«

Den Trouts fehlte es immer an irgendwelchen Sachen, und immer wandten sie sich in letzter Minute an die Burnells.

Aber Jonathan erwiderte nur: »Ja, ein bisschen Liebe und Freundlichkeit!«, und ging neben seiner Schwägerin einher. Linda ließ sich in Beryls Hängematte unter dem Manukabaum nieder, und Jonathan streckte sich neben ihr im Gras aus, rupfte einen langen Halm ab und begann daran zu kauen. Sie kannten einander gut. Kinderstimmen klangen aus den andern Gärten herüber. Der leichte Wagen eines Fischers rollte die sandige Landstraße entlang, und in weiter Ferne hörten sie einen Hund bellen; es klang so gedämpft, als hätte er seinen Kopf in einem Sack. Wenn man genau hinhorchte, konnte man noch gerade eben das leise Plätschern der See hören, die – jetzt bei Flut – über die Kiesel fegte. Langsam ging die Sonne unter.

»Am Montag musst du also wieder im Büro anfangen, nicht wahr, Jonathan?«, fragte Linda.

»Ja, am Montag öffnet sich die Käfigtür und schlägt dann für weitere elf Monate und sieben Tage hinter dem Opfer zu!«, antwortete Jonathan.

Linda schaukelte leise.

»Es muss furchtbar sein«, sagte sie langsam.

»Soll ich lachen – oder soll ich weinen, schöne

Schwester?« Linda war so mit Jonathans Redeweise vertraut, dass sie seine Frage nicht beachtete.

»Vermutlich gewöhnt man sich daran«, sagte sie träumerisch. »Man gewöhnt sich an alles.«

»Tut man das? Hm!« Das ›Hm‹ klang so tief, als brumme es unter dem Boden hervor. »Ich frage mich oft, wie man das macht«, fuhr er grübelnd fort. »Hab's selber nie fertiggebracht!«

Als Linda ihn betrachtete, wie er da im Gras lag, musste sie wieder denken, wie gut er doch aussähe. Seltsamer Gedanke, dass er nur ein einfacher Buchhalter war und dass Stanley doppelt so viel verdiente wie er. Was war los mit Jonathan? Er hatte keinen Ehrgeiz – sie nahm an, das war der Grund. Und doch spürte man, dass er ungewöhnlich begabt war. Musik liebte er leidenschaftlich, und jeder Penny, den er sich abknapsen konnte, wurde für Bücher ausgegeben. Er steckte immer voll neuer Einfälle, Pläne und Projekte. Doch aus allem wurde nichts. Frisch flammte das Feuer in Jonathan auf, man hörte es fast, wie es leise knatterte, aber im nächsten Moment war es schon wieder zusammengesunken – nichts blieb als Asche, und Jonathan ging mit einem Ausdruck in seinen schwarzen Augen herum, der wie Hunger aussah. Wenn es so mit ihm stand, dann übertrieb er seine wunderliche Redeweise noch mehr, und in der Kirche – er war Chorführer – sang er mit so erschreckend dramatischer Inbrunst, dass selbst der minderwertigste Choral eine unheilige Pracht annahm.

»Mir scheint es genauso blöde und genauso teuflisch, nächsten Montag ins Büro zu gehen, wie es mir immer erschienen ist und immer erscheinen wird«, sagte Jonathan. »Die besten Jahre seines Lebens auf einem Büroschemel hocken und von neun bis fünf in ein Hauptbuch zu kritzeln, das irgendwem gehört, das nenn' ich schlechten Gebrauch machen von dem … einen, einzigen Leben, das man hat, findest du nicht? Oder ist es ein schöner Traum?« Er drehte sich im Gras auf die Seite und blickte zu Linda auf. »Kannst du mir sagen, was der Unterschied zwischen meinem Leben und dem Leben eines gewöhnlichen Sträflings ist? *Ich* kann nur einen Unterschied sehen: dass ich mich selbst ins Gefängnis begeben habe und dass niemand mich je wieder herauslassen wird. Die Situation ist also noch unerträglicher. Denn wenn ich gegen meinen Willen – vielleicht sogar um mich schlagend – hineingestoßen worden wäre, dann hätte ich, sobald die Türe zu war, oder jedenfalls im Lauf von etwa fünf Jahren oder so, die Tatsache hingenommen und angefangen, mich für die Fliegen zu interessieren oder die Schritte des Wärters im Gang zu zählen – unter besonderer Beachtung möglicher Veränderungen in der Art seines Auftretens, und so weiter. Doch wie die Dinge jetzt stehen, bin ich ein Insekt, das aus freiem Willen in ein Zimmer geflogen ist. Ich pralle gegen die Wände, pralle gegen die Fensterscheiben, bumse gegen die Decke, ja tue alles nur Menschenmögliche – ausgenommen, dass ich wieder rausfliege. Und die ganze Zeit denke ich – wie der Falter oder Schmetterling oder was es nun ist: ›Ach, wie kurz ist das Leben! Ach, wie kurz ist das Leben.‹ Nur eine Nacht oder ein Tag ist mir gegönnt, und draußen ist der weite, gefahrvolle Garten, er wartet draußen, unentdeckt, unerforscht!«

»Aber wenn du das weißt«, begann Linda rasch, warum …«

»Ah!«, rief Jonathan, und das ›Ah‹ klang beinah jubelnd. »Da hast du mich erwischt! Warum? Ja, warum? Das ist die rätselhafte Frage, die einen verrückt machen kann. Warum fliege ich nicht wieder hinaus? Dort ist das Fenster – oder die Tür oder wie sonst ich reingekommen bin. Nicht hoffnungslos zugesperrt, nicht wahr? Warum finde ich sie nicht und fliege auf und davon? Das beantworte mir mal, Schwesterchen!« Doch er ließ ihr keine Zeit für eine Antwort.

»Und darin gleiche ich wieder genau dem Insekt. Aus irgendeinem Grunde« – Jonathan schob Pausen zwischen den einzelnen Wörtern ein – »ist es nicht erlaubt – ist es verboten – ist es gegen das Insektengesetz, mit dem Herumflattern und Kopfeinrennen und Scheibenhinaufkriechen aufzuhören, nicht eine Sekunde aufzuhören. Warum mache ich nicht Schluss mit dem Bürogehen? Warum zum Beispiel überlege ich nicht in diesem Augenblick ernstlich, was mich daran hindert, wegzugehen? Es ist nicht so, als wäre ich schrecklich angebunden. Ich muss für zwei Jungen sorgen – aber schließlich sind es Jungen. Ich könnte zur See gehen oder einen Posten im Hinterland bekommen, oder.« Plötzlich lächelte er Linda zu und sagte mit veränderter Stimme und als vertraue er ihr ein Geheimnis an: »Schwach! Schwach! Keine Vitalität! Kein fester Halt! Keine richtungsweisenden Grundsätze – nennen wir's mal so.« Doch dann stimmte die dunkle Samtstimme ein Verslein an: »Hört euch die Geschichte an, die ich jetzt berichten tu': …«, und beide verstummten.

Die Sonne war untergegangen. Im Westen lagerten große Ballungen rosenfarbener Wolken. Breite Lichtbahnen brachen durch die Wolken und hinter ihnen hervor, als wollten sie den ganzen Himmel einnehmen. Das Blau im Zenit verblasste; es verwandelte sich in fahles Gold, und der Buschwald, der sich dagegen abzeichnete, glomm dunkel und metallisch blank. Manchmal, wenn sich solche Lichtbahnen am Himmel zeigen, können sie wahrhaft erschreckend sein. Sie erinnern einen daran, dass dort oben Jehova thront, der Allmächtige, der eifervolle Gott, dessen Auge auf einem ruht, ewig wachsam, niemals müde. Und man erinnert sich, dass bei Seinem Kommen die ganze Erde beben und ein zusammengestürzter Totenacker sein wird; von kalten, strahlenden Engeln wird man hierhin und dorthin getrieben, und es bleibt keine Zeit zu erklären, was sich so einfach erklären ließe … Aber heute Abend schien es Linda, als wäre etwas unendlich Freudiges und Liebevolles in den silbernen Lichtbahnen. Und jetzt kam kein harscher Laut vom Meer her. Es atmete so leise, als wollte es all die zarte, freudige Schönheit in seine eigene Brust einziehen.

»Es ist alles falsch, alles falsch«, sagte Jonathans schattenhafte Stimme. »Es ist nicht der rechte Schauplatz, nicht die rechte Kulisse für … drei Büroschemel, drei Tintenfässer und ein Gazefenster.

Linda wusste, dass er sich niemals ändern würde, aber sie fragte: »Es ist doch selbst jetzt noch nicht zu spät?«

»Ich bin alt – ich bin alt!«, klagte Jonathan. Er beugte sich zu ihr hinüber und strich mit der Hand über seinen Kopf. »Sieh dir das an!« Sein schwarzes Haar war silbern gesprenkelt, wie die Brustfedern eines Birkhahns.

Linda war überrascht. Sie hätte nie gedacht, dass er schon grau wurde. Und doch, als er sich jetzt neben ihr erhob und seufzte und sich reckte, sah sie zum ersten Mal, dass er nicht beherzt, nicht tapfer, nicht unbekümmert war, sondern dass ihn schon das Alter angerührt hatte. Im dunkler werdenden Gras sah er lang aufgeschossen aus, und es fuhr ihr durch den Kopf: ›Er ist wie ein Halm.‹

Jonathan bückte sich noch einmal und küsste ihr die Finger. »Der Himmel lohne dir deine Geduld, holde Frau!«, murmelte er. »Ich muss die Erben meines Ruhms und Reichtums suchen gehen …« Dann war er verschwunden.

XI

In den Fenstern des Bungalows schimmerte Licht. Zwei goldene Vierecke fielen auf die Federnelken und die bemützten Ringelblumen. Die Katze Florrie kam auf die Veranda hinaus und setzte sich auf die oberste Treppenstufe – die weißen Pfoten nah beisammen, den Schwanz herumgelegt. Sie sah zufrieden aus und als hätte sie den ganzen Tag auf diesen Augenblick gewartet.

»Gottlob, die Nacht kommt!«, sagte Florrie. »Gottlob, der lange Tag ist vorbei!« Ihre Reineclaudenaugen öffneten sich. Gleich darauf erschallte das Gerumpel der Postkutsche und das Knallen von Kellys Peitsche. Sie kam so nah heran, dass man die Stimmen der aus der Stadt heimkehrenden Herren hören konnte, die laut miteinander sprachen. Sie hielt vor Burnells Gartentor.

Stanley war fast den halben Weg hinaufgegangen, ehe er Linda gewahrte. »Bist du's, Liebste?«

»Ja, Stanley.«

Er sprang über das Blumenbeet und nahm sie in die Arme.

Die vertraute, sehnsüchtige, kraftvolle Umarmung hüllte sie ein.

»Verzeih mir, Liebste, verzeih mir!«, stammelte Stanley, legte ihr die Hand unters Kinn und hob ihr Gesicht zu sich auf. »Verzeihen?«, lächelte Linda. »Wofür denn nur?«

»Großer Gott! Du kannst es nicht vergessen haben!«, rief Stanley Burnell. »Ich habe den ganzen Tag an nichts anderes gedacht! Ich habe einen schrecklichen Tag hinter mir! Hatte mich schon entschlossen, hinauszulaufen und dir zu telegrafieren, aber dann dachte ich, das Telegramm käme auch nicht früher zu dir als ich selber. Ich habe Qualen ausgestanden, Linda!«

»Aber Stanley«, sagte Linda, »was soll ich dir bloß verzeihen?«

»Linda!« Stanley war aufrichtig verletzt. »Hast du denn gar nicht gemerkt – du musst es doch gemerkt haben –, dass ich heute früh weggegangen bin, ohne dir Lebewohl zu sagen? Ich kann mir nicht vorstellen, wie ich dazu fähig war! Mein verflixtes Temperament ist natürlich schuld. Aber – na ja«, und er seufzte und zog sie wieder an sich, »für heute habe ich genug gelitten.«

»Was hast du da in der Hand?«, fragte Linda. »Neue Handschuhe? Zeig sie mal!«

»Oh, bloß ein Paar billige waschlederne«, sagte Stanley bescheiden. »Heute früh in der Kutsche habe ich gesehen, dass Bell welche trug, und als ich am Geschäft vorbeikam, bin ich hineingesprungen und habe mir auch ein Paar gekauft. Worüber lachst du? Du findest doch nicht, dass es verkehrt war oder doch?«

»Im *Ge*-genteil, Liebster«, sagte Linda. »Ich finde, dass es sehr vernünftig war!« Sie streifte den einen der hellen, breiten Handschuhe über ihre eigenen Finger und betrachtete ihre Hand, sie hin und her drehend. Sie lächelte noch immer.

Stanley hätte gern gesagt: ›Auch als ich sie kaufte, habe ich dauernd an dich gedacht.‹ Es entsprach der Wahrheit, aber aus irgendeinem Grund brachte er es nicht heraus. »Lass uns ins Haus gehen!«, sagte er.

XII

Warum empfindet man nachts alles ganz anders? Warum ist es so erregend, nachts wach zu sein, wenn alle andern schlafen? Es ist spät, sehr spät! Und doch fühlt man sich mit jedem Augenblick wacher und wacher, als erwache man langsam, fast mit jedem Atemzug, in eine neue Welt hinein, in eine schönere, spannendere und aufregendere Welt als die Tagwelt. Und was ist das für ein komisches Gefühl, dass man sich wie ein Verschwörer vorkommt? Leise und verstohlen bewegt man sich im Zimmer. Ohne das kleinste Geräusch hebt man etwas vom Frisiertisch auf und legt es wieder hin. Und alles, sogar der Bettpfosten, weiß um das Geheimnis, geht darauf ein, teilt es mit einem …

Bei Tage liebst du dein Zimmer nicht sehr. Du denkst nie daran. Du gehst ein und aus, die Tür öffnet sich und fliegt zu, der Schrank knarrt. Du setzt dich auf die Bettkante, ziehst andere Schuhe an und stürzt wieder hinaus. Du beugst dich zum

Spiegel hinunter, zwei Haarnadeln in die Frisur, Puder auf die Nase, und weg bist du wieder. Aber jetzt – ist es dir plötzlich lieb. Es ist ein goldiges, komisches kleines Zimmer! Es ist deins! Oh, wie herrlich, wenn einem etwas gehört! Meins – mein eigenes!

»Ewig die Meine?«

»Ja.« Ihre Lippen finden sich.

Nein, das hatte natürlich nichts damit zu tun! Das war alles Unsinn und Quatsch. Und doch sah Beryl auch gegen ihren Willen ganz deutlich zwei Menschen mitten im Zimmer stehen. Sie hatte ihm die Arme um den Hals gelegt; er hielt sie fest. Und jetzt flüsterte er: »Meine Schönheit! Meine kleine Schönheit!« Sie sprang vom Bett, rannte zum Fenster und kniete sich hin, die Ellbogen auf dem Fensterbrett. Aber auch die wundervolle Nacht, der Garten, jeder Busch und jedes Blatt, sogar der weiße Zaun, sogar die Sterne waren Verschwörer. So hell schien der Mond, dass die Blumen wie bei Tage leuchteten; die Schatten der Kapuzinerkresse mit ihren köstlichen, seerosenähnlichen Blättern und den weit offenen Kelchen fielen auf die silbrige Veranda. Der Manukabaum, von den Südwinden leicht geduckt, glich einem Vogel auf einem Bein, der eine Schwinge von sich streckt.

Doch als Beryl auf den Buschwald schaute, schien er ihr traurig zu sein. ›Wir sind stumme Bäume, die sich zum Nachthimmel aufrecken und nicht wissen, was sie erflehen!‹, sagte der Buschwald bekümmert.

Zwar – wenn du allein bist und über das Leben nachdenkst, ist es immer traurig. Die ganze Begeisterung und so weiter hat es an sich, plötzlich von dir abzufallen, und es ist so, als riefe in der Stille jemand deinen Namen, und als hörtest du den Namen zum ersten Mal! »Beryl!«

»Ja, hier bin ich! Ich bin Beryl! Wer ruft mich?«

»Beryl?«

»Lass mich zu dir kommen!«

Man ist einsam, wenn man für sich allein lebt. Natürlich sind immer Verwandte und Bekannte da, haufenweise; aber das meint sie nicht. Sie braucht einen, der die Beryl entdeckt, die keiner von ihnen kennt, der von ihr erwartet, dass sie immer jene Beryl bleibt. Sie will einen Liebsten haben.

»Nimm mich weg von all den andern Leuten, Liebster! Lass uns weit fortgehen. Wir wollen unser eigenes Leben leben, ganz neu, ganz unser eigen, vom allerersten Anfang an. Lass uns zusammen Feuer machen, lass uns setzen und zusammen essen! Lass uns abends lange erzählen!«

Und fast dachte sie: ›Rette mich, mein Liebster!

Rette mich!‹ … »Oh, mach schon! Sei nicht so prüde, mein gutes Kind! Amüsiere dich, solange du jung bist. Das rate ich dir!« Und ein lauter Sturzbach albernen Gelächters mischte sich in Mrs. Kembers lautes, gleichgültiges Gewieher.

Es ist nämlich so furchtbar schwierig, wenn man niemanden hat. Man ist allem so ausgeliefert. Man kann nicht einfach unhöflich sein. Und immer fürchtet man, unerfahren und langweilig zu erscheinen, wie die andern Gänse an der Bucht unten. Und – und es ist aufregend zu wissen, dass man Macht über jemanden hat. Ja, das zu wissen ist aufregend … Ach, weshalb, weshalb kommt ›er‹ nicht bald?

Wenn ich noch länger hier lebe, dachte Beryl, kann mir alles Mögliche zustoßen.

»Aber woher willst du wissen, dass er überhaupt kommt?«, spottete die Stimme … eine kleine Stimme in ihr.

Doch Beryl verscheucht sie. Sie würde nicht sitzen bleiben! Andere Mädchen vielleicht, aber nicht sie. Es war unmöglich, sich vorzustellen, dass Beryl Fairfield nie heiraten würde, das reizende, entzückende Geschöpf!

»Erinnern Sie sich an Beryl Fairfield?«

»Ob ich mich an sie erinnere? Als könnte ich sie je vergessen! In einem Sommer sah ich sie an der Bucht. Sie stand am Strand, in einem blauen« – nein, rosa – »Musselinkleid und mit einem großen, sahneweißen« – nein, schwarzen – »Strohhut. Aber das ist schon Jahre her!«

»Sie ist immer noch so schön, womöglich noch schöner!«

Beryl lächelte, biss sich auf die Lippe und schaute in den Garten hinaus. Und während sie so schaute, sah sie, wie jemand, ein Mann, die Straße verließ und die Koppel neben ihrem Zaun heraufkam, als wollte er geradenwegs zu ihr. Sie bekam Herzklopfen. Wer war das? Es konnte kein Einbrecher sein, bestimmt war es kein Einbrecher, denn er rauchte und ging ungezwungen einher. Beryl stockte das Herz; er schien sich umzudrehen und dann stillzustehen. Sie erkannte ihn.

»Guten Abend, Miss Beryl«, sagte die Stimme leise.

»Guten Abend.«

»Möchten Sie mitkommen – ein bisschen spazieren?«, fragte die schleppende Stimme.

Spazierengehen – mitten in der Nacht? »Nein, ich kann nicht. Alle sind im Bett. Jeder schläft.«

»Oh«, sagte die Stimme leichthin, und ein Hauch würzigen Tabaks wehte zu ihr hin, »ist doch egal, was die andern tun. Kommen Sie mit! Es ist eine herrliche Nacht. Und kein Mensch unterwegs.«

Beryl schüttelte den Kopf. Aber schon regte sich etwas in ihr, schon hob etwas das Haupt.

Die Stimme fragte: »Fürchten Sie sich?« Sie spottete: »Armes kleines Mädchen!«

»Kein bisschen«, antwortete sie. Während sie es sagte, schien das schwache Etwas sich zu erheben und ungeheuer mächtig zu werden: sie sehnte sich mitzugehen!

Und als fände der andere es ganz selbstverständlich, sagte er sanft und weich, aber bestimmt: »Komm schon!«

Beryl stieg aus dem niedrigen Fenster, überquerte die Veranda und lief über den Rasen ans Tor.

Er war vor ihr dort.

»So ist's recht!«, hauchte die Stimme und neckte: »Du hast doch nicht Angst? Du wirst doch nicht Angst haben?«

Sie hatte Angst. Denn seit sie hier war, erschien alles anders, und sie war entsetzt. Der Mondschein glitzerte grell, die Schatten waren wie Eisenstäbe. Sie wurde bei der Hand genommen.

»Kein bisschen«, sagte sie leichthin. »Warum sollte ich?«

Ihre Hand wurde sanft gedrückt und weitergezogen.

Sie blieb stehen.

»Nein, weiter komme ich nicht mit!«, sagte Beryl.

»Ach, Unsinn!« Harry Kember glaubte ihr nicht. »Komm schon! Wir gehen bloß bis zum Fuchsienbusch! Komm schon!«

Es war ein riesiger Fuchsienbusch. Er fiel wie ein Wasserfall über den Zaun. Darunter war es finster – eine dunkle kleine Höhle.

»Nein, wirklich, ich möchte nicht!«, sagte Beryl.

Einen Augenblick sagte Harry Kember nichts. Dann trat er nahe heran, lächelte ihr ins Gesicht und sagte rasch: »Sei nicht albern! Sei nicht albern!«

So ein Lächeln hatte sie noch nie gesehen. War er betrunken? Vor dem glitzernden, sinnlosen, fürchterlichen Lächeln erstarrte sie entsetzt. Was tat sie? Wie war sie hergekommen?, fragte der gestrenge Garten.

Da wurde das Tor aufgestoßen, und flink wie eine Katze glitt Harry Kember herein und riss sie an sich.

»Du kalte kleine Hexe!«, sagte die verhasste Stimme.

Aber Beryl war kräftig. Sie wand sich, duckte sich und riss sich los.

»Sie sind gemein, gemein!«, sagte sie.

»Warum sind Sie dann gekommen, verflixt noch mal!«, stotterte Harry Kember.

Niemand antwortete ihm.

Eine kleine Wolke zog gelassen am Mond vorüber. In dem kurzen, von Finsternis erfüllten Augenblick rauschte das Meer dumpf und verstört. Dann segelte die Wolke weiter, und das Rauschen des Meeres war ein undeutliches Murmeln, als erwache es aus einem dunklen Traum. Alles war still.

Die Seereise

Der Dampfer nach Picton sollte fahrplanmäßig um halb zwölf abfahren. Es war eine schöne Nacht, milde und sternklar, doch als sie aus dem Wagen stiegen und den Alten Pier entlanggingen, der in den Hafen vorstieß, wehte ein leichter Wind übers Wasser her und stieß gegen Fenellas Hut, sodass sie ihn festhalten musste. Es war dunkel auf dem Alten Pier, stockdunkel; die Wollschuppen, die Viehwagen, die hochaufragenden Kräne und die plumpe kleine Lokomotive schienen wie aus der Finsternis herausgeschnitten. Hier und da hing an einem runden Holzstoß, der wie ein riesiger schwarzer Pilz aussah, eine Laterne, die sich anscheinend fürchtete, ihr scheues, zitterndes Flämmchen in so viel Schwärze hinauszuschicken. Sie brannte leise vor sich hin, wie für sich allein. Fenellas Vater strebte mit raschen, weit ausholenden Schritten voran. Neben ihm trippelte ihre Großmutter in einem raschelnden schwarzen Mantel: beide gingen so schnell, dass Fenella von Zeit zu Zeit einen kleinen, nicht gerade würdevollen Hopser einschalten musste, um nicht nachzubleiben. Außer ihren eigenen Sachen, die zu einer säuberlichen Wurst zusammengerollt waren, trug sie, fest an sich gepresst, Großmutters Schirm, und der Griff, der ein Schwanenkopf war, pickte dauernd und ziemlich heftig auf ihre Schulter, als wolle auch er sie zur Eile antreiben ... Männer mit in die Stirn gezogenen Mützen und hochgestelltem Kragen schaukelten vorbei; ein paar ganz eingemummelte Frauen beeilten sich, und ein sehr kleiner Junge, von dem nur seine schwarzen Ärmchen und Beinchen aus einem weißen Wolltuch hervorschauten, wurde zwischen Vater und Mutter ärgerlich weitergezerrt: er sah wie ein Fliegenkind aus, das in die Sahne gefallen war.

Dann plötzlich – so plötzlich, dass Fenella und ihre Großmutter beide zusammenzuckten – dröhnte es hinter dem größten Wollschuppen, über dem eine Rauchfahne hing, wie ein lautes ›Mi-au!‹

»Das erste Signal!«, sagte ihr Vater kurz, und in dem Augenblick sahen sie auch schon den Dampfer. Er lag am dunklen Pier, fest vertäut und über und über mit runden goldenen Lichtern bestickt, gerade, als wollte er viel lieber zu den Sternen hinauffahren statt übers kalte Meer. Die Leute drängten sich auf den Laufsteg. Zuerst ging die Großmutter hinauf, dann kam der Vater und hinter ihm Fenella. Aufs Deck hinunter musste man einen großen Schritt machen, aber ein danebenstehender alter Matrose streckte ihr seine trockne, harte Hand hin. Und nun waren sie da! Sie machten den Leuten Platz und stellten sich unter eine kleine Eisentreppe, die zum Oberdeck führte. Dort begannen sie sich zu verabschieden.

»Hier ist dein Gepäck, Mutter!«, sagte Fenellas Vater und gab der Großmutter eine zweite zusammengeschnallte Wurst.

»Danke, Frank!«

»Hast du die Kabinenkarten gut verwahrt?«

»Ja, die habe ich!«

»Und eure Fahrkarten?«

Die Großmutter tastete in ihrem Handschuh nach ihnen und ließ ihn einen Zipfel sehen.

»Dann ist's gut!«

Es klang streng, doch Fenella, die ihn scharf beobachtete, fand, dass er müde und traurig aussähe. *Mi-au!* Das zweite Signal jaulte genau über ihren Köpfen, und eine Stimme – fast ein Aufschrei – brüllte: »Besucher von Bord!«

Fenella sah, wie ihres Vaters Lippen sagten: »Und bestelle Vater schöne Grüße von mir!« Und ihre Großmama antwortete ganz aufgeregt: »Natürlich, mein Junge! Aber geh jetzt! Sonst bleibst du an Bord! Geh jetzt, Frank, geh!«

»Lass nur, Mutter! Ich habe noch drei Minuten Zeit!« Sehr überrascht sah Fenella, dass ihr Vater den Hut abnahm. Er umarmte die Großmutter und drückte sie an sich. »Gott behüte dich, Mutter!«, hörte sie ihn sagen.

Und Großmama legte ihm die Hand mit dem schwarzen Zwirnhandschuh, der über dem Ringfinger durchgewetzt war, auf die Wange und schluchzte: »Gott behüte dich, mein lieber, tapferer Junge!«

Das war so schrecklich für Fenella, dass sie ihnen den Rücken kehrte, ein paarmal schluckte und mit finsterem Stirnrunzeln zu einem kleinen grünen Stern auf einer Mastspitze aufblickte. Aber sie musste sich wieder umdrehen, denn ihr Vater wollte gehen.

»Auf Wiedersehen, Fenella! Sei ein braves kleines Mädchen!« Sein feuchter, kühler Schnurrbart streifte ihre Wange. Doch sie packte seine Rockaufschläge.

»Wie lange muss ich wegbleiben?«, flüsterte sie ängstlich. Er sah sie nicht an. Er schob sie sanft weg und antwortete sanft: »Wir werden's sehen! Komm, gib mal deine Hand her!« Er steckte ihr etwas in die Hand. »Da hast du einen Shilling – falls du mal etwas brauchst!«

Ein ganzer Shilling? Da musste sie wohl für immer fort? »Vater!«, schrie sie, aber er war schon weg. Er war der letzte, der von Bord ging. Die Matrosen stemmten ihre Schultern gegen den Laufsteg. Ein dickes Tau flog wie eine riesige Schlange durch die Luft und schlug – plumps! – auf den Pier. Eine Glocke bimmelte; eine Pfeife schrillte. Lautlos begann der dunkle Pier wegzugleiten, wegzuschlittern und von ihnen abzurücken. Dann strudelte Wasser zwischen ihnen auf. Fenella strengte sich mächtig an, etwas zu erkennen. »War das Vater, der sich eben umgedreht hat?« – Oder winkte er? Oder stand er allein – oder ging er, allein? Der Wasserstreifen wurde breiter und dunkler. Jetzt begann der Dampfer sich sachte zu drehen und mit dem Bug aufs Meer zu zeigen. Es hatte keinen Zweck, noch länger Ausschau zu halten. Nichts war zu sehen als ein paar Lichter und das Zifferblatt der Uhr auf dem Stadthaus, das in der Luft schwebte, und noch mehr Lichter, kleine Spritzer nur, auf den dunklen Hügeln.

Der auffrischende Wind zerrte an Fenellas Kleidern; sie ging zu ihrer Großmutter zurück. Wie erleichtert war sie, dass Großmama nicht länger traurig zu sein schien. Sie hatte die eine Gepäckwurst auf die andre gelegt und sich mit gefalteten Händen, den Kopf ein bisschen schief, obendrauf gesetzt. Ihr Gesicht zeigte einen gespannten, frohen Ausdruck. Dann sah Fenella, dass sie die Lippen bewegte, und sie erriet, dass sie betete. Doch die alte Frau nickte ihr fröhlich zu, wie um anzudeuten, dass ihr Gebet gleich zu Ende sei. Sie ließ die Hände sinken, seufzte, faltete sie wieder, beugte sich vor und gab sich schließlich einen kleinen Ruck.

»Und jetzt, mein Kind«, sagte sie und griff an die Schleife ihrer Haubenbänder, »müssen wir uns nach unsrer Kabine umsehen! Bleib dicht bei mir und pass auf, dass du nicht ausrutschst!«

»Ja, Großmama!«

»Und gib acht, dass sich der Schirm nicht im Treppengeländer verfängt! Auf der Herfahrt hab' ich mit angesehen, wie ein schöner Schirm auf die Art halb durchbrach!«

»Ja, Großmama!«

Dunkle Männergestalten lehnten sich an die Reling. Beim Aufglimmen ihrer Pfeife war bald eine Nase, bald der Schirm einer Mütze oder auch ein Paar erstaunter Augenbrauen zu sehen. Fenella blickte empor. Hoch in Lüften stand eine kleine Gestalt, hatte die Hände in die Taschen der kurzen Jacke gebohrt und starrte aufs Meer hinaus. Das Schiff schaukelte nur ganz, ganz sacht, und Fenella meinte, dass auch die Sterne schaukelten. Und jetzt trat ein bleicher Steward in einer Leinenjacke, der hoch oben auf seiner Handfläche ein Tablett balancierte, aus einer hellen Tür und streifte sie beide. Durch diese Tür gingen sie nun vorsichtig über die hohe, messingbeschlagene Schwelle und dann eine so schrecklich steile Treppe hinunter, dass die Großmutter immer beide Füße auf jede Stufe aufsetzen musste; Fenella aber klammerte sich an das feuchtkalte Messinggeländer und dachte gar nicht mehr an den Schirm mit dem Schwanenhals. Am Ende der Treppe blieb die Großmutter stehen; Fenella fürchtete fast, sie könne wieder zu beten anfangen. Aber nein, sie suchte nur die Kabinenkarten hervor. Sie waren jetzt im Salon. Hier war es blendend hell und erstickend heiß. Die Luft roch nach Farbe und verbrannten Rippchen und Gummi. Fenella wünschte, ihre Großmama würde weitergehen, aber die alte Frau ließ sich Zeit. Ihr Blick war auf einen riesigen Korb mit Schinkensandwiches gefallen. Sie ging darauf zu und berührte das oberste leicht mit dem Finger.

»Wie viel kosten sie?«, fragte sie.

»Zwei Pence!«, schrie ein grober Steward und warf Messer und Gabel vor sie hin.

Großmama konnte es kaum glauben.

»Zwei Pence für *eins*?«, fragte sie.

»Stimmt«, sagte der Steward und zwinkerte seinen Kollegen zu.

Großmama machte ein spitzes, erstauntes Gesicht. Dann flüsterte sie Fenella hochmütig zu: »So eine Unverschämtheit!« Sie segelten durch die andre Tür hinaus und einen Durchgang entlang, an dem sich zu beiden Seiten Kabinen befanden. Eine furchtbar nette Stewardess kam auf sie zu. Sie war ganz in Blau gekleidet, und Kragen und Manschetten waren mit großen Messingknöpfen geschlossen. Sie schien Fenellas Großmutter gut zu kennen.

»So, Mrs. Crane, da wären Sie ja wieder bei uns«, sagte sie und klappte das Waschbecken herunter. »Es kommt nicht oft vor, dass Sie sich eine Kabine gönnen!«

»Das ist wahr«, sagte Großmama, »aber dank der Fürsorge meines lieben Sohnes kann ich diesmal…«

»Ich hoffe, dass…«, begann die Stewardess, drehte sich um und überflog mit einem langen, traurigen Blick Großmamas tiefes Schwarz und Fenellas schwarzes Kostüm, die schwarze Bluse und den Hut mit der Krepprose.

Die Großmutter nickte. »Es war Gottes Wille«, sagte sie.

Die Stewardess presste die Lippen zusammen, aber nach einem tiefen Atemzug schien sie aus sich herauszugehen.

»Ich sage immer«, erklärte sie, als wäre es ihre eigene Entdeckung, »früher oder später muss jeder von uns hinüber, das ist nun mal Tatsache.« Sie überlegte. »Kann ich Ihnen irgendetwas bringen, Mrs. Crane? Eine Tasse Tee? Ich weiß ja, dass es keinen Zweck hat, Ihnen ein bisschen was extra anzubieten, das die Kälte abhält.«

Die Großmutter schüttelte den Kopf. »Nein, danke! Wir haben ein paar Zwieback, und Fenella hat eine feine Banane!«

»Dann komm' ich später noch mal nachschauen«, sagte die Stewardess und schloss die Tür.

Was für eine winzig kleine Kabine es war! Als wäre sie mit Großmama in eine Kiste eingesperrt, dachte Fenella. Das dunkle runde Auge über dem Waschbecken blinkte sie trübe an. Fenella war es beklommen zumute. Sie stand an der Tür und umklammerte noch immer ihr Gepäck und den Schirm. Sollten sie sich hier drin ausziehen? Die Großmutter hatte schon ihren Kapotthut abgenommen, rollte die Bänder auf und befestigte jedes mit einer Nadel am Futter, ehe sie sie aufhängte. Ihr weißes Haar leuchtete wie Seide; der kleine Dutt im Nacken war mit einem schwarzen Netz bedeckt. Fenella hatte ihre Großmama kaum jemals mit bloßem Kopf gesehen; sie sah fremd aus.

»Ich werde mir den wollenen Kopfschal umbinden, den deine liebe Mutter mir gehäkelt hat«, sagte die Großmutter, schnallte die ›Wurst‹ auf, nahm den Kopfschal heraus und wand ihn sich um den Kopf; die grauen Bommeln tanzten über ihren Augenbrauen, als sie Fenella lieb und traurig zulächelte. Dann öffnete sie die Taille, und etwas darunter, und noch etwas darunter. Dann schien es einen kurzen, heftigen Kampf zu geben, und Großmama wurde ein bisschen rot. Schnippschnapp! Sie hatte ihr Korsett geöffnet! Mit einem Seufzer der Erleichterung setzte sie sich auf das Plüschsofa, zog langsam und sorgfältig die Stiefel mit den Gummieinsätzen aus und stellte sie nebeneinander hin. Bis Fenella Jacke und Rock ausgezogen und ihr Flanellnachthemd angelegt hatte, war die Großmutter schon fix und fertig.

»Muss ich meine Stiefel ausziehen, Großmama? Sie sind zum Schnüren!«

Die Großmutter dachte sehr ernsthaft darüber nach. Dann sagte sie: »Ohne sie wird's dir sehr viel wohler sein, Kind.« Sie küsste Fenella. »Vergiss nicht zu beten! Der liebe Gott ist uns auf dem Meer noch sehr viel näher, als wenn wir auf dem festen Land sind. Und weil ich eine Reisende mit Erfahrung bin«, fuhr sie munter fort, »nehme ich das Oberbett!«

»Aber Großmama, wie willst du bloß da raufkommen?«

Fenella sah nichts als eine spinnenbeinige Leiter mit drei Sprossen. Die alte Frau stieß ein leises, kurzes Lachen aus, ehe sie behende hinaufkletterte, und dann spähte sie von der hohen Koje auf Fenella hinunter.

»Du hättest wohl nicht gedacht, dass deine Großmama so etwas kann, nicht wahr?«, sagte sie. Und als sie sich zurücksinken ließ, hörte Fenella wieder das leise Lachen.

Die harte braune Seife wollte nicht schäumen, und das Wasser in der Glaskaraffe wackelte wie bläuliches Gallert. Und wie schwer sich die steifen Leintücher zurückschlagen ließen: man musste sich förmlich dazwischenbohren! Wenn alles anders gewesen wäre, hätte Fenella vielleicht einen Lachkrampf bekommen ... Endlich war sie drin, und als sie laut atmend dalag, hörte sie es über sich lange und leise wispern, als ob jemand ganz, ganz behutsam mit Seidenpapier raschelte und etwas suchte. Es war Großmama, die betete ... Eine lange Zeit verging. Dann kam die Stewardess wieder herein. Sie trat leise auf und legte die Hand auf die Koje der Großmutter.

»Wir fahren gerade in die Meerenge ein«, sagte sie.

»Oh!«

»Es ist eine schöne Nacht, aber wir sind ziemlich oberlastig. Vielleicht wird das Schiff ein bisschen stampfen!«

Und tatsächlich wurde der Dampfer in diesem Augenblick hoch und immer höher gehoben und blieb gerade so lange in der Luft hängen, um sich ein bisschen zu schütteln, und dann sank er wieder hinab, und man konnte hören, wie die schweren Seen gegen die Schiffswände klatschten. Fenella erinnerte sich, dass sie den Schwanenhalsschirm auf dem kleinen Sofa stehengelassen hatte. Wenn er hinfiel, würde er dann zerbrechen? Aber auch die Großmutter hatte gleichzeitig daran gedacht.

»Würden Sie so gut sein, Stewardess, und meinen Schirm hinlegen?«, flüsterte sie.

»Gern, Mrs. Crane!« Dann kam sie wieder zu Großmama hinüber und flüsterte: »Ihre kleine Enkelin liegt im schönsten Schlaf!«

»Gott sei Lob und Dank!«, sagte Großmama.

»Das arme, mutterlose Würmchen!«, sagte die Stewardess. Und während Großmama ihr alles berichtete, was geschehen war, schlief Fenella ein.

Aber sie hatte nicht lange genug geschlafen, um zu träumen, als sie schon wieder aufwachte und in der Luft über ihrem Kopf etwas hin und her baumeln sah. Was war denn das? Was konnte es bloß sein? Es war ein kleiner grauer Fuß! Jetzt kam ein zweiter hinzu. Sie schienen umherzutasten; dann wurde ein Seufzer ausgestoßen.

»Ich bin wach, Großmama!«, sagte Fenella.

»Ach, Kind, bin ich an der Leiter?«, fragte die Großmutter. »Ich dachte, sie wäre hier, an diesem Ende?«

»Nein, Großmama, am andern Ende. Wart, ich stelle deinen Fuß drauf! Sind wir da?«, fragte Fenella.

»Im Hafen«, sagte die Großmutter. »Wir müssen aufstehen, Kind! Du solltest lieber einen Zwieback essen, damit du etwas im Magen hast, bevor du aufstehst!«

Aber Fenella war schon aus ihrer Koje gehüpft. Die Lampe brannte noch, doch die Nacht war vorbei, und es war kalt. Als sie durch das runde Auge hinausspähte, konnte sie in der Ferne ein paar Felsen erkennen. Jetzt waren sie schaumbedeckt – jetzt schoss eine Möwe vorbei – und jetzt kam ein langer Streifen richtigen Landes.

»Land, Großmama!«, rief Fenella so überrascht, als wären sie wochenlang miteinander auf dem Meer gewesen. Sie umschlang sich mit beiden Armen; sie stand auf einem Bein und rieb mit den Zehen des andern Fußes darüber; sie zitterte. Ach, es war alles so traurig gewesen in der letzten Zeit!

Ob es jetzt anders würde? Aber ihre Großmama sagte nur: »Beeil dich, Kind! Die schöne Banane würde ich der Stewardess hierlassen, da du sie nicht gegessen hast!« Und Fenella zog wieder ihre schwarzen Sachen an, und von einem ihrer Handschuhe sprang ein Knopf ab und rollte weg, wo sie ihn nicht erreichen konnte. Dann gingen sie an Deck.

War es schon in der Kabine kalt gewesen, dann war es an Deck eisig. Die Sonne war noch nicht aufgegangen, doch die Sterne waren trübe, und der Himmel hing bleich und kalt über dem bleichen, kalten Meer. Über dem Land waberte ein weißer Nebel auf und ab. Jetzt konnten sie ganz deutlich den dunklen Buschwald erkennen. Sogar die Umrisse der Schirmfarne zeichneten sich ab, und die seltsamen, silbrig verwitterten Bäume, die wie Skelette aussahen... Jetzt konnte sie den Landesteg sehen, und ein paar kleine, ebenfalls bleiche Häuser, die sich aneinanderschmiegten wie Muscheln auf dem Deckel einer Schachtel. Die andern Fahrgäste stampften auf und ab, jedoch weniger munter als am Abend vorher, und sie blickten trübselig drein.

Und jetzt kam der Landesteg ihnen entgegen. Langsam schwamm er zum Dampfer, und ein Mann, der eine Taurolle hielt, kam ebenfalls, und ein Wagen mit einem Pferdchen, das den Kopf hängen ließ, und ein Mann, der auf dem Trittbrett saß, näherten sich auch.

»Da ist Mr. Penreddy, Fenella, der uns abholen kommt«, sagte die Großmutter. Sie schien sich zu freuen. Ihre wachsweißen Wangen waren blau vor Kälte, und ihr Kinn zitterte, und dauernd musste sie sich die Augen und die kleine rote Nase wischen.

»Hast du meinen …?«

»Ja, Großmama!« Und sie zeigte ihn ihr.

Das Tau kam durch die Luft geflogen, und ›peng!‹ klatschte es aufs Deck. Der Laufsteg wurde heruntergelassen. Wieder ging Fenella hinter ihrer Großmama hinunter auf den Landsteg und hinüber zu dem kleinen Wagen, und eine Minute später ruckelten sie schon von dannen. Die Hufe des kleinen Pferdchens trommelten über die Holzbohlen und sanken dann leise in den Sand der Straße. Keine Menschenseele war zu sehen – nicht einmal eine Rauchfahne. Der Nebel waberte auf und ab, und das Meer, das sich leise am Ufer überschlug, klang noch immer verschlafen.

»Gestern habe ich Mr. Crane gesehen«, berichtete Mr. Penreddy. »Hat ordentlich ausgesehen. Meine Alte hat ihm vorige Woche einen Schub Rosinenbrötchen gebacken.«

Und jetzt blieb das Pferdchen vor einem der ›Muschelhäuser‹ stehen. Sie stiegen aus. Fenella legte ihre Hand auf die Gartenpforte, und dicke, zitternde Tautropfen weichten die Fingerspitzen ihrer Handschuhe auf. Sie gingen einen kleinen, mit runden weißen Kieseln bestreuten Pfad entlang, der auf beiden Seiten von tauschweren, schlafenden Blüten besäumt war. Großmamas zarte weiße Federnelken waren so mit Tau angefüllt, dass sie am Boden lagen, aber ihr süßer Duft war ein Teil des kalten Morgens. Die Markisen des kleinen Hauses waren heruntergelassen. Sie gingen die Verandatreppe hinauf. Ein Paar alte Schnürstiefel standen neben der Tür, und eine große rote Gießkanne auf der andern Seite.

»Je-je! Dein Großvater!«, sagte die Großmutter kopfschüttelnd. Sie drückte auf die Klinke. Kein Laut. Sie rief: »Walter!« Und sofort antwortete eine tiefe, halb erstickt klingende Stimme: »Bist du's, Mary?«

»Warte, Kindchen!«, sagte die Großmutter zu ihr. »Geh hier hinein!« Sie schob Fenella sanft in ein kleines, dämmeriges Wohnzimmer.

Vom Tisch erhob sich eine weiße Katze, die wie ein Kamel mit umgeknickten Füßen dagelegen hatte; sie streckte sich, gähnte und hüpfte dann auf die Pfötchen. Fenella vergrub ihre kalte Hand in dem warmen weißen Fell und lächelte schüchtern, während sie es streichelte und auf die sanfte Stimme ihrer Großmutter und das warme Gebrumm des Großvaters horchte.

Dann knarrte eine Tür.

»Komm her, liebes Kind!« Die alte Frau winkte ihr, und Fenella gehorchte. Auf der einen Seite eines riesengroßen Bettes lag er – ihr Großvater! Nur sein Kopf mit dem weißen Haarschopf und sein rosiges Gesicht und ein langer silberner Bart schauten aus der Steppdecke heraus. Er glich einem sehr alten, sehr munteren Vogel.

»Komm her, mein Kind!«, sagte der Großvater. »Gib mir einen Kuss!« Fenella küsste ihn, und der Großvater sagte: »Puh! Ihr Näschen ist so kalt wie ein Knopf! Und was hat sie denn da in der Hand? Großmamas Schirm?«

Fenella lächelte und hängte den Schwanenhals über das Fußende vom Bett. Über dem Bett hing in einem tiefschwarzen Rahmen ein mit großen Buchstaben gemalter Spruch:

Verloren die goldene Stunde,
besetzt mit sechzig diamantnen Minuten!
Finderlohn wird nicht versprochen,
denn sie ist AUF EWIG VERLOREN!

»Das hat deine Großmama gemalt«, sagte der Großvater. Und er fuhr sich durch seinen weißen Haarschopf und blickte Fenella dabei so vergnügt an, dass sie fast meinte, er zwinkere ihr zu.

Das Gartenfest

Und schließlich war das Wetter ideal. Sie hätten keinen makelloseren Tag für ein Gartenfest haben können, wenn sie ihn in Auftrag gegeben hätten. Windstill, warm, der Himmel ohne eine Wolke. Nur das Blau war von einem Dunst hellen Goldes verschleiert, wie es manchmal im Frühsommer vorkommt. Der Gärtner war seit dem Morgengrauen auf, mähte den Rasen und fegte ihn, bis das Gras und die dunklen, flachen Rosetten, wo die Gänseblümchen gestanden hatten, zu glänzen schienen. Und die Rosen – man konnte nicht umhin zu denken, sie hätten begriffen, dass Rosen die einzigen Blumen sind, die bei einem Gartenfest auf die Leute Eindruck machen, die einzigen Blumen, die jeder mit Sicherheit erkennt. Hunderte, ja buchstäblich Hunderte waren in einer einzigen Nacht aufgeblüht; die grünen Büsche neigten sich, als wären sie von Erzengeln heimgesucht worden. Das Frühstück war noch nicht ganz vorbei, als die Männer kamen, um das Zelt aufzustellen.

»Wo willst du das Zelt aufgestellt haben, Mutter?«

»Mein liebes Kind, es nützt nichts, mich zu fragen. Ich bin entschlossen, dieses Jahr alles euch Kindern zu überlassen. Vergesst, dass ich eure Mutter bin! Behandelt mich wie einen geliebten Gast!«

Aber Meg konnte unmöglich hingehen und die Männer beaufsichtigen. Sie hatte sich vor dem Frühstück die Haare gewaschen und saß da und trank ihren Kaffee in einem grünen Turban; eine nasse, dunkle Locke war auf jede Wange gedrückt. Und Jose, der Schmetterling? Sie kam stets in einem seidenen Unterrock und einer Kimonojacke nach unten.

»Laura, du musst gehen, du bist die Künstlerische!«

Laura flog davon und hielt noch ein Stück Butterbrot in der Hand. Es ist köstlich, wenn man einen Vorwand dafür hat, im Freien zu essen, und außerdem liebte sie es, wenn sie etwas arrangieren musste. Sie fand immer, sie könne es so viel besser als jeder andre.

Vier Männer in Hemdsärmeln standen in einer Gruppe auf dem Gartenweg beisammen. Sie trugen Stangen mit aufgerolltem Segeltuch und hatten große Werkzeugbeutel um den Hals hängen.

Sie sahen eindrucksvoll aus. Laura wünschte jetzt, sie hätte kein Butterbrot in der Hand, doch sie konnte es nirgends hinlegen, und wegwerfen konnte sie es unmöglich. Sie wurde rot und versuchte, streng und sogar ein wenig kurzsichtig auszusehen, als sie auf sie zutrat.

»Guten Morgen«, sagte sie und ahmte die Stimme ihrer Mutter nach. Aber das klang so furchtbar geziert, dass sie sich schämte und wie ein kleines Mädchen hervorstotterte: »Oh – hm – Sie sind wohl – wegen des Zelts gekommen?«

»Stimmt, Miss«, sagte der größte der Männer, ein schmächtiger, sommersprossiger Bursche, und ruckte an seinem Werkzeugbeutel, stieß seinen Strohhut zurück und lächelte auf sie herab: »Stimmt genau!«

Sein Lächeln war so ungezwungen, so freundlich, dass Laura sich wieder fasste. Was für hübsche Augen er hatte – klein, aber von einem so dunklen Blau! Und jetzt blickte sie auf die andern, die auch lächelten. ›Nur Mut, wir beißen nicht‹, schien das Lächeln zu besagen. Wie furchtbar nett waren diese Arbeiter! Und was für ein herrlicher Morgen! Sie durfte den Morgen nicht erwähnen – sie musste geschäftstüchtig tun.

»Also wie wär's mit der Lilienwiese? Ginge das?«

Und sie zeigte mit der Hand, in der sie nicht das Butterbrot hielt, auf die Lilienwiese. Sie drehten sich um und blickten in die Richtung.

Ein kleiner dicker Kerl schob die Unterlippe vor, und der lange Mensch runzelte die Stirn.

»Die gefällt mir nicht«, sagte er. »Ist nicht auffällig genug. Sehen Sie, so ein Ding wie ein Festzelt«, wandte er sich zutraulich an Laura, »das möchte man irgendwo aufstellen, wo es einem wie ein Schlag ins Auge knallt, falls Sie mich verstehen?«

Lauras Erziehung machte sie einen Augenblick unsicher, ob es von einem Arbeiter genügend ehrerbietig sei, zu ihr von einem ins Auge knallenden Schlag zu sprechen. Aber sie verstand ihn recht gut.

»Eine Ecke vom Tennisplatz!«, schlug sie vor. »Aber in der einen Ecke wird schon die Musikkapelle sein.«

»Hoho, werden Sie eine Musikkapelle haben?«, fragte ein andrer Arbeiter. Er war blass. Er sah verhärmt aus, als seine dunklen Augen den Tennisplatz musterten. Was mochte er denken?

»Nur eine sehr kleine Kapelle«, erwiderte Laura sanft. Vielleicht machte es ihm nicht so viel aus, wenn die Kapelle klein war. Doch der lange Mensch unterbrach sie.

»Schauen Sie her, Miss! Das da ist der richtige Platz: vor den Bäumen! Dort drüben! Dort wird es sich fein ausnehmen!« Vor den Karakas? Dann würden die Karakabäume verdeckt. Und sie waren so schön mit ihren breiten, glänzenden Blättern und ihren Büscheln gelber Früchte. Sie waren wie Bäume, die man sich auf einer unbewohnten Insel vorstellt, stolz und einsam wachsend, ihre Blätter und Früchte in einer Art stummer Pracht zur Sonne aufhebend. Sollten die von einem Zelt verdeckt werden?

Es musste sein. Die Männer hatten schon ihre Stangen geschultert und gingen auf die Stelle zu. Nur der lange Mensch war noch da. Er bückte sich, zerrieb eine Lavendelrispe, hob Daumen und Zeigefinger an die Nase und schnupperte den Duft ein. Als Laura diese Handbewegung sah, vergaß sie die Karakabäume gänzlich, so erstaunt war sie über ihn, dass er für solche Dinge etwas übrighatte – für den Duft von Lavendel! Wie wenige Männer, die sie kannte, hätten dergleichen getan! Oh, wie erstaunlich nett Arbeiter waren, dachte sie. Warum konnte sie nicht Arbeiter zu Freunden haben statt der albernen Jungen, mit denen sie tanzte und die sonntags zum Abendessen kamen? Mit Männern wie diesen hier würde sie sich viel besser verstehen.

Schuld an alledem sind nur die verrückten Klassenunterschiede, fand sie, während der lange Mensch etwas auf die Rückseite eines Briefumschlags skizzierte – etwas, das hochgewunden werden oder herunterhängen sollte. Sie selbst hielt nichts von Klassenunterschieden. Nicht ein bisschen, keine Spur … Und nun erklang das Pochpoch der Holzhämmer. Jemand pfiff, und jemand trällerte: »Klappt's bei dir, Kumpel?« – Kumpel! So viel Freundlichkeit, so viel … Nur um zu beweisen, wie glücklich sie war, nur um dem langen Menschen zu zeigen, wie dazugehörig sie sich empfand und wie sie dumme Konventionen verachtete, biss Laura einen tüchtigen Happen von ihrem Butterbrot ab und blickte auf die kleine Skizze. Sie kam sich genau wie ein Arbeiterkind vor.

»Laura? Laura, wo bist du? Telefon, Laura!«, rief eine Stimme vom Haus her.

»Komme schon!« Fort sauste sie über den Rasen, über den Pfad, die Treppe hinauf, quer über die Veranda und durch den Eingang. In der Halle bürsteten ihr Vater und Laurie ihre Hüte, bereit, ins Büro zu gehen.

»Hör mal, Laura«, sagte Laurie ganz eilig, »du könntest dir meine Jacke für heute Nachmittag anschauen! Sieh mal nach, ob sie gebügelt werden muss!«

»Gern!«, sagte sie. Plötzlich konnte sie nicht mehr an sich halten. Sie lief auf Laurie zu und drückte ihn rasch ein bisschen an sich. »Oh, Feste liebe ich über alles, du auch?«, stieß sie hervor.

»Na – es geht«, sagte Laurie mit seiner warmen, knabenhaften Stimme, und er drückte seine Schwester ebenfalls und gab ihr einen sanften Schubs. »Schnell ans Telefon, mein Kleines!«

Das Telefon! »Ja. Ja. O ja. Kitty? Guten Morgen, Liebes! Kommst du zum Mittagessen? Komm doch, Liebes! Freuen uns natürlich. Es wird nur eine sehr zusammengestoppelte Mahlzeit sein – bloß Brotrinden und zerbröckelte Baisers und was sonst noch an Resten da ist. Ja, ist es nicht ein idealer Morgen? Dein Weißes? Oh, würde ich bestimmt tun! Einen Augenblick, bleib am Apparat! Mutter ruft.« Und Laura lehnte sich zurück. »Was, Mutter? Kann's nicht verstehen!« Mrs. Sheridans Stimme schwebte die Treppe hinunter. »Sag ihr, sie soll den süßen Hut aufsetzen, den sie letzten Sonntag getragen hat!«

»Mutter sagt, du sollst den süßen Hut aufsetzen, den du letzten Sonntag getragen hast! Gut! Um eins! Wiedersehen!«

Laura legte den Hörer auf und warf die Arme über den Kopf, schöpfte tief Atem, reckte sich und ließ sie fallen. »Uff«, seufzte sie, und im nächsten

Augenblick nach dem Seufzer richtete sie sich rasch auf. Sie saß still und lauschte. Alle Türen im Haus schienen offen zu stehen. Das ganze Haus war lebendig, voll leichter, schneller Schritte und wandernder Stimmen. Die grüne Friestür, die in den Küchenbereich führte, flog mit gedämpftem Knall auf und wieder zu. Und jetzt kam ein langes, gurgelndes, verrücktes Geräusch. Es war der schwere Flügel, der auf seinen starren Rollen verschoben wurde. Aber die Luft! Wenn man sich's überlegte: war die Luft denn immer so? Leise Lüftchen spielten Fangen: zu den Oberlichtfenstern herein und zu den Türen hinaus. Und dort waren zwei kleine Sonnenflecke – einer auf dem Tintenfass, einer auf einem Fotorahmen, und sie spielten auch. Geliebte kleine Sonnenflecke! Besonders der auf dem Tintenfassdeckel! Er war ganz warm. Ein warmer kleiner Silberstern. Sie hätte ihn küssen können.

Die Haustürglocke läutete, und auf der Treppe tönte das Rascheln von Sadies gemustertem Rock. Eine Männerstimme murmelte. Sadie antwortete gleichgültig: »Das weiß ich wirklich nicht. Warten Sie! Ich werde Mrs. Sheridan fragen.«

»Was gibt's, Sadie?« Laura trat in die Halle.

»Der Mann vom Blumengeschäft, Miss Laura!«

Tatsächlich! Gleich innerhalb der Tür stand ein

breites, flaches Tragbrett voller Töpfe mit roten Lilien. Keine andre Sorte. Nichts als Lilien, Cannalilien, große rote Blüten, weit offen, strahlend, fast erschreckend lebendig auf leuchtend karminroten Stielen.

»O – h, Sadie!«, rief Laura, und es klang wie ein kleines Ächzen. Sie kauerte sich hin, wie um sich am Lodern der Lilien zu wärmen. Sie spürte sie in ihren Fingern und auf ihren Lippen, sie wuchsen in ihrer Brust.

»Es ist ein Missverständnis«, sagte sie matt. »Niemand hat so viele bestellt! Sadie, geh und hole Mutter!«

Doch im gleichen Augenblick trat Mrs. Sheridan zu ihnen. »Es ist ganz richtig«, sagte sie gelassen. »Doch, ich habe sie bestellt. Sind sie nicht herrlich?« Sie drückte Lauras Arm. »Ich ging gestern an dem Geschäft vorbei und sah sie im Schaufenster. Und plötzlich dachte ich, einmal in meinem Leben will ich genug Cannalilien haben! Das Gartenfest ist ein guter Vorwand!«

»Aber ich meinte, du hättest gesagt, dass du dich nicht einmischen willst«, sagte Laura. Sadie war weggegangen. Der Mann vom Blumengeschäft stand noch draußen bei seinem Lieferwagen. Sie legte ihrer Mutter den Arm um den Hals, und zärtlich, sehr zärtlich biss sie ihrer Mutter ins Ohr.

»Mein liebes Kind, eine logische Mutter würdest du nicht leiden können, nicht wahr? Lass das! Hier kommt der Mann!« Er brachte noch mehr Lilien, noch ein ganzes Tragbrett voll. »Stellen Sie sie bitte gleich an der Tür auf, zu beiden Seiten des Eingangs«, sagte Mrs. Sheridan. »Findest du nicht auch, Laura?«

»O ja, bestimmt, Mutter!«

Im Salon hatten Meg, Jose und der gute kleine Hans es endlich fertiggebracht, den Flügel zu verschieben.

»Wenn wir jetzt das Sofa an die Wand rücken und alles aus dem Zimmer räumen, bis auf die Stühle – was meint ihr dazu?«

»Gut!«

»Hans, tragen Sie die Tischchen ins Rauchzimmer, und bringen Sie einen Besen mit, um die Druckstellen vom Flügel aus dem Teppich zu bürsten – und, oh, einen Moment, Hans …« Jose liebte es, den Dienstboten Befehle zu erteilen, und sie liebten es, ihr zu gehorchen. Immer weckte sie in ihnen das Gefühl, in einem Drama mitzuspielen. »Sagen Sie Mutter und Miss Laura, sie möchten sofort herunterkommen!«

»Ja, Miss Jose!«

Sie wandte sich an Meg. »Ich wüsste gern, wie der Flügel klingt – nur für den Fall, dass ich heute

Nachmittag gebeten werde zu singen. Versuchen wir mal ›Das Leben ist traurig!‹« *Pomm! Ta-ta-ta ti-ta!* Das Klavier stürmte so leidenschaftlich los, dass Joses Miene sich veränderte. Sie faltete die Hände. Sie blickte traurig und geheimnisvoll auf ihre Mutter und Laura, die ins Zimmer traten.

»Das Leben ist traurig,
voll Seufzer und Tränen,
die Liebe vergeht,
das Leben ist trau – rig,
voll Seufzer und Tränen,
die Liebe vergeht,
und dann … leb wohl!«

Doch beim Wort ›Lebwohl‹, und obwohl das Klavier verzweifelter denn je klang, flog ein strahlendes, furchtbar gefühlloses Lächeln über ihr Gesicht.

»Bin ich nicht gut bei Stimme, Mummy?«, jubelte sie.

»Das Leben ist traurig,
die Hoffnung erstirbt,
ein Traum, ein Erwa – chen …«

Aber jetzt wurden sie von Sadie unterbrochen.

»Was gibt es, Sadie?«

»Bitte, M'm, die Köchin lässt fragen, ob Sie die Fähnchen für die Sandwiches bereithaben?«

»Die Fähnchen für die Sandwiches, Sadie?«, wiederholte Mrs. Sheridan verträumt. Und die Kinder lasen ihr am Gesicht ab, dass sie sie nicht bereithatte. »Moment mal!« Und energisch sagte sie zu Sadie: »Bestellen Sie der Köchin, dass sie sie in zehn Minuten bekommt!« Sadie ging.

»So, Laura«, sagte ihre Mutter hastig, »komm mit mir ins Rauchzimmer! Ich habe die Namen irgendwo auf der Rückseite eines Briefumschlags. Du musst sie mir herausschreiben! Meg, geh augenblicklich nach oben und nimm das nasse Ding von deinem Kopf! Jose, lauf und zieh dich fertig an! Habt ihr gehört Kinder? Oder muss ich es eurem Vater sagen, wenn er heute Abend nach Hause kommt? Und – und Jose, besänftige die Köchin, wenn du in die Küche gehst, ja? Ich habe heute Morgen richtig Angst vor ihr!«

Der Briefumschlag fand sich endlich hinter der Uhr im Esszimmer, obwohl Mrs. Sheridan sich nicht vorstellen konnte, wie er dort hingeraten war.

»Eins von euch Kindern muss ihn mir aus der Handtasche gestohlen haben, denn ich erinnere mich lebhaft… Rahmkäse und Zitronenquark… hast du das?«

»Ja.«

»Eier und …« Mrs. Sheridan hielt den Umschlag von sich weg. »Es sieht aus wie ›Mäuse‹. Es kann doch nicht ›Mäuse‹ heißen, was?«

»Oliven, Herzchen«, sagte Laura, die ihr über die Schulter blickte.

»Ja, natürlich, Oliven! Klingt wie eine schreckliche Zusammenstellung: Eier und Oliven.«

Endlich waren sie fertiggeschrieben, und Laura brachte die Fähnchen in die Küche. Sie fand Jose, die dabei war, die Köchin zu besänftigen, obwohl sie gar nicht angsteinflößend aussah.

»Ich habe noch nie so ausgezeichnete Sandwiches gesehen«, sagte Joses Stimme hingerissen. »Wie viel Sorten sind es, sagten Sie? Fünfzehn?«

»Ja, fünfzehn, Miss Jose.«

»Dann gratuliere ich Ihnen!«

Die Köchin fegte mit dem langen Sandwichmesser die Rinden zusammen und lächelte von einem Ohr zum andern.

»Godbers' Ausläufer ist da!«, verkündete Sadie und kam aus der Vorratskammer. Sie hatte den Mann am Fenster vorbeigehen sehen.

Es bedeutete, dass die Windbeutel gekommen waren. Godbers waren berühmt für ihre Windbeutel. Niemandem kam es in den Sinn, welche zu Hause zu backen.

»Bring sie her und stell sie auf den Tisch, mein Kind!«, befahl die Köchin.

Sadie brachte sie und ging wieder an die Tür. Laura und Jose waren natürlich viel zu erwachsen, um sich aus derlei Dingen etwas zu machen. Trotzdem mussten sie zugeben, dass die Windbeutel sehr verlockend aussahen. Sehr! Die Köchin begann sie anzuordnen und schüttelte den überschüssigen Puderzucker ab.

»Versetzen sie einen nicht zurück zu allen früheren Festen?«, sagte Laura.

»Vermutlich«, sagte die praktische Jose, die es nie mochte, in die Vergangenheit zurückversetzt zu werden. »Sie sehen wunderschön leicht und luftig aus, das muss ich sagen!«

»Nehmen Sie jeder einen!«, sagte die Köchin mit gemütlicher Stimme. »Ihre Ma merkt es nicht!«

Oh, unmöglich! Stellt euch vor: Windbeutel so bald nach dem Frühstück! Der bloße Gedanke ließ einen schaudern! Trotzdem: zwei Minuten drauf leckten sich Jose und Laura die Finger ab – mit dem gewissen andächtigen Blick, der nur von Schlagsahne herrühren kann.

»Lass uns in den Garten gehen, durch die Hoftür!«, schlug Laura vor. »Ich möchte sehen, wie die Männer mit dem Zelt vorankommen. Es sind furchtbar nette Männer!«

Aber die Hoftür war von der Köchin, von Sadie, von Godbers' Ausläufer und von Hans blockiert.

Es war etwas passiert.

»Je, je, je!«, kakelte die Köchin wie ein aufgeregtes Huhn. Sadie hielt die Hand an die Wange, als hätte sie Zahnweh. Hans' Gesicht war verzerrt von der Anstrengung, es zu begreifen. Nur Godbers' Ausläufer schien befriedigt: es war *seine* Neuigkeit!

»Was ist los? Was ist geschehen?«

»Ein grässlicher Unfall ist passiert!«, sagte die Köchin. »Ein Mann ist verunglückt.«

»Ein Mann ist verunglückt? Wo? Wie? Wann?«

Aber Godbers' Ausläufer ließ sich seine Neuigkeit nicht vor der Nase wegschnappen.

»Kennen Sie die kleinen Hütten gleich da unten, Miss?« Ob sie sie kannte? Natürlich kannte sie sie! »Also dort wohnt ein junger Mann, ein Fuhrmann, Scott heißt er. Sein Pferd hat vor einem Traktor gescheut, heute früh, an der Ecke der Hawke Street, und er wurde runtergeschleudert und ist auf den Hinterkopf gefallen. Tot!«

»Tot?« Laura starrte Godbers' Ausläufer an.

»Tot, als sie ihn aufhoben«, sagte der Ausläufer mit Genugtuung. »Sie haben die Leiche nach Hause geschafft, als ich hier raufkam.« Und zur Köchin sagte er: »Er hinterlässt eine Frau und fünf kleine Kinder!«

»Jose, komm mal mit!« Laura packte ihre Schwester beim Ärmel und zog sie durch die Küche und auf die andre Seite der grünen Friestür. Dort blieb sie stehen und lehnte sich dagegen. »Jose«, sagte sie entsetzt, »wie sollen wir bloß alles absagen?«

»Alles absagen, Laura?«, rief Jose erstaunt. »Was meinst du?«

»Das Gartenfest absagen natürlich!« Warum verstellte sich Jose?

Aber Jose war noch erstaunter. »Das Gartenfest absagen? Liebe Laura, sei nicht komisch! Natürlich können wir nichts dergleichen tun! Niemand erwartet es von uns. Sei nicht so überspannt!«

»Aber wir können unmöglich ein Gartenfest geben, wenn gleich hinter unserm Tor ein Toter liegt!«

Das war nun wirklich übertrieben, denn die kleinen Hütten standen in einer Gasse ganz für sich am Fuß einer steilen Steigung, die zum Haus hinaufführte. Eine breite Straße lag dazwischen. Natürlich standen die Hütten viel zu nah. Sie waren der schlimmste Schandfleck und hatten überhaupt kein Recht, in der Nachbarschaft zu stehen. Es waren kleine, schäbige Behausungen, schokoladebraun gestrichen. In den Vorgärten war nichts als Kohlstrünke, kranke Hühner und Tomatenbüchsen. Sogar der Rauch, der aus den Schornsteinen aufstieg, schien von Armut heimgesucht: kleine Fetzen und Fähnchen Rauch, so verschieden von den großen, silbrigen Fahnen, die sich aus den Schornsteinen der Sheridans emporkräuselten. Waschfrauen wohnten in der Gasse, und Schornsteinfeger und ein Schuster und ein Mann, dessen Hausfront über und über mit winzigen Vogelkäfigen bestückt war. Schwärme von Kindern. Solange die Sheridans klein waren, war es ihnen verboten, jemals einen Fuß dorthin zu setzen, wegen der widerlichen Ausdrücke und weil sie sich anstecken könnten. Doch seit sie erwachsen waren, gingen Laura und Laurie manchmal, wenn sie herumstrolchten, dort hindurch. Es war ekelhaft und schmutzig. Sie kamen schaudernd wieder heraus.

Doch schließlich musste man überall hingehen: man musste alles gesehen haben.

Deshalb gingen sie also hindurch. »Und stell dir nur vor, wie der armen Frau die Musik in den Ohren klingen würde!«, sagte Laura.

»O Laura!« Jose begann ernstlich böse zu werden. »Falls du jedes Mal, wenn jemand einen Unfall hatte, eine Musikkapelle am Spielen hindern willst, dann wirst du ein sehr anstrengendes Leben führen. Mir tut es ganz genauso leid wie dir.

Ich habe ebenso viel Mitleid.« Ihre Augen wurden hart. Sie blickte ihre Schwester ebenso an wie früher, als sie klein waren und sich zankten. »Du holst einen betrunkenen Arbeiter nicht ins Leben zurück, indem du sentimental wirst«, sagte sie leise.

»Betrunken? Wer sagt, dass er betrunken war?«, wandte sich Laura wütend an Jose. Und genauso, wie sie es bei solchen Anlässen immer getan hatten, rief sie: »Ich gehe sofort zu Mutter rauf und sag's ihr!«

»Tu's, liebes Kind!«, gurrte Jose.

»Mutter, darf ich zu dir ins Zimmer?« Laura drehte den großen gläsernen Türknauf herum.

»Natürlich, Kind! Oh, was ist denn los? Warum bist du so erhitzt?« Mrs. Sheridan wandte sich von ihrem Toilettentisch ab. Sie probierte einen neuen Hut auf.

»Mutter, ein Mann ist getötet worden«, begann Laura. »Hoffentlich nicht bei uns im Garten?«, fiel ihr die Mutter ins Wort.

»Nein, nein!«

»Oh, was du mir für einen Schreck eingejagt hast!« Mrs. Sheridan seufzte erleichtert, nahm den großen Hut ab und hielt ihn auf den Knien fest.

»Hör doch zu, Mutter!«, sagte Laura. Atemlos und halb erstickt erzählte Laura ihr die schreckliche Geschichte. »Natürlich können wir nun unser

Fest nicht geben, oder?«, flehte sie. »Mit der Musikkapelle und allen, die herkommen! Sie würden uns hören, Mutter, es sind fast Nachbarn von uns!« Zu Lauras Verwunderung benahm sich ihre Mutter genau wie Jose; es war schwerer zu ertragen, weil es sie zu amüsieren schien. Sie weigerte sich, Laura ernst zu nehmen.

»Aber liebes Kind, nimm deinen Verstand zusammen! Nur durch einen Zufall haben wir es erfahren. Wenn jemand dort unten auf die übliche Art gestorben wäre – ich verstehe ohnehin nicht, wie sie in den muffigen Löchern am Leben bleiben –, dann gäben wir trotzdem unser Fest, nicht wahr?«

Darauf musste Laura mit ›ja‹ antworten, aber sie fand, dass es ganz falsch war. Sie setzte sich aufs Sofa ihrer Mutter und zupfte am Kissenvolant.

»Mutter, ist es nicht eigentlich furchtbar herzlos von uns?«, fragte sie.

»Liebling!« Mrs. Sheridan stand auf und kam zu ihr hinüber, den Hut in der Hand. Bevor Laura sie daran hindern konnte, wurde er ihr aufgestülpt. »Liebes«, sagte ihre Mutter, »ich schenke dir den Hut! Er ist wie für dich gemacht! Für mich ist er viel zu jugendlich. Noch nie habe ich dich so bildhübsch gesehen. Schau dich an!« Und sie hielt ihr den Handspiegel vor.

»Aber Mutter«, begann Laura wieder. Sie konnte sich nicht anschauen; sie wandte sich ab. Diesmal verlor Mrs. Sheridan die Geduld – genau wie Jose es getan hatte.

»Du bist lächerlich, Laura!«, sagte sie kalt. »Solche Leute erwarten keine Opfer von uns. Und es ist nicht sehr einfühlsam von dir, allen die Freude zu verderben, wie du es jetzt tust.«

»Ich verstehe es nicht«, sagte Laura und ging rasch aus dem Zimmer und in ihr eigenes Schlafzimmer. Ganz zufällig war das Erste, was sie dort im Spiegel erblickte, ein reizendes junges Mädchen – in einem schwarzen Hut, geschmückt mit goldenen Maßliebchen und einem langen schwarzen Samtband. Nie hätte sie geglaubt, dass sie so aussehen könne. Hat Mutter recht?, überlegte sie. Jetzt hoffte sie, dass ihre Mutter recht hatte. Bin ich überspannt? Vielleicht war sie überspannt. Nur einen Augenblick machte sie sich noch einmal ein Bild von der armen Frau und ihren kleinen Kindern und der Leiche, die ins Haus getragen wurde. Aber es schien alles verschwommen, unwirklich, wie ein Bild in der Zeitung. Ich will mich wieder daran erinnern, wenn das Fest vorbei ist, beschloss sie. Und irgendwie schien das weitaus der beste Plan zu sein.

Das Mittagessen war um halb zwei beendet. Um

halb drei waren sie alle bereit für den ›Kampf‹. Die grünberockte Kapelle war eingetroffen und in einer Ecke des Tennisplatzes untergebracht worden.

»Oh, Liebes«, zwitscherte Kitty Maitland, »sehen sie nicht haargenau wie Laubfrösche aus? Ihr hättet sie rund um den Teich gruppieren sollen und den Dirigenten in der Mitte auf einem Blatt!«

Bruder Laurie traf ein und winkte, als er zum Umziehen ins Haus wollte. Bei seinem Anblick erinnerte sich Laura wieder an das Unglück. Sie wollte es ihm erzählen. Wenn Laurie den andern beipflichtete, dann musste es in Ordnung sein. Und sie folgte ihm in die Halle.

»Laurie!«

»Hallo!« Er war schon halb die Treppe hinauf, doch als er sich umdrehte und Laura sah, blies er plötzlich die Backen auf und starrte sie mit Glotzaugen an. »Donnerwetter, Laura! Du siehst umwerfend aus!«, sagte Laurie. »Was für ein fantastisch schicker Hut!«

Laura sagte leise: »Wirklich?«, und lächelte Laurie zu und erzählte es ihm schließlich doch nicht.

Bald darauf begannen die Leute hereinzuströmen. Die Kapelle legte los; die Lohndiener rannten vom Haus zum Festzelt. Wohin man blickte, schlenderten Paare umher, beugten sich über die

Blumen, grüßten und gingen auf dem Rasen weiter. Sie glichen bunten Vögeln, die sich für diesen einen Nachmittag in Sheridans Garten niedergelassen hatten auf dem Flug wohin? Ach, was für ein Glück, mit Menschen zusammen zu sein, die alle glücklich sind, und Hände zu drücken und Wangen zu berühren und andern Augen zuzulächeln!

»Liebste Laura, wie gut du aussiehst!«

»Was für ein kleidsamer Hut, Kind!«

»Laura, du siehst richtig spanisch aus! Ich habe dich noch nie so bezaubernd gesehen!«

Und Laura erglühte und antwortete sanft: »Haben Sie Tee bekommen? Möchten Sie ein Eis? Das Passifloraeis ist wirklich etwas Besonderes!« Sie lief zu ihrem Vater und bat ihn: »Liebster Vater, kann die Kapelle nicht etwas zu trinken bekommen?«

Und der herrliche Nachmittag erblühte langsam, verwelkte langsam und schloss langsam seine Blütenblätter.

»Nie ein schöneres Gartenfest …« – »Sehr geglückt …« – »Das allernetteste …«

Laura half ihrer Mutter beim Verabschieden. Sie standen nebeneinander im Eingang, bis alles vorüber war. »Gott sei Dank ist alles vorbei«, sagte Mrs. Sheridan. »Trommle die andern zusammen,

Laura! Lass uns frischen Kaffee trinken! Ich bin erschöpft! Ja, es war sehr geglückt, aber, oh, diese Feste, diese Feste! Warum besteht ihr Kinder immer darauf, Feste zu geben?« Und alle ließen sich im leeren Zelt nieder.

»Nimm ein Sandwich, Daddy! Ich habe die Fähnchen beschriftet.«

»Danke!« Mr. Sheridan biss hinein, und das Sandwich war weg. Er nahm noch eins. »Vermutlich habt ihr nichts von dem abscheulichen Unfall gehört, der sich heute ereignet hat?«, fragte er.

»Wir wussten es, mein Lieber!«, sagte Mrs. Sheridan und hob die Hand. »Es hätte uns fast das Fest verdorben. Laura wollte unbedingt, dass wir es verschieben.«

»O Mutter!« Laura mochte sich nicht damit hänseln lassen.

»Es war immerhin eine schreckliche Sache«, sagte Mr. Sheridan. »Der arme Mensch war obendrein verheiratet. Er wohnte gleich unten in der Gasse, und wie es heißt, hinterlässt er eine Frau und ein halbes Dutzend Kinder!«

Eine verlegene Pause trat ein. Mrs. Sheridan fingerte nervös an ihrer Tasse. Wirklich, es war sehr taktlos von Vater… Plötzlich blickte sie hoch. Vor ihr auf dem Tisch standen all die übriggebliebenen Sandwiches, Kuchen und Windbeutel – alle vergeudet. Sie hatte einen ihrer glänzenden Einfälle.

»Ich weiß was«, sagte sie. »Wir wollen einen Korb zurechtmachen und dem armen Geschöpf etwas von diesen tadellosen Sachen schicken! Für die Kinder wird es auf jeden Fall die größte Schlemmerei. Meint ihr nicht auch? Und sicher kommen Nachbarn zu ihr zu Besuch, und so weiter. Wie praktisch, dann schon alles fertig vorbereitet zu haben! Laura!« Sie sprang auf. »Hol mir den großen Korb aus dem Treppenverschlag!«

»Aber Mutter, glaubst du wirklich, dass es eine gute Idee ist?«, fragte Laura. Wie merkwürdig! Wieder schien sie sich von allen andern zu unterscheiden! Überbleibsel von ihrem Gartenfest zu nehmen – ob das der armen Frau wirklich gefiele?

»Natürlich! Was ist denn heute los mit dir? Vor ein, zwei Stunden wolltest du durchaus, dass wir Mitgefühl zeigen!« Also gut! Laura lief weg, um den Korb zu holen. Er wurde gefüllt, wurde jetzt von ihrer Mutter hoch aufgehäuft.

»Bring ihn selber, Liebling!«, sagte sie. »Lauf so hinunter, wie du bist! Nein, warte, nimm auch noch die Cannalilien mit! Leute dieser Klasse lassen sich so von Cannalilien beeindrucken!«

»Die Stiele werden ihr Spitzenkleid verderben«, sagte die praktische Jose.

Das stimmte. Gerade noch rechtzeitig! »Dann nur den Korb! Und, Laura …« Ihre Mutter folgte ihr aus dem Zelt. »Auf keinen Fall sollst du …«

»Was, Mutter?«

Nein, besser, dem Kind keine solchen Gedanken in den Kopf zu setzen. »Nichts. Geh nur!«

Es begann dämmerig zu werden, als Laura ihr Gartentor schloss. Ein großer Hund rannte wie ein Schatten vorbei. Die Straße schimmerte weiß, und unten in der Senke standen die Hütten in tiefem Schatten. Wie still es schien nach diesem Nachmittag! Hier ging sie den Hügel hinab, irgendwohin, wo ein Mann tot dalag, und sie konnte es nicht begreifen. Warum konnte sie nicht? Sie blieb ein Weilchen stehen. Und ihr schien, dass Küsse, Stimmen, klirrende Löffel und Gelächter und der Geruch zertretenen Grases irgendwie in ihr drinnen waren. Für etwas anderes hatte sie keinen Platz. Wie seltsam! Sie blickte zum blassen Himmel auf, und alles, was sie dachte, war: ›Ja, es war ein überaus geglücktes Fest!‹

Jetzt wurde die breite Straße gekreuzt. Die Gasse begann – verqualmt und dunkel. Frauen in Schals und wollene Männermützen eilten vorbei. Männer lungerten über den Zäunen; Kinder spielten vor der Tür. Ein leises Summen stieg aus den armseligen kleinen Hütten auf. In einigen flackerte Licht, und ein Schatten zog krabbenartig über das Fenster. Laura senkte den Kopf und hastete weiter. Jetzt wünschte sie, sie hätte einen Mantel übergezogen. Wie ihr Kleid leuchtete! Und der große Hut mit dem flatternden Samtband – wenn es wenigstens ein andrer Hut gewesen wäre! Ob die Leute sie anstarrten? Sie mussten wohl! Es war ein Fehler, herzukommen, sie wusste es die ganze Zeit über, dass es ein Fehler war. Sollte sie selbst jetzt noch umkehren?

Nein, zu spät! Das hier war das Haus. Das musste es sein. Eine dunkle Gruppe von Menschen stand draußen. Neben der Pforte saß eine uralte Frau mit Krücke auf einem Stuhl und beobachtete. Sie hatte die Füße auf einer Zeitung. Die Stimmen brachen ab, als Laura näher trat. Die Gruppe teilte sich. Es war, als hätte man sie erwartet, als hätten sie gewusst, dass sie herkäme.

Laura war furchtbar nervös. Sie warf das Samtband über die Schulter und fragte eine Frau, die herumstand: »Ist das Mrs. Scotts Haus?«, und die Frau lächelte sonderbar und sagte: »Ja, das ist es, Mädelchen!«

Oh, weit weg sein von alledem! Stattdessen sagte sie: »Gott, steh mir bei!«, als sie den kleinen Gartenweg entlangging und anklopfte. Weit weg sein von den starrenden Augen oder bedeckt sein mit irgendwas, wenigstens mit einem dieser Frauenschals! Ich werde einfach den Korb hierlassen und gehen, beschloss sie. Ich werde nicht mal abwarten, bis er ausgepackt ist!

Dann ging die Tür auf. Eine kleine Frau in Schwarz erschien im dämmerigen Licht.

Laura fragte: »Sind Sie Mrs. Scott?« Aber zu ihrem Entsetzen antwortete die Frau: »Treten Sie bitte ein, Miss!«, und sie stand eingeschlossen auf dem Flur.

»Nein«, sagte Laura. »Ich will nicht eintreten. Ich will nur den Korb hierlassen. Mutter schickt…«

Die kleine Frau im düsteren Flur schien sie nicht gehört zu haben.

»Bitte, hier entlang, Miss!«, sagte sie mit öliger Stimme, und Laura folgte ihr.

Sie sah sich in einer armseligen Küche, die von einer blakenden Lampe erhellt wurde. Vor dem Feuer saß eine Frau.

»Emma«, sagte das kleine Geschöpf, das sie hereingelassen hatte, »Emma, hier ist eine junge Dame!« Sie wandte sich zu Laura um. Erklärend sagte sie: »Ich bin ihre Schwester, Miss. Sie entschuldigen sie, nicht wahr?«

»Oh, aber natürlich«, sagte Laura. »Bitte, bitte, stören Sie sie nicht! Ich wollte nur den Korb…«

Doch im gleichen Augenblick drehte sich die

Frau vor dem Feuer um. Ihr Gesicht – verquollen, rot, mit geschwollenen Augen und Lippen – sah schrecklich aus. Sie schien nicht verstehen zu können, weshalb Laura da war. Was hatte es zu bedeuten? Warum stand diese Fremde mit einem Korb in der Küche? Was sollte das alles? Und das arme Gesicht verzog sich schmerzlich.

»Lass nur, Liebes«, sagte die andre. »Ich werde der jungen Dame danken!«

Und wieder begann sie: »Sie werden sie sicher entschuldigen, Miss«, und ihr Gesicht, das ebenfalls geschwollen war, bemühte sich um ein öliges Lächeln.

Laura wollte nur hinaus und weg. Sie stand wieder im Flur. Die Tür öffnete sich. Sie ging geradenwegs in das Schlafzimmer, wo der Tote lag.

»Sie wollten ihn gern ansehen, nicht wahr?«, sagte Emmas Schwester und streifte an Laura vorbei zum Bett hinüber. »Fürchten Sie sich nicht, Mädelchen« – und jetzt klang ihre Stimme liebevoll und listig, und liebevoll zog sie das Leichentuch weg, »er sieht wie ein Bild aus! Nichts ist zu sehen! Kommen Sie nur, Kind!«

Laura trat vor.

Da lag ein junger Mann, lag schlafend, schlief so fest, so tief, dass er weit, weit weg von den beiden war; oh, so fern, so friedlich! Er träumte. Man durfte ihn nie mehr aufwecken! Sein Kopf war ins Kissen gesunken, seine Augen waren geschlossen, blind unter geschlossenen Lidern. Er war hingegeben an seinen Traum. Was kümmerten ihn Gartenfeste und Körbe und Spitzenkleider? Er war weit weg von solchen Dingen. Er war wundervoll, war schön. Während sie lachten und die Musik gespielt hatte, war dieses Wunder in die Gasse gekommen. Glücklich… glücklich… Alles ist gut, sagte das schlafende Gesicht. Es ist genau so, wie es sein soll. Ich bin zufrieden.

Doch trotzdem musste man weinen, und sie konnte nicht aus dem Zimmer gehen, ohne etwas zu ihm zu sagen. Laura schluchzte laut und kindlich.

»Verzeih meinen Hut!«, sagte sie.

Und diesmal wartete sie nicht auf Emmas Schwester. Sie fand den Weg zur Tür hinaus, den Gartenpfad entlang und an all den dunklen Leuten vorbei. An der Ecke stieß sie auf Laurie. Er trat aus den Schatten. »Bist du es, Laura?«

»Ja.«

»Mutter fing an, sich zu ängstigen. War alles recht?«

»Ja. Doch. O Laurie!« Sie nahm seinen Arm und schmiegte sich an ihn.

»Hör mal, du weinst doch nicht?«, fragte er.

Laura schüttelte den Kopf. Sie weinte.

Laurie legte ihr den Arm um die Schulter. »Weine nicht!«, sagte er mit seiner warmen, liebevollen Stimme. »War es schlimm?«

»Nein«, schluchzte Laura. »Es war einfach wunderbar! Aber, Laurie…« Sie verstummte, sie blickte ihren Bruder an. »Ist das Leben…«, stammelte sie, »ist das Leben nicht…« Aber wie das Leben war, konnte sie nicht erklären. Es machte nichts. Er verstand sie gut.

»Ja, nicht wahr, Liebes?«, sagte Laurie.

Das Puppenhaus

Als die liebe alte Mrs. Hay nach ihrem Aufenthalt bei den Burnells in die Stadt zurückkehrte, schickte sie den Kindern ein Puppenhaus. Es war so groß, dass der Fuhrmann und Pat es in den Hof trugen, und dort blieb es stehen, abgestellt auf zwei Holzkisten neben der Tür zur Futterkammer. Dort konnte es keinen Schaden nehmen, denn es war Sommer. Und vielleicht würde sich der Geruch verloren haben, wenn die Zeit kam, es hereinzuholen. Denn wirklich, der Geruch nach Farbe, der von diesem Puppenhaus ausströmte (›Reizend von der alten Mrs. Hay natürlich, ganz reizend und großzügig‹), aber der Geruch nach Farbe war nach Tante Beryls Ansicht genug, um jedermann ernstlich krank zu machen. Schon bevor die Sackleinwand heruntergenommen war. Und erst, als sie ab war …

Da stand das Puppenhaus, ein dunkles, öliges Spinatgrün, hellgelb abgesetzt. Seine beiden massiven, aufs Dach geklebten kleinen Schornsteine waren rot und weiß bemalt, und die Tür, glänzend gelb lackiert, glich einem Stück Karamell. Vier Fenster, richtige Fenster, wurden durch breite grüne Streifen in Scheiben unterteilt. Eine winzige Veranda war auch da, tatsächlich, gelb gestrichen, mit großen, eingetrockneten Farbtropfen, die über den Rand hingen.

Trotzdem: ein makelloses kleines Haus! Wer könnte sich wohl an dem Geruch stören? Er war ein Teil der Freude, ein Teil des Neuen!

»Schnell, mach's noch mal einer auf!«

Der Haken an der Seite war verklemmt. Pat stemmte ihn mit seinem Taschenmesser auf, und die ganze Hausfront klappte auf und – da stand man nun und schaute in ein und demselben Augenblick in den Salon und ins Esszimmer, in die Küche und in die beiden Schlafzimmer. So sollte sich jedes Haus öffnen! Warum öffneten sich nicht alle Häuser ebenso? Wie viel aufregender, als durch einen Türspalt auf einen armseligen kleinen Flur mit Hutständer und zwei Schirmen zu spähen! Das ist es, was man gern über ein Haus wissen möchte, nicht wahr, wenn man die Hand auf den Türklopfer legt? Vielleicht ist das die Art und Weise, wie Gott mitten in der Nacht die Häuser öffnet, wenn ER mit einem Engel einen ruhigen Rundgang unternimmt...

»Oh-oh!« Es klang, als wären Burnells Kinder

verzweifelt. Es war zu wunderbar, es war zu viel für sie. Nie im Leben hatten sie etwas dergleichen gesehen. Alle Zimmer waren tapeziert. Bilder waren an den Wänden, auf die Tapete gemalte, komplett mit Goldrahmen. Ein roter Teppich bedeckte alle Böden mit Ausnahme der Küche; rote Plüschsessel im Salon, grüne im Esszimmer; Tische, Betten mit richtigem Bettzeug, eine Wiege, ein Ofen, eine Anrichte mit winzigen Tellern und einem großen Krug. Was Kezia jedoch am meisten gefiel, was sie mehr als alles andre liebte, das war die Lampe. Sie stand mitten auf dem Esszimmertisch, eine kostbare, kleine bernsteingelbe Lampe mit einer weißen Glocke. Sie war sogar gefüllt, fixfertig zum Anzünden, obwohl man sie natürlich nicht anzünden konnte. Aber innen war etwas, das wie Petroleum aussah und sich bewegte, wenn man es schüttelte.

Puppenvater und Puppenmutter streckten sich im Salon so steif aus, als wären sie ohnmächtig geworden, und ihre beiden kleinen Kinder, die im oberen Stockwerk schliefen, waren eigentlich zu groß für das Puppenhaus. Sie sahen nicht so aus, als gehörten sie dazu. Doch die Lampe war einwandfrei. Sie schien Kezia anzulächeln und zu sagen: ›Ich wohne hier.‹ Die Lampe war echt.

Am nächsten Morgen konnten Burnells Kinder kaum schnell genug in die Schule gehen. Sie brannten darauf, es jedem zu erzählen, zu beschreiben und, hm, mit ihrem Puppenhaus zu prahlen, ehe die Schulglocke läutete.

»Ich erzähl's«, sagte Isabel, »weil ich die Älteste bin. Ihr zwei könnt später mitreden. Aber ich will es zuerst erzählen!« Darauf ließ sich nichts erwidern. Isabel war herrschsüchtig, aber sie hatte immer recht, und Lottie und Kezia kannten zu gut die Vorrechte, die damit verbunden waren, wenn man die Älteste war.

Sie streiften durch die dichten Butterblumen am Straßenrand und sagten nichts.

»Und ich darf auch aussuchen, wer zuerst kommt und es anschaut! Mutter hat gesagt, ich darf!«

Denn es war abgemacht worden, dass sie, solange das Puppenhaus auf dem Hof stand, die Mädchen in der Schule auffordern durften, zum Anschauen zu kommen, immer zwei auf einmal. Natürlich nicht, um zum Tee zu bleiben oder durchs Haus zu trampeln, sondern um ruhig im Hof zu stehen, während Isabel auf die Schönheiten aufmerksam machte und Lottie und Kezia zufrieden aussahen …

Aber wie sehr sie sich auch beeilten – als sie den geteerten Zaun am Spielplatz der Knaben erreicht hatten, begann die Glocke zu schrillen. Sie hatten gerade noch Zeit, ihre Hüte herunterzureißen und sich in Reih und Glied zu stellen, ehe die Namen aufgerufen wurden. Einerlei! Isabel versuchte es auszugleichen, indem sie sehr überlegen und geheimnisvoll dreinsah und den Mädchen neben sich hinter der vorgehaltenen Hand zuflüsterte: »Muss euch in der Pause was erzählen!«

Die Pause kam, und Isabel wurde umringt. Die Mädchen aus ihrer Klasse rauften sich beinah darum, den Arm um sie zu legen und mit ihr wegzugehen, schmeichelnd zu lächeln und ihre beste Freundin zu sein. Sie hielt förmlich Hof unter den hohen Kiefern am Rande des Spielplatzes. Die kleinen Mädchen drängten sich nah heran, stießen einander an und kicherten. Und die einzigen beiden, die außerhalb des Kreises standen, waren die zwei, die immer außerhalb standen: die kleinen Kelveys. Sie hüteten sich, den Burnells zu nahe zu kommen.

Es verhielt sich nämlich so, dass die Schule, die Burnells Kinder besuchten, durchaus nicht die Art Schule war, die ihre Eltern ausgesucht haben würden, hätten sie die Wahl gehabt. Aber sie hatten keine Wahl. Es war die einzige Schule auf Meilen in der Runde. Und die Folge war, dass alle Kinder der Nachbarschaft, die kleinen Mädchen des Richters, die Töchter des Doktors und die Kinder des Kaufmanns und des Milchmanns zwangsläufig miteinander Umgang hatten.

Gar nicht davon zu reden, dass eine gleich große Anzahl derber, grober kleiner Jungen dabei war. Doch irgendwo musste ein Strich gezogen werden. Er wurde bei den Kelveys gezogen. Viele Kinder einschließlich der Burnells durften nicht einmal mit ihnen sprechen. Sie gingen mit erhobenem Kopf an den Kelveys vorüber, und da sie in allem, was das Benehmen betraf, den Ton angaben, wurden die Kelveys von allen gemieden. Sogar die Lehrerin hatte einen besonderen Tonfall für sie und ein besonderes Lächeln für die andern Kinder, wenn Lil Kelvey mit einem Strauß furchtbar gewöhnlich aussehender Blumen zu ihr ans Pult trat.

Die kleinen Kelveys waren die Kinder einer munteren, schwer arbeitenden kleinen Waschfrau, die im Tagelohn von Haus zu Haus ging. Das war übel genug. Wo aber war Mr. Kelvey? Niemand wusste etwas Genaues. Doch es hieß, er sei im Gefängnis. Sie waren also die Töchter einer Waschfrau und eines Zuchthäuslers. Sehr netter Umgang für andrer Leute Kinder! Und sie sahen auch so aus. Weshalb Mrs. Kelvey sie so auffällig anzog, war schwer zu verstehen. Die Wahrheit war, dass sie in ›Abgelegtes‹ gekleidet waren, das ihr die Leute geschenkt hatten, für die sie arbeitete. Lil zum Beispiel, ein stämmiges, reizloses Kind mit großen Sommersprossen, kam in einem Kleid in die Schule, das aus einer grünen Kunststoffdecke der Familie Burnell und roten Plüschärmeln aus den Vorhängen der Familie Logan bestand. Ihr Hut, der oben über ihrer hohen Stirn thronte, war ein Hut für Erwachsene – einst das Eigentum der Postbeamtin, Miss Lecky. Er war hinten hochgeschlagen und mit einer großen, scharlachroten Feder verziert. Wie eine kleine Vogelscheuche sah sie aus! Es war unmöglich, nicht über sie zu lachen. Und ihre kleine Schwester, ›unsre Else‹, trug ein langes weißes Kleid, fast wie ein Nachthemd, und ein Paar Jungenstiefel. Aber was auch immer unsre Else trug, sie würde stets seltsam aussehen. Sie war ein winziges, engbrüstiges Kind mit kurzgeschorenem Haar und riesengroßen, ernsten Augen – eine kleine weiße Eule. Niemand hatte sie je lachen sehen; sie sprach kaum jemals. Sie ging durchs Leben, indem sie sich an Lil festhielt, einen Zipfel von Lils Rock in der Hand zusammenknüllend. Wohin Lil ging, folgte ihr unsre Else. Auf dem Spielplatz und auf der Straße zur und von der Schule marschierte Lil vorneweg, und unsre Else hielt sich hintendran. Nur wenn unsre

Else etwas wollte oder außer Atem war, zog oder zupfte sie an Lils Rock, und Lil blieb stehen und drehte sich um. Die Kelveys hielten zusammen!

Jetzt lungerten sie am Außenrand herum; man konnte nicht verhindern, dass sie zuhörten. Als die kleinen Mädchen sich umdrehten und spöttisch lachten, setzte Lil, wie üblich, ihr albernes, verschämtes Lachen auf, unsre Else aber starrte nur.

Und Isabels Stimme fuhr sehr stolz zu erzählen fort. Der Teppich machte großen Eindruck, aber auch die Betten mit dem richtigen Bettzeug und der Herd mit der Tür an der Bratröhre.

Als sie fertig war, platzte Kezia los: »Du hast die Lampe vergessen, Isabel!«

»O ja«, sagte Isabel. »Und eine winzig kleine Lampe ist da, ganz aus gelbem Glas gemacht; mit einer weißen Glasglocke steht sie auf dem Esszimmertisch. Man kann sie nicht von einer richtigen unterscheiden!«

»Die Lampe ist das Schönste von allem!«, rief Kezia. Sie fand, dass Isabel bei weitem nicht genug von der Lampe hermachte. Doch niemand achtete auf sie. Isabel wählte zwei Mädchen aus, die am Nachmittag mit ihnen kommen und das Puppenhaus anschauen sollten. Sie wählte Emmie Cole und Lena Logan. Und als die übrigen erfuhren, dass sie alle an die Reihe kommen sollten, konnten sie gar nicht nett genug zu Isabel sein. Eine nach der andern umarmte Isabel und zog sie mit sich fort. Sie mussten ihr etwas zuflüstern, ein Geheimnis. »Isabel ist meine Freundin!«

Nur die kleinen Kelveys gingen unbeachtet weg; für sie gab es nichts mehr zu hören.

Die Tage vergingen, und als immer mehr Kinder das Puppenhaus sahen, verbreitete sich sein Ruhm. Es wurde zum einzigen Gesprächsstoff, es war ›der letzte Schrei‹. Nur die eine Frage gab es: ›Hast du Burnells Puppenhaus gesehen? Oh, ist es nicht süß?‹ –›Was, du hast es noch nicht gesehen? Also hör mal!‹

Sogar die Mittagspause benutzten sie, um darüber zu sprechen. Die kleinen Mädchen saßen unter den Kiefern und aßen ihre dick mit Hammelfleisch belegten Sandwiches und große, mit Butter bestrichene Scheiben Weißbrot, und immer saßen, so nah sie nur konnten, die Kelveys da, unsre Else sich an Lil festhaltend, und hörten ebenfalls zu, während sie ihr Marmeladenbrot aus einem Stück Zeitungspapier aßen, das von großen roten Klecksen aufgeweicht war.

»Mutter«, fragte Kezia, »kann ich die Kelveys auffordern, nur dies eine Mal?«

»Bestimmt nicht, Kezia!«

»Aber warum nicht?«

»Geh, Kezia; du weißt ganz gut, warum nicht.«

Schließlich hatten es alle gesehen, ausgenommen die beiden Kelveys. An jenem Tag erlahmte der Gesprächsstoff etwas. Es war während der Mittagspause. Die Kinder standen in einer Gruppe unter den Kiefern, und plötzlich, als sie die Kelveys erblickten, die wie immer abseits saßen und aus ihrem Zeitungspapier aßen, beschlossen sie, ekelhaft zu ihnen zu sein. Emmie Cole begann mit dem Getuschel.

»Lil Kelvey wird mal ein Dienstbolzen, wenn sie erwachsen ist!«

»Oh-oh! Wie furchtbar!«, sagte Isabel Burnell und zwinkerte Emmie zu.

Emmie schluckte sehr bedeutungsvoll und nickte zu Isabel hinüber, wie sie es bei ähnlichen Gelegenheiten an ihrer Mutter beobachtet hatte.

»Es ist wahr – es ist wahr – es ist wahr«, sagte sie.

Dann zwinkerte Lena Logan mit ihren kleinen Augen. »Soll ich sie fragen?«, flüsterte sie.

»Wetten, dass du's nicht tust?«, sagte Jessie May.

»Pah, ich habe keine Angst«, sagte Lena. Plötzlich quietschte sie und tanzte vor den andern Mädchen herum. »Gebt acht! Gebt auf mich acht!«, rief

Lena. Und schurrend und schlitternd und einen Fuß nach sich ziehend kicherte Lena hinter der vorgehaltenen Hand und ging zu den Kelveys.

Lil sah von ihrem Essen hoch. Schnell stopfte sie den Rest weg. Unsre Else hörte auf zu kauen. Was würde jetzt geschehen?

»Ist es wahr, dass du ein Dienstbolzen wirst, wenn du erwachsen bist, Lil Kelvey?«, fragte Lena schrill.

Totenstille. Statt einer Antwort sah Lil sie nur mit ihrem albernen, verschämten Lächeln an. Sie schien die Frage überhaupt nicht übelzunehmen. Was für ein Reinfall für Lena! Die Mädchen begannen zu kichern.

Das konnte Lena nicht ertragen. Sie stemmte die Hände in die Seite und schoss vor: »Ätsch, dein Vater ist im Gefängnis«, zischte sie boshaft.

Es war so großartig, so etwas gesagt zu haben, dass die kleinen Mädchen allesamt furchtbar aufgeregt und ganz wild vor Freude davonstoben. Jemand fand einen langen Strick, und sie spielten Seilspringen. Und noch nie waren sie so hoch gesprungen, noch nie waren sie so schnell drunter durchgelaufen, und nie hatten sie so wagemutige Dinge unternommen wie an jenem Morgen.

Am Nachmittag holte Pat die Burnell-Kinder mit dem Buggy ab, und sie fuhren nach Hause. Es waren Gäste da. Isabel und Lottie liebten es, wenn Gäste da waren, und sie gingen hinauf, um die Schürzen zu wechseln. Aber Kezia stahl sich zur Küchentür hinaus. Niemand war zu sehen. Sie begann, auf dem großen weißen Hoftor hin und her zu pendeln. Als sie die Straße entlangschaute, sah sie zwei Pünktchen. Sie wurden größer, sie kamen auf sie zu. Jetzt konnte sie sehen, dass eins vorneweg und das andre dicht dahinterging. Jetzt konnte sie sehen, dass es die Kelveys waren. Kezia hörte auf zu pendeln. Sie glitt vom Tor herunter, als wollte sie fortlaufen. Dann zögerte sie. Die Kelveys kamen näher, und neben ihnen ging – in die Länge gezogen – ihr Schatten und reichte quer über die Straße, sodass ihre Köpfe über die Butterblumen hüpften.

»Hallo!«, rief sie den vorübergehenden Kelveys zu. Sie waren so verdutzt, dass sie stehenblieben.

Lil setzte ihr albernes Lächeln auf.

Unsre Else starrte.

»Ihr könnt kommen und euch unser Puppenhaus ansehen, wenn ihr wollt«, sagte Kezia und schleifte einen Zeh über den Boden. Doch da wurde Lil rot und schüttelte entschieden den Kopf.

»Warum nicht?«, fragte Kezia.

Lil schnaufte, dann sagte sie: »Deine Ma hat zu unsrer Ma gesagt, ihr sollt nicht mit uns sprechen.«

»Ach so«, sagte Kezia. Sie wusste nicht, was sie erwidern sollte. »Es macht nichts. Ihr könnt trotzdem kommen und unser Puppenhaus ansehen. Los! Niemand sieht's!«

Aber Lil schüttelte den Kopf noch heftiger.

»Möchtet ihr nicht?«, fragte Kezia.

Plötzlich zupfte und zerrte es an Lils Rock. Sie drehte sich um. Unsre Else sah sie mit großen, flehenden Augen an; sie hatte die Stirn kraus gezogen und wollte hineingehen. Einen Augenblick sah Lil unsre Else sehr unsicher an. Doch da zupfte unsre Else sie wieder am Rock. Sie machte ein paar Schritte. Kezia ging voran. Wie zwei kleine streunende Katzen folgten sie ihr über den Hof dorthin, wo das Puppenhaus stand.

»Da ist es!«, sagte Kezia.

Eine Pause entstand. Lil atmete laut, sie schnarchte fast; unsre Else war stumm wie ein Stein.

»Ich werde es für euch öffnen«, sagte Kezia freundlich. Sie machte den Haken auf, und sie schauten hinein.

»Hier ist der Salon, und hier ist das Esszimmer, und das hier ist die ...«

»Kezia!«

Oh, wie sie zusammenzuckten!

»Kezia!«

Es war Tante Beryls Stimme. Sie drehten sich

um. In der Küchentür stand Tante Beryl und riss die Augen auf, als könne sie nicht glauben, was sie sah.

»Wie kannst du es wagen, die Kelveys in den Hof zu holen?«, rief ihre kalte, zornige Stimme. »Du weißt so gut wie ich, dass ihr nicht mit ihnen sprechen sollt! Lauft weg, Kinder, lauft sofort weg! Und kommt nicht wieder her!«, rief Tante Beryl. Und sie trat in den Hof und scheuchte sie hinaus, als wären sie Hühner.

»Schert euch sofort weg!«, rief sie kalt und stolz.

Nicht nötig, es ihnen zweimal zu sagen. Lil glühte vor Scham, schrumpfte zusammen und huschelte wie ihre Mutter von dannen; unsre Else war benommen; irgendwie gelang es ihnen, den großen Hof zu überqueren und sich durch das weiße Tor zu zwängen.

»Du böses, ungehorsames Mädchen!«, sagte Tante Beryl erbittert zu Kezia und schlug das Puppenhaus zu.

Ihr Nachmittag war schlecht gewesen. Ein Brief war von Willie Brent gekommen, ein entsetzlicher, bedrohlicher Brief, in dem es hieß, wenn sie ihn nicht am Abend in Pulmans Buschwald treffen würde, käme er an die Vordertür, um nach dem Grund zu fragen. Doch jetzt, nachdem sie die kleinen Ratten, die Kelveys, fortgeschüchtert und

Kezia tüchtig ausgescholten hatte, war ihr leichter ums Herz. Der schaurige Druck war weg. Summend ging sie wieder ins Haus.

Als die Kelveys ganz außer Sehweite der Burnells waren, setzten sie sich zum Ausruhen auf ein großes rotes Kanalrohr am Straßenrand. Lils Wangen glühten noch; sie nahm den Hut mit der Feder ab und hielt ihn auf den Knien. Träumerisch blickten beide auf die Koppel, über den Bach und zu der Gruppe von Akazien, wo Logans Kühe standen und darauf warteten, gemolken zu werden. Was dachten die beiden wohl?

Plötzlich drängte sich unsre Else nah an ihre Schwester heran. Die zornige Dame hatte sie inzwischen vergessen. Sie hob den Finger und strich über die Feder ihrer Schwester; sie lächelte ihr seltsames Lächeln.

»Ich habe die kleine Lampe gesehen«, sagte sie leise.

Dann waren sie beide wieder still.

Die Fliege

»Sie haben's hier sehr gemütlich«, piepste der alte Mr. Woodifield und lugte aus dem großen, grünledernen Sessel neben dem Schreibtisch des Chefs, seines Freundes – wie ein Baby aus seinem Kinderwagen hervorlugt. Seine Unterredung war beendet; es war an der Zeit, wegzugehen. Aber er wollte nicht gehen. Seit er sich zur Ruhe gesetzt hatte, seit seinem ... Schlaganfall hielten ihn seine Frau und seine Töchter jeden Tag der Woche mit Ausnahme des Dienstags im Hause eingesperrt. Am Dienstag wurde er gut angekleidet und gebürstet und durfte für den einen Tag wieder in die City. Doch was er dort trieb, konnten sich seine Frau und seine Töchter nicht vorstellen. Fiel seinen Freunden lästig, vermuteten sie ... Nun ja, vielleicht. Dennoch klammern wir uns alle an unsre letzten Freuden wie der Baum an seine letzten Blätter. Da saß also der alte Woodifield, rauchte eine Zigarre und blickte beinah gierig auf den Chef, der sich in seinem Bürostuhl wälzte, dick, rosig, fünf Jahre älter als er und noch immer auf der Höhe, noch immer am Steuer. Es tat einem wohl, ihn zu sehen.

Sehnsüchtig und bewundernd fuhr die alte Stimme fort: »Wirklich sehr gemütlich, auf mein Wort!«

»Ja, es ist ganz komfortabel«, gab der Chef zu und klatschte mit dem Papiermesser auf die *Financial Times.* Im Grunde war er sehr stolz auf sein Zimmer; er hatte es gern, wenn es bewundert wurde, besonders vom alten Woodifield. Es verlieh ihm ein Gefühl tiefer, unerschütterlicher Genugtuung, hier mittendrin zu thronen, in voller Sicht vor der gebrechlichen alten Gestalt im Wollschal.

»Ich habe es kürzlich neu herrichten lassen«, erklärte er, wie er es in den letzten Wochen – seit wie viel Wochen? – stets erklärt hatte. »Ein neuer Teppich!«, und er zeigte auf den leuchtend roten Teppich mit dem Muster aus großen weißen Ringen. »Neue Möbel!«, und er deutete mit einer Kopfbewegung auf den wuchtigen Bücherschrank und den Tisch mit seinen Korkenzieherbeinen. »Elektrische Heizung!« Er winkte fast triumphierend zu den fünf durchsichtigen, perlmatten Würsten, die so sanft in der schräg gestellten Kupfermuschel glommen.

Doch auf die Fotografie über dem Tisch – die

Fotografie eines ernsten jungen Mannes in Uniform, der in einem geisterhaften Fotografenpark mit Sturmwolken im Rücken dastand – machte er den alten Woodifield nicht aufmerksam. Sie war seit über sechs Jahren dort.

»Da war noch etwas, was ich Ihnen erzählen wollte«, sagte der alte Woodifield, und seine Augen wurden trübe, während er nachdachte. »Was war es nur? Ich wusste es noch ganz genau, als ich heute Morgen wegging.« Seine Hände begannen zu zittern, und über seinem Bart bildeten sich rote Flecke.

Der arme alte Kerl, dachte der Chef, er pfeift auf dem letzten Loch! In freundlicher Stimmung zwinkerte er dem alten Mann zu und sagte scherzhaft: »Ich werde Ihnen was verraten! Ich habe hier einen kleinen Tropfen, etwas, das Ihnen guttun wird, ehe Sie wieder in die Kälte hinausgehen. Es ist ein edler Stoff! Würde keinem Baby schaden!« Er löste einen Schlüssel von seiner Uhrkette, schloss unten im Schreibtisch ein Fach auf und holte eine dunkle, dickbauchige Flasche hervor. »Das ist die Medizin!«, sagte er. »Und der Mann, von dem ich sie habe, hat mir unter strengster Verschwiegenheit erzählt, sie käme aus den Kellern von Schloss Windsor!«

Bei ihrem Anblick sperrte der alte Woodifield

den Mund auf. Er hätte nicht erstaunter aussehen können, wenn der Chef ein Kaninchen hervorgezaubert hätte.

»Es ist Whisky, nicht wahr?«, piepste er schwach.

Der Chef drehte die Flasche herum und zeigte ihm liebevoll das Etikett. Es war tatsächlich Whisky.

»Denken Sie«, sagte er und sah den Chef verdutzt an, »zu Hause lassen sie mich keinen Whisky anrühren.« Und er sah aus, als würde er in Tränen ausbrechen.

»Ah, davon verstehen wir ein bisschen mehr als die Damen«, rief der Chef, langte quer über den Tisch nach zwei Gläsern, die neben der Wasserkaraffe standen, und goss in jedes einen gut bemessenen Fingerhoch Whisky ein. »Kippen Sie's runter! Es wird Ihnen guttun! Und nehmen Sie kein Wasser dazu! Es wäre eine Entweihung, Stoff wie diesen zu verfälschen. Ah!« Er goss seinen Schluck hinunter, zog sein Taschentuch hervor, wischte sich rasch den Schnurrbart und blickte, verständnisinnig zwinkernd, auf den alten Woodifield, der seinen Schluck noch zwischen den Kinnbacken herumrollen ließ.

Der alte Mann schluckte, schwieg einen Augenblick und sagte dann matt: »Ist stark!«

Aber er wärmte ihn – er kroch in sein fröstelndes altes Gehirn, und er erinnerte sich wieder.

»Das war's!«, sagte er und hievte sich aus dem Sessel. »Ich dachte, es würde Sie interessieren. Die Mädchen waren vorige Woche in Belgien, um nach dem Grab von unserm armen Reggie zu sehen, und zufällig stießen sie auf das Grab Ihres Jungen. Wie es scheint, liegen sie ganz nah beieinander.«

Der alte Woodifield machte eine Pause, aber der Chef antwortete nichts darauf. Nur ein Zucken in seinen Augenlidern verriet, dass er zuhörte.

»Die Mädchen waren begeistert, wie gepflegt alles ist«, piepste die Stimme. »Wunderschön gepflegt. Es könnte nicht besser sein, wenn sie zu Hause wären. Sie sind ja wohl nie drüben gewesen, was?«

»Nein, nie!« Aus verschiedenen Gründen war der Chef nicht drüben gewesen.

»Meilenweit zieht sich's hin«, zirpte der alte Woodifield, »und alles so schmuck wie ein Garten. Auf allen Gräbern blühen Blumen! Hübsche breite Wege!« Seine Stimme verriet, dass er hübsche breite Wege liebte.

Wieder trat eine Pause ein. Dann wurde der alte Mann wunderbar lebendig.

»Wissen Sie, was die Mädchen im Hotel für ein Glas Marmelade zahlen mussten?«, piepste er. »Zehn Francs! Das nenne ich Nepp! Es war ein kleines Glas, sagt Gertrude, nicht größer als eine halbe Krone! Und sie hatte nicht mehr als einen Löffelvoll genommen, und dafür verlangten sie ihr zehn Francs ab! Gertrude hat das Glas mitgenommen, um ihnen eine Lehre zu erteilen. Und das war recht so: es ist Geschäftemachen mit unsern Gefühlen! Sie glauben, weil wir nach drüben fahren, um uns mal umzuschauen, sind wir bereit, wer weiß was zu zahlen. So ist es!« Und er wandte sich zur Tür.

»Sehr richtig! Sehr richtig!«, rief der Chef, obwohl er nicht die leiseste Ahnung hatte, was sehr richtig war. Er kam hinter seinem Schreibtisch hervor, folgte den schurrenden Schritten und öffnete dem alten Mann die Tür. Dann war Woodifield weg.

Eine ganze Weile blieb der Chef stehen und starrte vor sich hin, während der grauhaarige Bürobote, der ihn beobachtete, zu seinem Glaskasten ein und aus flitzte – wie ein Hund, der erwartet, spazierengeführt zu werden. Dann sagte der Chef: »Ich bin eine halbe Stunde für niemanden zu sprechen, Macey! Verstanden? Für niemanden!«

»Ja, Sir!«

Die Tür schloss sich, feste, schwere Schritte überquerten abermals den leuchtenden Teppich, der dicke Körper plumpste in den gefederten Stuhl, und der Chef beugte sich vor und bedeckte das Gesicht mit den Händen. Er wollte weinen, er beabsichtigte es, er hatte sich darauf vorbereitet zu weinen. Es war für ihn ein furchtbarer Schock gewesen, als der alte Woodifield ihn mit der Bemerkung vom Grab des Jungen überfiel. Es war genauso, als hätte sich die Erde geöffnet und er hätte den Jungen dort liegen sehen, während die Töchter der Woodifields auf ihn niederstarrten. Denn es war seltsam. Obwohl mehr als sechs Jahre verstrichen waren, dachte der Chef nie anders an den Jungen, als läge er unverwundet und makellos in seiner Uniform im ewigen Schlaf. »Mein Sohn!«, stöhnte der Chef. Aber die Tränen kamen noch nicht. In der Vergangenheit, in den ersten Monaten nach dem Tode des Jungen und sogar Jahre danach, brauchte er nur diese Worte zu sagen, und er wurde von einem derartigen Kummer überwältigt, dass nichts als ein heftiger Weinkrampf ihm Erleichterung verschaffen konnte. Die Zeit, so hatte er damals erklärt und es jedermann erzählt, könne daran nichts ändern. Andre Männer könnten sich vielleicht erholen, vielleicht über ihren Verlust hinwegkommen, er jedoch nicht. Wie wäre es möglich? Der Junge war sein einziger Sohn gewesen. Von seiner Geburt an hatte der Chef nur dafür gearbeitet, dieses Geschäft für ihn aufzubauen; es hatte keinen Sinn, wenn es nicht für den Jungen war; das Leben selbst hatte allmählich nur diesen Sinn bekommen. Wie in aller Welt hätte er sich all die Jahre abrackern können, sich vieles versagen und durchhalten können, wenn nicht mit der ständigen Zuversicht vor Augen, dass der Junge in seine Fußstapfen treten und dort weitermachen würde, wo er aufhörte?

Und die Hoffnung war so nah dran gewesen, sich zu erfüllen! Vor dem Krieg war der Junge ein Jahr lang im Büro, um sich einzuarbeiten. Jeden Morgen waren sie gemeinsam hingefahren, und mit dem gleichen Zug waren sie zurückgekommen. Und ihn als den Vater des Jungen – wie hatte man ihn beglückwünscht! Kein Wunder: er hatte sich großartig eingelebt! Und was seine Beliebtheit beim Personal betraf, so konnte jeder Einzelne bis hinunter zum alten Macey ihn nicht genug rühmen. Und er war nicht im Geringsten eingebildet. Nein, er war ganz sein strahlendes, natürliches Selbst, mit dem rechten Wort für jedermann und mit dem jungenhaften Aussehen und seiner Gewohnheit, ›einfach glänzend‹ zu rufen.

Doch all das war aus und vorbei, als wäre es nie gewesen. Der Tag war gekommen, an dem

Macey ihm das Telegramm reichte, woraufhin das ganze Luftschloss über ihm zusammenkrachte. ›Wir bedauern aufs tiefste, Ihnen mitteilen zu müssen …‹ Und als ein gebrochener Mann hatte er das Büro verlassen; sein Leben war vernichtet.

Vor sechs Jahren … sechs Jahren … Wie schnell die Zeit vergeht! Es hätte gestern passiert sein können. Der Chef nahm die Hände vom Gesicht; er war verblüfft. Etwas schien nicht mit ihm zu stimmen. Er empfand nicht so, wie er empfinden wollte. Er beschloss, aufzustehen und einen Blick auf die Fotografie des Jungen zu werfen. Aber es war nicht seine Lieblingsfotografie von ihm; der Ausdruck war unnatürlich. Er blickte kalt drein, sogar streng. So hatte der Junge nie ausgesehen.

In diesem Augenblick bemerkte der Chef eine Fliege, die in sein großes Tintenfass gefallen war und schwache, aber verzweifelte Versuche unternahm, wieder herauszukrabbeln. Hilfe! Hilfe!, sagten die zappelnden Beine. Doch die Seitenwände des Tintenfasses waren feucht und schlüpfrig; sie fiel wieder hinein und begann zu schwimmen. Der Chef nahm seine Feder, hob die Fliege aus der Tinte und schüttelte sie auf das Löschblatt. Für den Bruchteil einer Sekunde lag sie ruhig in dem dunklen Klecks, der um sie herum versickerte. Dann trillerten die Vorderbeine und fanden Halt, und sie zog den kleinen, aufgeweichten Körper hoch und begann mit der Riesenarbeit, die Tinte von ihren Flügeln abzuputzen. Drüber und drunter, drüber und drunter fuhr das Bein über einen Flügel, wie der Wetzstein über und unter die Sense fährt. Dann eine Pause, während die Fliege auf den Zehenspitzen zu stehen schien und zuerst den einen und dann den andern Flügel auszubreiten versuchte. Endlich gelang es ihr, und sie setzte sich und begann, wie ein winzig kleines Kätzchen ihr Gesicht zu putzen. Man konnte sich jetzt vorstellen, wie leicht und fröhlich sich die kleinen Vorderbeine aneinanderrieben. Die grässliche Gefahr war vorbei; sie war entkommen; sie war wieder fürs Leben bereit.

Doch da gerade kam dem Chef ein Gedanke. Er tauchte seine Feder in die Tinte und stützte sein dickes Handgelenk aufs Löschblatt, und als die Fliege ihre Flügel ausprobierte, tropfte ein großer schwarzer Klecks auf sie herunter. Was würde sie dagegen tun? Ja, was wohl? Der kleine Wicht war gänzlich entmutigt und betäubt und wagte sich nicht zu rühren, vor Angst, was als Nächstes passieren würde. Doch dann, als wäre es schmerzhaft, schleppte sie sich weiter. Die Vorderfüße trillerten und fanden Halt, und die Arbeit begann – diesmal langsamer – von neuem!

›Sie ist ein tapferes kleines Teufelchen!‹, dachte der Chef und empfand richtige Bewunderung für den Mut der Fliege. So musste man an die Dinge herangehen, das war der richtige Kampfgeist! Nie aufgeben! Es war nur eine Frage von …

Aber die Fliege hatte ihre mühevolle Arbeit beendet, und der Chef hatte gerade noch Zeit, seine Feder einzutauchen, um auf den frisch geputzten Körper ganz offen und ehrlich noch einen dunklen Tropfen fallen zu lassen. Wie stand es diesmal damit? Ein qualvoll verhaltener Augenblick folgte. Aber sieh an, die Vorderbeine zappelten schon wieder; der Chef spürte eine große Erleichterung. Er beugte sich über die Fliege und sagte zärtlich: »Du gescheites kleines Luder!« Und dann kam ihm die glänzende Idee, sie anzuhauchen, um den Trockenprozess zu beschleunigen. Trotzdem war jetzt etwas Schüchternes und Mattes in ihren Anstrengungen, und der Chef beschloss, dass dies das letzte Mal sein sollte, als er die Feder tief ins Tintenfass tauchte.

Und das war es. Der letzte Klecks fiel auf das durchweichte Löschpapier, und die besudelte Fliege lag mittendrin und rührte sich nicht. Die Hinterbeine klebten am Körper, die Vorderbeine waren nicht zu sehen.

»Los!«, rief der Chef. »Ein bisschen dalli!« Und

er stupste sie mit der Feder an – vergebens! Nichts geschah oder versprach zu geschehen. Die Fliege war tot.

Der Chef hob die Leiche auf die Spitze des Brieföffners und schleuderte sie in den Papierkorb. Aber eine so zermürbende Niedergeschlagenheit packte ihn, dass er sich buchstäblich fürchtete. Er schoss vor und drückte auf den Klingelknopf, um Macey herbeizuholen.

»Bring mir frisches Löschpapier«, sagte er streng, »und mach ein bisschen dalli!« Und als der alte Knabe wegtrabte, begann der Chef sich zu fragen, worüber er vorhin nachgedacht hatte. Was war es gewesen? Es war … Er holte sein Taschentuch hervor und fuhr innen am Kragenrand entlang. Er konnte sich nicht erinnern, ums Leben nicht.

Der Kanarienvogel

Sehen Sie den großen Nagel rechts von der Haustür? Selbst jetzt noch mag ich kaum hinschauen, und doch bring' ich's nicht über mich, ihn rauszuziehen! Ich möchte gern denken, dass er immer dort bliebe, auch wenn ich nicht mehr da bin. Manchmal hör' ich, wie die Leute, die nach mir hier wohnen, zueinander sagen: »Dort muss mal ein Käfig gehangen haben!« Und das tröstet mich; dann denke ich, er ist nicht ganz vergessen.

... Sie können sich nicht vorstellen, wie wunderschön er sang! Gar nicht wie andere Kanarienvögel. Und das bilde ich mir nicht etwa bloß ein. Vom Fenster aus habe ich oft gesehen, wie die Leute an der Gartenpforte stehenblieben, um ihm zuzuhören, oder wie sie sich beim Jasmin über den Zaun lehnten und eine ganze Zeitlang zuhörten, so hingerissen waren sie. Wahrscheinlich kommt es Ihnen verrückt vor – aber nicht, wenn Sie ihn gehört hätten –, doch mir schien es wirklich immer, dass er ganze Lieder sang – mit einem Anfang und einem Ende.

Wenn ich zum Beispiel am Nachmittag mit meiner Hausarbeit fertig war und eine andre Bluse angezogen hatte und meine Näharbeit hier auf die Veranda brachte, dann hüpfte er immer hopp-hopp-hopp von einer Stange auf die andre, klopfte gegen die Gitterstäbe, wie um meine Aufmerksamkeit auf sich zu lenken, nippte einen Schluck Wasser wie jeder Sänger und stimmte dann ein so herrliches Lied an, dass ich die Nadel sinken lassen musste, um ihm zuzuhören. Ich kann's nicht beschreiben – ich wollte, ich könnt's. Dabei ging's jeden Nachmittag so, und immer war mir, als hätte ich jeden Ton verstanden.

... Ich habe ihn geliebt! Und wie ich ihn geliebt habe! Vielleicht kommt es nicht so sehr darauf an, *was* man in dieser Welt liebt. Aber etwas lieben muss man. Natürlich hatte ich immer mein kleines Haus und den Garten, aber aus irgendeinem Grund genügte mir das nicht. Blumen haben ihre eigene, wundervolle Sprache, aber Mitgefühl kennen sie nicht.

Den Abendstern – den hab' ich geliebt. Klingt Ihnen das töricht? Nach Sonnenuntergang bin ich immer in den Hof gegangen und hab' auf ihn gewartet, bis er über dem dunklen Eukalyptus aufgegangen ist. Dann hab' ich geflüstert: »Da bist du also, mein Guter!« Und genau in jenem ersten

Moment schien er für mich allein zu leuchten. Er schien zu verstehen, was mich bewegte – etwas, was wie Sehnsucht und doch keine Sehnsucht war. Vielleicht Trauer – ja, eher wie Trauer. Aber weshalb denn Trauer? Es gibt vieles in meinem Leben, wofür ich dankbar sein muss.

...Doch nachdem *er* in mein Leben gekommen war, vergaß ich den Abendstern. Ich brauchte ihn nicht mehr. Aber es war sonderbar. Als der Chinese, der immer an die Tür kommt und Vögel verkaufen will, ihn in seinem kleinen Käfig hochhielt, flatterte er nicht ängstlich herum, wie die armen kleinen Stieglitze, sondern er piepste nur einmal ganz leise, und ich – genau wie ich's dem Stern über dem Eukalyptus immer zugeflüstert hatte – sagte: »Da bist du also, mein Guter!« Von dem Augenblick an war er mein.

...Selbst jetzt in der Erinnerung wundert es mich, wie er und ich miteinander lebten. Sowie ich frühmorgens nach unten kam und das Tuch von seinem Käfig zog, begrüßte er mich mit einem schläfrigen kleinen Ton. Ich wusste, er meinte: ›Missie! Missie!‹ Dann hängte ich seinen Käfig draußen an den Nagel und machte für meine drei jungen Burschen das Frühstück zurecht, und ich holte ihn erst wieder herein, wenn wir das Haus ganz für uns allein hatten. Nachdem ich das Geschirr abgewaschen hatte, begann eine richtige kleine Vorstellung. Ich breitete auf der einen Tischecke eine Zeitung aus, und sowie ich den Käfig draufstellte, schlug er wie ein Verzweifelter mit den Flügeln, als wüsste er nicht, was käme. »Du bist ein richtiger kleiner Komödiant!«, schalt ich dann. Ich schrubbte den Einsatz, streute frischen Sand drüber, füllte sein Körner- und Futternäpfchen und klemmte etwas Vogelmiere und eine halbe Paprikaschote zwischen die Stäbe. Und ich bin ganz sicher, dass er jede Einzelheit dieser kleinen Prozedur begriff und schätzte. Er war nämlich von Natur überaus reinlich. Nie hat er seine Stange bekleckert. Und man musste nur sehen, wie er sein Bad genoss – dann wusste man sofort, dass er einen geradezu leidenschaftlichen Sauberkeitsfimmel hatte. Sein Bädchen kam immer zuletzt hinein. Und kaum hing es drin, da stürzte er sich förmlich hinein. Zuerst spreizte er den einen Flügel, dann den andern, dann tauchte er den Kopf ein und besprengte seine Brustfedern. Er hatte die ganze Küche voll Wassertropfen gespritzt, aber er wollte noch immer nicht heraus. Meistens sagte ich zu ihm: »Das genügt jetzt wirklich – du spielst dich nur auf!« Und endlich hüpfte er heraus, und auf einem Bein stehend, begann er sich trocken zu zupfen. Schließlich schüttelte er sich noch einmal, wippte und piepste und reckte die Kehle – oh, ich kann's kaum ertragen, daran zu denken. Es war immer die Zeit, in der ich die Messer putzte, und es schien mir fast, als sängen auch die Messer, wenn ich sie auf dem Brett blank rieb.

… Gesellschaft, verstehen Sie – das bedeutete er für mich. Eine einzigartige Gesellschaft! Wenn Sie allein gelebt haben, werden Sie einsehen, wie kostbar so etwas ist. Ich hatte natürlich meine drei jungen Burschen, die abends zum Essen kamen, und manchmal blieben sie hinterher im Esszimmer und lasen die Zeitung. Aber ich konnte nicht von ihnen erwarten, dass sie sich für die hunderterlei Kleinigkeiten interessierten, die zu meinem Alltag gehörten. Warum auch? Ich bedeutete ihnen ja nichts. Eines Abends hörte ich sogar, wie sie auf der Treppe von mir als der ›Vogelscheuche‹ sprachen. Macht nichts. Es machte mir nichts aus. Nicht ein bisschen. Ich versteh's gut. Sie sind jung. Warum sollte ich's übel nehmen? Aber ich erinnere mich, dass ich an jenem Abend besonders dankbar war, nicht ganz allein zu sein. Nachdem sie weggegangen waren, hab' ich's ihm erzählt. Hab' zu ihm gesagt: »Weißt du, wie sie deine Missie nennen?« Und er hat seinen Kopf auf die Seite gelegt und mich mit seinen glänzenden Äuglein angeschaut, bis ich lachen musste. Ihm schien es Spaß zu machen.

... Haben Sie sich je Vögel gehalten? Wenn nicht, dann muss Ihnen das alles vielleicht übertrieben vorkommen. Die Leute glauben immer, Vögel seien herzlos und kalt – nicht wie Hunde und Katzen. Meine Waschfrau, wenn die montags kam, wunderte sich, weshalb ich mir keinen ›netten Foxterrier‹ hielte, und sagte: »Ein Kanarienvogel kann einen doch nicht trösten, Miss!« Stimmt nicht. Stimmt überhaupt nicht! Ich kann mich an eine Nacht erinnern: ich hatte einen furchtbaren Traum gehabt – Träume können schrecklich grausam sein –, und noch nachdem ich wach war, konnte ich ihn nicht abschütteln. Daher zog ich mir meinen Morgenrock über und bin in die Küche hinunter, ein Glas Wasser trinken. Es war eine Winternacht, und es regnete sehr. Vermutlich war ich noch halb im Schlaf, denn mir schien es, dass durchs Küchenfenster – es hatte keine Stores – die Finsternis hereinspähte und spionierte. Da fand ich es auf einmal unerträglich, dass ich niemanden hatte, dem ich hätte sagen können: »Mir hat was Furchtbares geträumt!« oder »Steh mir bei vor der Finsternis!« Eine Minute hab' ich sogar die Hände vors Gesicht geschlagen. Und plötzlich hör' ich ein kleines ›Piep! Piep!‹ Sein Käfig stand auf dem Tisch, und das Tuch war ein bisschen verrutscht, sodass ein Lichtspalt in den Käfig fiel. ›Piep! Piep!‹, sagte das liebe Kerlchen noch mal ganz leise, als wollt's mir sagen: ›Ich bin hier, Missie! Ich bin hier!‹ Und das hat mich so wunderbar getröstet, dass ich beinah geweint hätte.

...Und jetzt ist er nicht mehr da. Nie wieder will ich mir einen Vogel halten, auch kein andres Tier. Wie könnte ich wohl? Als ich ihn fand, wie er mit matten Augen und verkrampften Krällchen auf dem Rücken lag, und als ich begriff, dass mein kleiner Liebling nie wieder für mich singen würde, da war mir, als würde etwas in mir sterben. Mein Herz war ausgeleert, leer wie sein Käfig. Ich werd's verwinden. Natürlich. Ich muss ja. Mit der Zeit kann man alles verwinden. Und die Leute sagen immer, ich hätt' eine fröhliche Gemütsart. Da haben sie ganz recht. Dafür bin ich Gott dankbar.

...Immerhin, auch ohne krankhaftes Grübeln und Nichtloskommen von – von Erinnerungen und dergleichen muss ich doch gestehen, dass das Leben was Trauriges zu haben scheint, finde ich. Es ist schwer zu sagen, was es eigentlich ist. Ich meine nicht den Kummer, den wir alle kennen: Krankheit und Armut und Sterben. Nein, es ist etwas anderes. Es ist da – tief innen ist es, ein Teil von einem selber – wie der eigene Atem. Und wenn ich mich noch so sehr abrackere und plage –

sowie ich aufhöre mit der Arbeit, weiß ich, dass es da ist und wartet. Ich frage mich oft, ob alle Menschen das spüren. Man weiß ja nie. Aber ist es nicht seltsam, dass in all seinen fröhlichen kleinen Liedern es gerade das war – diese Trauer – oder was sonst –, was ich gehört habe?

Katherine Mansfield

Alles ist gut

Einige Seiten aus meinem Tagebuch. Sie sollen Dir[1] keinen Kummer bereiten.

Diese Geschichte nimmt ein glückliches Ende – wirklich und wahrhaftig.

14. x. 1922

Heute Morgen habe ich nachgedacht. Ich glaube, dass ich die Dinge klarer sehe, wenn ich versuche aufzuschreiben … wo ich stehe. Seit ich wieder in Paris bin, bin ich so krank wie nie zuvor. Gestern dachte ich gar, ich müsse sterben. Das ist keine Einbildung.

Mein Herz ist so furchtbar müde, wie zusam-

[1] Indirekt richtet sich dieser Tagebucheintrag an Katherine Mansfields Mann, den Schriftsteller John Middleton Murrey, den sie hier »Bogey« nennt, einer seiner vielen Spitznamen. Wenn es im Eintrag um ihre Beziehung zu Bogey geht, schreibt KM über sich in der zweiten Person. Vielleicht, um den Blick auf sich selbst zu schärfen.

mengeschnürt, dass ich es kaum weiter schaffe als bis zum Taxi und wieder zurück. Ich stehe mittags auf und gehe um halb sechs wieder zu Bett. Ich versuche zu »arbeiten«, sporadisch, aber die Zeit dafür ist vorbei.

Ich kann nicht arbeiten. Seit April habe ich eigentlich nichts mehr getan. Warum? Manoukhins[2] Behandlung hat zwar eine positive Wirkung auf meine Blutwerte, mein Aussehen, meine Lungen, aber meinem Herzen geht es keinen Deut besser. Und die »Verbesserung« meines Zustands verdanke ich wohl hauptsächlich dem Umstand, dass ich hier im Victoria Palace Hotel das Leben einer Leiche führe.

Mein Geist ist beinah verbraucht. Mein Lebensquell führt nur noch so viel Wasser mit sich, dass er nicht ganz versiegt. Fast alles an meinem verbesserten Zustand ist Schein, Komödie. Wozu? Kann ich gehen? Nur kriechen. Kann ich irgendetwas tun, mit meinen Händen, meinem Körper. Gar nichts. Ich bin hoffnungslos krank. Was ist mein Leben? Das Dasein eines Parasiten. Fünf

[2] Dr. Manoukhin, ein in Paris praktizierender russischer Arzt, behauptete, mit Bestrahlungen der Milz Tuberkulosekranke heilen zu können. In ihrer Verzweiflung unterzog sich KM nach etlichen gescheiterten Therapien der immens kostspieligen und absolut nutzlosen Behandlung, die ihrer Gesundheit womöglich gar schadete und ihren Tod beschleunigte.

Jahre sind vergangen, und meine Fesseln sind enger denn je.

Ach, jetzt, da ich schreibe, bin ich schon etwas ruhiger. Gott sei Dank kann ich schreiben. Ich habe schreckliche Angst vor dem, was ich tun werde. Alle Stimmen der Vergangenheit beschwören mich, es nicht zu tun. Bogey sagt, Manoukhin sei ein Wissenschaftler. Er tue sein Teil. Nun müsse ich mein Teil beitragen. Aber, was soll das heißen?

Ich kann meine Seele genauso wenig heilen wie meinen Körper. Ja, meine Seele noch viel weniger. Und ist nicht Bogey selbst, obwohl munter und bei bester Gesundheit, oft deprimiert wegen ein paar Furunkeln im Nacken.

Fünf Jahre im Gefängnis.

Jemand muss mir helfen, auszubrechen. Wenn das ein Ausdruck von Schwäche ist, dann ist es eben so. Nur wer einfallslos ist, nennt es Schwäche. Ich bin hilflos. Aber wer wird mir helfen? Damals in Schweiz: »Ich bin hilflos.« Natürlich ist er das. Ein Gefangener kann nicht einem anderen helfen.

Ob ich an die Medizin als Allheilmittel glaube. Nein. Niemals. An die Wissenschaft? Nein. Niemals. Die Vorstellung, man könne geheilt werden wie eine Kuh, selbst wenn man keine Kuh ist, ist naiv und lächerlich. In all den Jahren hier habe ich jemanden gesucht, der ebenfalls dieser Überzeugung ist. Gjurdschijew[3] scheint meine Meinung zu teilen, ja, von diesen Dingen unendlich mehr zu wissen als ich. Warum also zögern?

Aus Angst. Angst wovor? Davor, Bogey zu verlieren?

Vermutlich. Um Himmels willen, stell dich den Dingen. Was hast du jetzt von ihm? Was ist eure Beziehung? Er spricht mit dir – manchmal –, dann geht er wieder fort. Seine Gedanken für dich sind zärtlich. Er träumt von einem Leben mit dir – *irgendwann* –, wenn das Wunder geschehen ist. Du bist ein Traum, aber keine Realität für ihn. Denn du bist keine Realität. Was teilt ihr miteinander? Beinahe nichts. Und doch ist da ein süßer, tiefer Strom in meinem Herzen aus Liebe und Sehnsucht nach ihm.

Aber wozu das alles – so wie die Dinge stehen? Ein Leben mit mir, die ich krank bin, wäre schlicht eine Qual, mit einigen wenigen glücklichen Mo-

[3] Georgi Iwanowitsch Gjurdschijew, ein umstrittener griechisch-armenischer Esoteriker – man nannte ihn in Frankreich auch den Waldphilosophen –, gründete in Fontainebleau das »Institut für die harmonische Entwicklung des Menschen«. KM erhoffte sich von ihm seelische Heilung und suchte im Oktober 1922 Zuflucht in seinem Institut. Drei Monate später starb sie unter kontrovers diskutierten Umständen an der Tuberkulose.

menten. Das ist kein Leben. Seit ich krank bin, versuche ich vor ihm zu verbergen, was wirklich mit mir passiert (mit ein, zwei desaströsen Ausnahmen). Ich hätte ihn damit konfrontieren sollen. Ich konnte es nicht. Und deswegen kennt er mich nicht. Er kennt nur die Wig[4], der es irgendwann schon besser gehen wird. Nein. Du weißt genau, dass ihr, Bogey und du, nur ein Traum seid, von dem, was sein könnte. Und es kann niemals, niemals Wirklichkeit sein, wenn du nicht gesund wirst. Und du wirst nicht gesund werden, indem du dir Dinge vorstellst oder auf sie wartest oder denkst, du könntest selbst das Wunder zustande bringen.

Wenn dir also der Großlama von Tibet Hilfe verspricht – wie kannst du da zögern? Wage etwas! Wage alles! Kümmere dich nicht mehr um die Meinung anderer. Tu, was auf Erden das Schwerste für dich ist. Handle eigenständig. Stell dich der Wahrheit.

Es stimmt wohl, Čechov hat es nicht getan. Ja, aber Čechov ist tot. Und, um ehrlich zu sein, wie viel wissen wir denn aus seinen Briefen von ihm? War das wirklich alles? Natürlich nicht. Glaubst du wirklich, er hatte keine Sehnsüchte, nur weil er sie kaum je mit einem Wort erwähnt? Dann lies

[4] Murrys Spitzname für KM.

die letzten Briefe. Diese letzten Briefe sind schrecklich, wenn man sie ohne Sentimentalität betrachtet. Er hat alle Hoffnung aufgegeben. Da gibt es keinen Čechov mehr. Die Krankheit hat ihn verschlungen.

Das mag unsinnig für all jene klingen, die nicht krank sind. Sie sind diesen Weg nie gegangen. Wie könnten sie verstehen, wo ich stehe? Ein Grund mehr, mutig alleine weiterzugehen. Das Leben ist nicht einfach. Obwohl wir alle immerzu vom Mysterium des Lebens reden, wünschen wir uns doch, es möge ein Kindermärchen sein.

Nun also, Katherine, was meinst du mit Gesundheit? Und wozu brauchst du sie?

Antwort: Unter Gesundheit verstehe ich die Fähigkeit, ein erfülltes, erwachsenes, lebendig-atmendes Leben zu führen, eng verbunden mit dem, was ich liebe – der Erde und ihren Wundern, dem Meer, der Sonne. All dem, was wir meinen, wenn wir von der äußeren Welt sprechen. Ich will in sie eingehen, ein Teil von ihr sein, in ihr leben, von ihr lernen, alles abstreifen, das nur angenommen, oberflächlich an mir ist, um ein waches, offenes menschliches Wesen zu sein. Ich möchte die anderen verstehen, indem ich mich selber verstehen lerne. Ich möchte all das sein, dessen ich fähig bin, damit ich (und hier halte ich inne und warte und warte, vergeblich – es gibt dafür nur einen Ausdruck) *ein Kind der Sonne* werde. Es ist falsch, darüber zu reden, dass man anderen helfen, ein Licht vorantragen möchte. *Ein Kind der Sonne*. Damit ist genug gesagt.

Und ich möchte arbeiten. Woran? Ich wünsche mir so sehr, mit meinen Händen, meinen Gefühlen, meinem Verstand zu arbeiten. Ich wünsche mir einen Garten, ein kleines Haus, eine Wiese, Tiere, Bücher, Bilder, Musik. Und aus alldem heraus – als Ausdruck all dessen – möchte ich schreiben. (Selbst wenn ich dann über Taxifahrer schreibe. Das tut nichts zur Sache.) Warmes, hingebungsvolles Leben – ganz im Leben verwurzelt sein –, lernen, wissen wollen, fühlen, handeln. Das wünsche ich mir. Nichts weniger als das. Danach muss ich streben.

Ich habe dies für mich geschrieben. Jetzt wage ich, es Bogey zu schicken.[5] Er kann damit tun, was er möchte. Er muss sehen, wie sehr ich ihn liebe. Und wenn ich sage, dass ich Angst habe, soll dir das keinen Kummer bereiten, Liebster. Wir alle haben Angst in Warteräumen. Wir müssen sie hinter uns lassen, und wenn der andere Ruhe bewahrt, ist das Hilfe genug.

[5] KM entschied sich später doch dagegen. Aus Murrys Aufzeichnungen erfahren wir, dass ihn diese Zeilen erst nach ihrem Tod erreichten.

All das klingt sehr angestrengt und ernsthaft. Aber jetzt, da ich es durchkämpft habe, empfinde ich es nicht mehr so. Ich bin glücklich – tief im Innersten. Mögest du auch glücklich sein.

Am Montag fahre ich nach Fontainebleau. Dienstagabend oder Mittwoch in der Früh bin ich wieder zurück.

Alles ist gut.

*Bitte beachten Sie
auch die folgenden Seiten*

Anton Čechov im Diogenes Verlag

Anton Čechov wurde 1860 in Taganrog (Südrußland) geboren, wuchs in ärmlichen Verhältnissen auf und studierte dank eines Stipendiums in Moskau Medizin. Den Arztberuf übte Čechov nur kurze Zeit aus. Der Erfolg seiner Theaterstücke und Erzählungen machte ihn finanziell unabhängig. Seine Lungentuberkulose jedoch erzwang immer häufigere Aufenthalte in südlichem Klima, so daß Čechov auf die Krim übersiedelte. Er starb 1904 in Badenweiler.

»Wir verdanken Peter Urban einen deutschen Čechov, wie er schöner nicht sein könnte: sprachlich makellos, akribisch annotiert und von einer Vollständigkeit, die weder vom Pléiade- noch vom Oxford-Čechov erreicht wird.« *Manfred Papst / NZZ am Sonntag, Zürich*

»Für mich bleibt Čechov unerreicht: Er schrieb Komödien der Verzweiflung über das Leiden und die Sehnsüchte der Menschen. Und weil man davon gleichzeitig amüsiert ist und zerrissen wird, wirkt seine Kunst so eindringlich.« *Woody Allen*

● **Das dramatische Werk in 8 Bänden**
Aus dem Russischen übersetzt und herausgegeben von Peter Urban

Der Kirschgarten
Komödie in vier Akten

Der Waldschrat
Komödie in vier Akten

Die Möwe
Komödie in vier Akten

Onkel Vanja
Szenen aus dem Landleben in vier Akten

Ivanov
Komödie und Drama in vier Akten

Drei Schwestern
Drama in vier Akten

Die Vaterlosen
[Platonov]

Sämtliche Einakter

● **Das erzählende Werk in 10 Bänden**
Deutsch von Gerhard Dick, Wolf Düwel, Ada Knipper, Georg Schwarz, Hertha von Schulz und Michael Pfeiffer. Herausgegeben und mit Anmerkungen von Peter Urban

Ein unbedeutender Mensch
Erzählungen 1883–1885

Gespräch eines Betrunkenen mit einem nüchternen Teufel
Erzählungen 1886

Die Steppe
Erzählungen 1887–1888

Flattergeist
Erzählungen 1888–1892
Daraus die Erzählung *Flattergeist* auch als Diogenes Hörbuch erschienen, gelesen von Ernst Schröder

Rothschilds Geige
Erzählungen 1893–1896

Die Dame mit dem Hündchen
Erzählungen 1897–1903
Daraus die Erzählung *Die Dame mit dem Hündchen* auch als Diogenes Hörbuch erschienen, gelesen von Otto Sander

Eine langweilige Geschichte / Das Duell
Kleine Romane I
Das Duell auch als Diogenes Hörbuch erschienen, gelesen von Ulrich Matthes

Krankenzimmer Nr. 6 / Erzählung eines Unbekannten
Kleine Romane II
Erzählung eines Unbekannten auch als Diogenes Hörbuch erschienen, gelesen von Rolf Boysen

Drei Jahre / Mein Leben
Kleine Romane III

Die Insel Sachalin

● Frühe Erzählungen in 2 Bänden
Übersetzt und herausgegeben von Peter Urban

Er und sie
Frühe Erzählungen 1880–1885

Ende gut
Frühe Erzählungen 1886–1887

● Gesammelte Humoresken und Satiren in 2 Bänden
Übersetzt und herausgegeben von Peter Urban

Das Leben in Fragen und Ausrufen
Humoresken und Satiren 1880–1884

Aus den Erinnerungen eines Idealisten
Humoresken und Satiren 1885–1892

● Gesammelte Stücke
Herausgegeben, übersetzt und kommentiert von Peter Urban

● Briefe (1877–1904) in 5 Bänden
Herausgegeben und übersetzt von Peter Urban

Außerdem erschienen:

Das Drama auf der Jagd
Eine wahre Begebenheit. Roman. Deutsch von Peter Urban

Ein unnötiger Sieg
Frühe Novellen und Kleine Romane. Deutsch von Beate Rausch und Peter Urban. Herausgegeben, mit Anmerkungen und einem Nachwort von Peter Urban
Ausgewählte Texte auch als Diogenes Hörbuch erschienen, gelesen von Frank Arnold

Über Theater
Herausgegeben von Jutta Hercher und Peter Urban, in der Übersetzung von Peter Urban

Meistererzählungen
Deutsch von Ada Knipper, Hertha von Schulz und Gerhard Dick. Ausgewählt von Franz Sutter. Mit einem Nachwort von W. Somerset Maugham

Freiheit von Gewalt und Lüge
Gedanken über Aufklärung, Fortschritt, Kunst, Liebe, Müßiggang und Politik. Zusammengestellt von Peter Urban

Das Čechov-Lesebuch
Herausgegeben, kommentiert und mit einem Vorwort von Peter Urban

Wie soll man leben?
Anton Čechov liest Marc Aurl. Herausgegeben, übersetzt und mit einem Vorwort von Peter Urban

Kaschtanka
und andere Kindergeschichten. Ausgewählt und übersetzt von Peter Urban. Mit Zeichnungen von Tatjana Hauptmann
Ausgewählte Geschichten auch als Diogenes Hörbuch erschienen, gelesen von Peter Urban

Veročka
Geschichten von der Liebe. Diogenes Hörbuch, 4 CD, gelesen von Otto Sander. Diogenes Sammler-Edition

Anton Čechov
Sein Leben in Bildern. Herausgegeben von Peter Urban. Mit 793 Abbildungen, einem Anhang mit Daten zu Leben und Werk und einem Personenregister

Čechov-Chronik
Daten zu Leben und Werk. Zusammengestellt von Peter Urban